MW01479160

UN PLAN INFAILLIBLE

Sidney Sheldon est né en 1917 à Chicago en Illinois. Après un début de carrière comme scénariste à Hollywood, il écrit son premier roman en 1969, *The Nacked Face*. En 1980, son roman, *Jennifer ou la fureur des anges*, devient, dès sa sortie, n° 1 sur la liste des best-sellers et y restera quarante-deux semaines consécutives. Ce maître du roman d'aventures a, à son actif, treize romans, deux cents scripts pour la télévision, six pièces de théâtre jouées à Broadway et vingt-cinq scénarios pour le cinéma. Ses livres sont publiés dans cent pays et traduits en soixante-treize langues. En 1993, il a reçu le Prix littéraire du Festival du film américain de Deauville. Ses derniers romans sont *Rien n'est éternel, Matin, midi et soir, Un plan infaillible* et *Racontez-moi vos rêves*.

Sidney Sheldon partage son temps entre ses maisons de Londres, Palm Spring et Los Angeles.

Paru dans Le Livre de Poche :

RIEN N'EST ÉTERNEL

MATIN, MIDI ET SOIR

SIDNEY SHELDON

Un plan infaillible

ROMAN TRADUIT DE L'AMÉRICAIN PAR RICHARD CREVIER

GRASSET

Titre original :

THE BEST LAID PLANS

William Morrow and Company, New York, 1997.

Ce livre vous est dédié.

1

La première notation du journal intime de Leslie Stewart fut la suivante : *Cher Journal : Ce matin, j'ai rencontré l'homme que je vais épouser.*

Le bel optimisme de cette déclaration ne laissait en rien présager le dramatique enchaînement de circonstances qui allait suivre.

C'était une de ces rares journées où tout semble vous sourire et où rien ne saurait, n'oserait, se mettre en travers de votre chemin. Leslie Stewart ne s'intéressait guère à l'astrologie mais, ce matin-là, alors qu'elle feuilletait le *Lexington Herald-Leader*, son regard fut arrêté par un horoscope de la chronique astrologique de Zoltaire. Elle y lut ce qui suit :

> LION (23 JUILLET-22 AOÛT). LA NOUVELLE LUNE ÉCLAIRE VOTRE VIE AMOUREUSE. VOUS ÊTES ACTUELLEMENT AU SOMMET DE VOTRE CYCLE LUNAIRE ET DEVEZ ÊTRE TRÈS ATTENTIF À UN ÉVÉNEMENT PASSIONNANT SUSCEPTIBLE DE SE PRODUIRE DANS VOTRE VIE. IL Y A COMPATIBILITÉ ENTRE VOTRE SIGNE ET CELUI DE LA VIERGE. AUJOURD'HUI SERA UN JOUR FASTE. PRÉPAREZ-VOUS À EN JOUIR.

Jouir de quoi ? se demanda Leslie qui était d'humeur désabusée. Aujourd'hui serait comme un autre jour. L'astrologie était une idiotie, de la roupie de sansonnet pour faibles d'esprit.

Leslie Stewart était responsable des relations publiques et de la publicité chez Bailey & Tomkins à Lexington, dans le Kentucky. Elle avait trois rendez-vous cet après-midi-là, le premier avec la Kentucky Fertilizer Company, une entreprise d'engrais pour qui elle était en train de concocter une nouvelle campagne qui enchantait les directeurs. Ils aimaient tout particulièrement le début du slogan : « Si vous voulez sentir la rose... » Elle avait ensuite rendez-vous avec la Breeders Stud Farm, une société d'élevage de pur-sang, et enfin avec la Lexington Coal Company, une entreprise de charbonnages. Une journée faste ?

Leslie Stewart allait sur ses trente ans, était mince et typée, avec un petit quelque chose d'affriolant qui faisait que l'on se retournait sur son passage : yeux gris de biche, pommettes hautes, cheveux d'un beau blond vénitien qu'elle portait longs avec une élégante simplicité. Une de ses amies lui avait dit naguère : « Quand tu es belle, pas bête et que tu as un vagin, le monde est à toi. »

Or Leslie Stewart était belle, dotée d'un quotient intellectuel supérieur à la normale, et la nature avait pourvu au reste. Mais elle trouvait que sa beauté la desservait plutôt qu'autre chose. Les hommes lui faisaient des propositions malhonnêtes ou la demandaient en mariage mais bien peu se donnaient la peine de vraiment essayer de la connaître.

Si l'on excepte les deux secrétaires qui travaillaient chez Bailey & Tomkins, Leslie était la seule femme sur quinze hommes. Mais en moins d'une semaine elle avait compris qu'elle était intellectuellement supérieure à ses collègues masculins et avait décidé de garder pour elle cette découverte.

Au début, les deux associés et patrons de l'agence, Jim Bailey, un quadragénaire obèse et doucereux, et Al Tomkins, un anorexique hyperactif de dix ans le cadet de Bailey, lui avaient l'un et l'autre fait des avances.

Elle avait sans ambages coupé court à leur manège en disant : « Demandez-moi encore une seule fois de coucher avec vous et je donne ma démission. »

Les deux hommes se l'étaient tenu pour dit. On ne pouvait se permettre de perdre une collaboratrice aussi précieuse.

Durant sa première semaine dans la maison, lors d'une pause-café, elle avait raconté une histoire drôle à ses collègues.

« Trois hommes rencontrent par hasard une bonne fée qui s'engage à exaucer tous leurs vœux. Le premier dit : "Je voudrais être vingt-cinq pour cent plus intelligent." La fée fait un clin d'œil et l'homme s'écrie : "Ça alors, je me sens déjà plus intelligent."

« Le deuxième homme dit : "Je voudrais être cinquante pour cent plus intelligent." La fée fait un clin d'œil et l'homme s'écrie : "C'est merveilleux ! Je sais des choses que j'ignorais jusqu'à maintenant."

« Le troisième dit : "Je voudrais être cent pour cent intelligent." La fée fait un clin d'œil et l'homme se retrouve changé en femme. »

Leslie avait guetté la réaction des hommes assis à sa table. Ils la regardaient tous fixement et riaient jaune.

Elle avait marqué un point.

Le jour faste annoncé par l'astrologue débuta à

onze heures ce matin-là. Jim Bailey entra dans le bureau de Leslie, un cagibi minuscule et encombré.

« Nous avons un nouveau client, déclara-t-il. Je vous le confie. »

Elle était déjà responsable de plus de budgets que quiconque dans l'agence mais elle comprit qu'il valait mieux ne pas renâcler.

« D'accord, dit-elle. De quoi s'agit-il ?

— Pas de quoi mais de qui. Vous avez entendu parler d'Oliver Russell, sans doute ? »

Tout le monde savait qui était Oliver Russell, un avocat de Lexington qui s'était porté candidat au poste de gouverneur de l'État et dont on voyait le visage sur des panneaux publicitaires dans tout le Kentucky. Encore célibataire, ses succès comme ténor du barreau le faisaient considérer comme le plus beau parti de l'État. Il était invité à tous les *talk-shows* des chaînes de télévision — WSKY, WTVQ, WKYT — et des radios populaires — WKQQ et WLRO — de Lexington. Ses mèches noires rebelles, ses yeux sombres, sa carrure athlétique et son sourire chaleureux lui conféraient un charme fou. Il avait d'ailleurs une réputation de bourreau des cœurs.

« Oui, j'ai entendu parler de lui. Pourquoi requiert-il nos services ?

— Pour que nous l'aidions à devenir gouverneur du Kentucky. Il ne devrait pas tarder. »

Oliver Russell arriva quelques minutes plus tard. Il était encore plus séduisant que sur ses photos.

Lorsqu'on fit les présentations, il adressa à Leslie son fameux sourire.

« J'ai beaucoup entendu parler de vous. Je suis ravi de savoir que c'est vous qui allez vous occuper de ma campagne. »

12

Il n'était pas du tout tel qu'elle se l'était imaginé, mais d'une spontanéité désarmante. Leslie, l'espace d'un instant, fut prise de court.

« Je... Je vous remercie. Je vous en prie, veuillez vous asseoir. »

Russell prit un siège.

« Je propose que nous commencions par le début, dit Leslie. Pourquoi vous présentez-vous au poste de gouverneur ?

— C'est très simple. Le Kentucky est un État formidable. Nous, nous le savons parce que nous y vivons, parce que nous savons jouir de ses merveilles. Mais le reste du pays nous prend pour des péquenots. Je veux changer cette image. Le Kentucky a plus à offrir qu'une douzaine d'États américains réunis. C'est le berceau de l'histoire des États-Unis. Nous possédons les plus anciens bâtiments administratifs du pays. Le Kentucky a donné deux Présidents à l'Amérique. C'est la terre natale de Daniel Boone, de Kit Carson et du juge Roy Bean, tous des héros du Vieil Ouest. Nous avons les plus beaux paysages du monde, des grottes, des rivières, des pâturages superbes, nous avons tout. Je veux faire découvrir toutes ces richesses au reste du monde. »

Il parlait avec beaucoup de conviction et Leslie ne put résister au charisme qui émanait de sa personne. Elle repensa à la chronique astrologique. *La nouvelle lune éclaire votre vie amoureuse. Aujourd'hui sera un jour faste. Préparez-vous à en jouir.*

Oliver Russell poursuivait.

« La campagne ne marchera que si vous y croyez aussi fermement que moi.

— J'y crois », répondit Leslie. Trop rapidement ? « Je suis déjà impatiente de m'y engager. » Elle marqua un moment d'hésitation.

« Puis-je vous poser une question ?

— Certainement.

— De quel signe êtes-vous?

— Vierge. »

Après le départ d'Oliver Russell, elle alla voir Jim Bailey dans son bureau.

« Il me plaît, dit-elle. Il prend vraiment les choses à cœur. Je crois qu'il fera un bon gouverneur. »

Bailey la regarda d'un air songeur.

« Ça ne va pas être facile. »

Elle lui adressa un regard intrigué.

« Ah bon? Et pourquoi? »

Bailey haussa les épaules.

« Je ne sais pas exactement. Quelque chose m'échappe. Vous l'avez vu sur tous ces panneaux publicitaires et à la télévision?

— Oui.

— Eh bien, tout ça, c'est terminé.

— Je ne comprends pas. Pourquoi?

— On ne sait rien avec certitude mais des tas de rumeurs bizarres circulent. On raconte, entre autres, qu'il y avait quelqu'un qui le soutenait, qui finançait sa campagne, et que cette personne, pour des raisons que l'on ignore, lui a retiré son appui.

— Au milieu d'une campagne électorale et alors qu'il est donné gagnant? Mais ça ne rime à rien, Jim.

— Je sais.

— Pourquoi s'est-il adressé à nous?

— Il est bien décidé à se battre. Je crois qu'il a de l'ambition. Et le sentiment de pouvoir faire quelque chose pour l'État. Il aimerait qu'on lui organise une campagne qui ne lui coûterait pas trop cher. Il n'a plus les moyens d'acheter du temps de passage sur les ondes ni de faire beaucoup de publicité. Nous pouvons tout au plus lui obtenir des interviews, placer des articles dans

14

les journaux, ce genre de choses. » Il hocha la tête. « Le gouverneur Addison dépense une fortune pour sa campagne. Depuis deux semaines, Russell ne cesse de baisser dans les sondages. C'est une honte. Russell est un bon avocat. Il a fait énormément pour la communauté. Je pense moi aussi qu'il ferait un bon gouverneur. »

Ce soir-là Leslie inaugura son journal intime par la fameuse phrase : *Cher Journal : Ce matin, j'ai rencontré l'homme que je vais épouser.*

Leslie Stewart avait eu une enfance idyllique. On lui trouvait une intelligence hors du commun. Son père était professeur d'anglais au Lexington Community College, sa mère femme au foyer. M. Stewart était un bel homme, un intellectuel aux manières aristocratiques. Il avait l'esprit de famille et il lui eût paru impensable de prendre des vacances ou de voyager sans sa femme et sa fille qu'il adorait. « Tu es la prunelle de mes yeux », lui répétait-il. Il ne cessait de lui dire combien elle était belle et de la complimenter pour ses succès scolaires, sa conduite et le choix de ses amies. Il ne trouvait rien à lui reprocher. Pour son neuvième anniversaire, il lui avait offert une superbe robe en velours brun parée de poignets en dentelle. Il la lui faisait endosser et, ainsi vêtue, l'exhibait aux invités qu'il recevait à la maison. « N'est-ce pas qu'elle est belle ? » disait-il.

Leslie l'adorait.

Un matin, un an après son neuvième anniversaire, en une fraction de seconde, la vie de rêve de Leslie avait basculé. « Ma chérie, ton père... nous a quittées. »

Elle n'avait pas compris d'emblée.

« Quand reviendra-t-il ?

— Il ne reviendra pas. »

Chacune de ces paroles lui avait fait l'effet d'un coup de poignard.

Maman l'a chassé de la maison, avait-elle pensé. Elle avait plaint sa mère à la pensée du divorce et des bagarres juridiques pour la garde de l'enfant qui allaient s'ensuivre. Jamais son père ne renoncerait à elle. Jamais. *Il reviendra me prendre*, s'était-elle dit.

Mais des semaines s'étaient écoulées sans que son père donne signe de vie. Elle en avait conclu qu'on lui refusait le droit de visite. *Maman le lui fait payer...*

Une tante âgée s'était alors chargée d'expliquer à l'enfant qu'il n'y aurait pas de querelle juridique pour sa garde : le père de Leslie s'était épris d'une veuve, un professeur d'université, et il était allé vivre avec elle dans la maison que celle-ci possédait dans Limestone Street.

Un jour qu'elles étaient allées faire des courses, sa mère lui avait montré la maison. « C'est là qu'ils habitent », avait-elle dit avec acrimonie.

Leslie s'était finalement résolue à aller rendre visite à son père. *Lorsqu'il me verra*, avait-elle pensé, *il reviendra à la maison*.

Un vendredi, après l'école, elle s'était rendue à la maison de Limestone Street et avait sonné à la porte. Une fillette de son âge avait ouvert. Elle portait une robe de velours brun parée de poignets en dentelle. Leslie l'avait regardée, atterrée.

La fillette l'avait examinée comme une bête curieuse. « Qui es-tu ? »

Leslie s'était enfuie.

L'année suivante, Leslie avait vu sa mère perdre goût à la vie, se replier peu à peu sur elle-même. Jusqu'alors, l'expression « mourir d'un chagrin d'amour » était restée vide de sens, mais elle assistait maintenant au lent dépérissement de sa mère, et à sa mort. Par la suite, lorsqu'on lui demanderait de quoi elle était morte, Leslie répondrait : « D'un chagrin d'amour. »

Elle avait décidé ce jour-là que jamais un homme ne lui ferait subir pareille épreuve.

Après le décès de sa mère, elle était allée vivre avec sa tante. Elle avait ensuite fait ses études secondaires au Bryan Station High School, et était sortie de l'Université du Kentucky dans les premières de sa promotion. Durant sa dernière année d'études universitaires, elle avait gagné haut la main le concours de beauté organisé par ses condisciples et refusé plusieurs offres d'agences de mannequins.

Elle avait eu deux liaisons sans lendemain, l'une avec un héros du football universitaire et l'autre avec son professeur d'économie. Plus brillante qu'eux, elle s'était vite lassée de l'un et de l'autre.

Sa tante était morte un peu avant qu'elle ne finisse ses études. Leslie avait ensuite postulé pour un travail à l'agence de communication et de relations publiques Bailey & Tomkins. Les bureaux de l'agence se trouvaient dans Vine Street, dans un immeuble en fer à cheval avec un toit en cuivre et un jardin agrémenté d'une fontaine.

Jim Bailey, celui des deux associés qui prenait en dernière instance les décisions, avait examiné le *curriculum vitae* de Leslie et hoché la tête en guise d'acquiescement.

« Très impressionnant. Vous avez de la chance. Nous avons justement besoin d'une secrétaire.

— Une secrétaire ? J'espérais que...

— Oui ?

— Rien. »

Elle avait donc débuté comme secrétaire, chargée, entre autres tâches, de prendre des notes au cours des réunions, durant lesquelles elle ne se départait jamais de son esprit critique, toujours à l'affût de nouvelles idées susceptibles d'améliorer les campagnes publicitaires que l'on soumettait aux clients. Un matin, le responsable de l'un des budgets de l'agence était en train d'exposer son projet : « Je crois avoir trouvé un logo qui conviendrait parfaitement au budget de Rancho Beef Chili, la marque de *chili con carne*. Sur l'étiquette de la boîte de conserve on met un cow-boy en train d'attraper une vache au lasso. Ça laisse entendre que le bœuf est frais et... »

Quelle idée horrible, avait pensé Leslie. Tous les regards s'étaient tournés vers elle et elle avait alors compris à sa grande consternation qu'elle avait parlé à voix haute.

« Vous pourriez peut-être vous expliquer plus avant, ma chère demoiselle ?

— Je... » Elle aurait voulu se trouver à mille lieues de là. N'importe où. Ils attendaient tous. Elle avait pris son courage à deux mains.

« Lorsqu'on mange de la viande, on ne tient pas à se faire rappeler que c'est du cadavre. »

Il s'était fait un silence de plomb. Jim Bailey s'était alors éclairci la gorge et avait dit : « Cette idée mériterait peut-être qu'on s'y arrête un peu. »

La semaine suivante, durant une réunion consacrée au lancement d'un nouveau savon de toilette, l'un des responsables de budget avait dit : « Nous ferons appel à des reines de concours de beauté.

— Excusez-moi, avait dit Leslie d'une voix timide. Je crois que cela a déjà été fait. Pourquoi ne pas faire appel plutôt à de jolies hôtesses de l'air du monde entier afin de montrer que notre savon est universel ? »

Par la suite, lors des réunions, les hommes avaient fini par solliciter son avis.

L'année suivante, elle avait été promue conceptrice-rédactrice et, deux ans plus tard, responsable de budget à la fois dans les relations publiques et la publicité.

Oliver Russell représentait le premier vrai problème qu'il était donné à Leslie de traiter depuis son entrée dans l'agence. Deux semaines après que Russell se fut adressé à eux, Bailey avait laissé entendre à Leslie qu'il serait peut-être préférable de le lâcher vu qu'il serait dans l'incapacité de régler les honoraires habituellement demandés par l'agence, mais elle l'avait persuadé de garder le budget.

« Disons que c'est pour la bonne cause. »

Bailey l'avait considérée quelques instants d'un œil scrutateur.

« D'accord. »

Par une fraîche journée d'automne, Leslie et Oliver étaient assis sur un banc dans Triangle Park. Une petite brise soufflait du lac.

« Je déteste la politique », dit Russell.

Leslie leva vers lui un regard étonné.

« Mais dans ce cas pourquoi donc vous êtes-vous...?

— Parce que je veux changer le système, Leslie. La vie politique est passée sous le contrôle des *lobbies* et des grandes entreprises qui mettent aux commandes les gens qu'il ne faut pas et qu'ils peuvent ainsi manipuler à leur guise. J'ai envie de donner un coup de pied dans la fourmilière. » Il parlait d'une voix animée par la passion. « Les gens qui dirigent le pays l'ont transformé en un club fermé pour initiés où tout se règle au trafic d'influence. Tout ce beau monde songe davantage à lui-même qu'à agir pour le bien de la population. Ça ne va pas et je vais essayer d'y remédier. »

Leslie continua d'écouter les propos de Russell en se disant : *Il en serait bien capable.* La passion qui habitait Oliver avait quelque chose d'irrésistible. N'ayant jamais éprouvé ce genre d'émotion au contact d'un homme, c'était pour elle une expérience stimulante. Lui, en revanche, ne laissait rien percer de ses sentiments pour elle. *Il se comporte toujours en parfait gentleman, qu'il aille au diable!* On eût dit qu'il ne s'écoulait pas une minute sans que quelqu'un s'approche du banc sur lequel ils étaient assis pour serrer la main d'Oliver et l'assurer de son soutien. Les femmes poignardaient Leslie du regard. *Toutes des anciennes conquêtes, sans doute,* pensa-t-elle. *Il a dû toutes les mettre dans son lit. Enfin, ça ne me regarde pas.*

Elle avait entendu dire qu'il fréquentait ces derniers temps encore la fille d'un sénateur. Elle se demanda ce qui avait bien pu mettre fin à cette relation. *Mais ça ne me regarde pas non plus.*

Il fallait bien reconnaître que la campagne de Russell ne tournait pas rond. Faute d'argent pour payer ses collaborateurs, et sans créneaux publicitaires à la télévision, à la radio et dans la presse, il ne faisait pas le poids face au sénateur Cary Addison dont l'image était devenue omniprésente. Leslie avait fait en sorte qu'Oliver se montre aux pique-niques des comités d'entreprises, dans les usines et à l'occasion de dizaines d'événements mondains, mais elle savait combien ces apparitions du candidat Russell étaient marquées au sceau de l'amateurisme, et cela la frustrait.

20

« Vous avez vu les derniers sondages ? lui demanda Jim Bailey. Votre homme est en pleine dégringolade. »

Il faut que je fasse quelque chose, pensa Leslie.

Ils étaient tous les deux attablés au restaurant Chez nous.

« Ça ne marche pas, n'est-ce pas ? demanda-t-il d'une voix tranquille.

— On a encore amplement le temps, dit Leslie d'un ton rassurant. Quand les électeurs viendront à vous connaître... »

Oliver hocha la tête.

« J'ai vu les sondages, moi aussi. Je tiens à ce que vous sachiez que je vous sais gré de tout ce que vous avez essayé de faire pour moi, Leslie. Vous avez été fantastique. »

Elle resta silencieuse, le regardant par-dessus la table et se disant : *C'est l'homme le plus merveilleux que j'ai rencontré dans ma vie et je ne peux rien pour lui.* Elle eût voulu le prendre dans ses bras et le consoler. *Le consoler ? A qui essaies-tu de faire croire ça ?*

Au moment où ils allaient se lever pour partir, un homme et une femme accompagnés de deux petites filles s'approchèrent de leur table.

« Oliver ! Comment allez-vous ? » L'homme qui s'adressait ainsi à Russell était un séduisant quadragénaire auquel un bandeau noir sur un œil conférait l'air canaille d'un pirate d'opérette.

Oliver se leva et lui tendit la main.

« Bonjour, Peter. Je vous présente Leslie Stewart. Peter Tager.

— Bonjour, Leslie. » Tager fit un signe de la tête en direction de sa famille. « Je vous présente ma femme, Betsy, et mes deux filles, Elizabeth et Rebecca. » Sa voix trahissait une immense fierté.

Il se tourna vers Oliver. « Je suis profondément navré de ce qui est arrivé. C'est une vraie honte.

21

Je n'ai pas aimé agir comme je l'ai fait mais je n'avais pas le choix.

— Je comprends, Peter.

— Si j'avais pu faire quelque chose...

— Peu importe. Ça va.

— J'espère que la chance vous sourira, vous le savez. »

Tandis qu'ils se dirigeaient du côté où elle habitait, Leslie demanda : « De quoi parliez-vous tous les deux ? »

Oliver fut sur le point de dire quelque chose puis se ravisa.

« C'est sans importance. »

Leslie habitait un studio dans le quartier des distilleries de Lexington. Lorsqu'ils furent en vue de l'immeuble, Oliver lui dit d'un ton hésitant : « Leslie, je sais que votre agence s'occupe de moi pour presque rien mais, franchement, je pense que vous perdez votre temps. Je ferais aussi bien d'abandonner la partie dès maintenant.

— Non, dit-elle, avec dans la voix une intensité qui la surprit elle-même. Vous ne pouvez pas renoncer. Nous trouverons bien quelque chose. »

Oliver se retourna pour la regarder.

« Vous prenez vraiment toute cette histoire à cœur, n'est-ce pas ? »

Est-ce que j'entends dans cette question plus qu'elle ne veut signifier ?

« Oui, répondit-elle. Je prends vraiment cette histoire à cœur. »

Lorsqu'ils arrivèrent devant son immeuble, Leslie s'arma de courage.

« Vous voulez monter ? »

Il la regarda un long moment.

« Oui. »

Par la suite, elle ne sut jamais qui, d'elle ou de lui, avait pris l'initiative. Elle se rappelait seulement qu'ils s'étaient mutuellement dévêtus,

22

qu'elle s'était retrouvée dans ses bras et qu'ils s'étaient étreints de manière fébrile, bestialement, pour ensuite se fondre lentement et en douceur l'un dans l'autre, dans un rythme intemporel et extatique. Leslie n'avait jamais éprouvé pareille sensation de félicité.

Ils passèrent la nuit ensemble et ce fut magique. Oliver était insatiable, donnant et exigeant en même temps, et il n'arrêtait pas. C'était une bête. Et Leslie pensa : *Oh, mon Dieu, moi aussi j'en suis une !*

Au matin, tandis qu'ils prenaient un petit déjeuner composé de jus d'orange, d'œufs brouillés, de toasts et de bacon, Leslie dit :

« Il y a un pique-nique vendredi au lac de Green River, Oliver. Il y aura beaucoup de monde. Je vais faire en sorte que tu puisses y prendre la parole. Nous allons acheter du temps à la radio de manière à ce que tout le monde sache que tu seras là-bas. Ensuite, nous...

— Leslie, protesta-t-il, je n'ai pas assez d'argent pour ça.

— Oh, ne t'en fais pas pour l'argent, répliqua-t-elle vivement. L'agence paiera. »

Elle savait qu'il n'y avait pas la moindre chance que l'agence paie la publicité radiophonique d'Oliver. Elle avait l'intention d'y aller de ses propres deniers. Elle dirait à Jim Bailey que l'argent provenait d'un don offert par un partisan de Russell. Et ce serait la vérité. *Je ferais tout pour l'aider*, pensa-t-elle.

Deux cents personnes participaient au pique-nique du lac de Green River et, lorsque Oliver s'adressa à elles, il fut brillant.

« La moitié de la population du pays ne vote pas, dit-il à son auditoire. Nous avons le plus bas taux de participation électorale de tous les pays industriels de la planète, moins de cinquante pour cent. Si vous voulez que les choses changent, c'est à vous de faire ce qu'il faut pour cela. C'est plus que votre responsabilité, c'est votre prérogative la plus élémentaire. Il y aura bientôt une élection. Que vous votiez pour moi ou pour mon adversaire, votez ! Soyez présents au rendez-vous. »

Il fut applaudi.

Leslie s'était débrouillée pour qu'Oliver fasse une apparition dans le plus grand nombre de manifestations possible. Il présida l'inauguration d'une clinique pédiatrique, baptisa un pont, prit la parole dans des maisons de retraite, devant des associations féminines et professionnelles, lors de galas de bienfaisance... Pourtant il continuait à chuter dans les sondages.

Chaque fois que sa campagne lui en laissait le loisir, Leslie et lui en profitaient pour passer quelques instants ensemble. Ils firent une balade dans Triangle Park dans une voiture à cheval, passèrent un samedi après-midi à chiner chez les antiquaires et dînèrent A la Lucie, un des meilleurs restaurants de la ville. Il lui offrit des fleurs pour la Saint-Valentin et le jour anniversaire de la bataille de Bull Run. Il lui laissait de tendres messages d'amour sur son répondeur téléphonique, tels que : « Chérie, où es-tu ? Tu me manques, tu me manques, tu me manques. » « Je suis amoureux fou de ton répondeur. Si tu savais comme c'est excitant. » « Je crois qu'il devrait être interdit d'être aussi heureux. Je t'aime. »

Pour Leslie, qu'importaient les lieux où ils allaient. Une seule chose comptait pour elle : être en sa compagnie.

L'une de leurs balades les plus passionnantes fut la descente en radeau du Russell Fork un dimanche. Le voyage démarra innocemment, en douceur, puis le cours d'eau vint donner violemment contre la base des montagnes en une boucle géante qui marqua le début d'une série de chutes assourdissantes et verticales dans des rapides à vous couper le souffle : un mètre... deux mètres... trois mètres... tout juste séparés des falaises par une terrifiante longueur de radeau. Une descente qui dura trois heures et demie. Lorsqu'ils reprirent contact avec la terre ferme, ils étaient trempés mais heureux d'être encore vivants, de pouvoir se caresser encore. Ils firent l'amour dans leur cabanon en rondins, au bord de la rivière, dans la voiture, dans les bois.

Un soir, au début de l'automne, Oliver reçut Leslie à dîner chez lui. Une demeure charmante qui se trouvait à Versailles, petite ville voisine de Lexington. Il fit griller deux steaks de bavette, qu'il avait auparavant laissés mariner dans une préparation de sauce de soja, d'ail et d'herbes, et les servit accompagnés de pommes de terre au four, d'une salade et d'un vin rouge impeccable.

« Tu fais merveilleusement la cuisine, lui dit Leslie en allant se blottir contre lui. En fait, tu fais tout merveilleusement, mon chéri.

— Merci, mon amour. » Il se souvint alors de quelque chose. « J'ai une petite surprise pour toi. J'aimerais que tu l'essaies. » Il disparut dans sa chambre pour revenir quelques instants plus tard avec une petite bouteille emplie d'un liquide limpide.

« Tiens.

— Qu'est-ce que c'est ?

— Tu as déjà entendu parler de l'ecstasy ?

— L'extase ! Je n'en ai pas seulement entendu parler, je baigne dedans.

— Je parle de la drogue de ce nom. C'est de l'ecstasy liquide. C'est censé être un aphrodisiaque de première. »

Leslie s'assombrit.

« Chéri, tu n'as pas besoin de ça. Nous n'en avons pas besoin. Ça pourrait être dangereux. » Elle hésita. « Tu en prends souvent ? »

Oliver se mit à rire.

« En réalité, non. Cesse de me regarder comme ça. C'est un ami qui me l'a donné et qui m'a conseillé de l'essayer. Ç'aurait été la première fois.

— Faisons l'économie de cette première fois, dit-elle. Jette-le, veux-tu ?

— Tu as raison. Bien sûr que je vais le jeter. » Il se rendit dans la salle de bains et, quelques instants plus tard, Leslie entendit la chasse d'eau. Oliver revint dans la pièce.

« Voilà, il n'y en a plus. » Il avait un grand sourire. « A quoi peut bien servir de l'ecstasy en bouteille ? Moi, j'en ai dans un bien meilleur contenant. »

Et il la prit dans ses bras.

Leslie avait lu des histoires d'amour et entendu des ballades sentimentales, mais rien ne l'avait préparée à l'incroyable réalité. Elle avait toujours tenu les chansons romantiques pour de la guimauve, des bêtises, des rêvasseries nostalgiques. Elle voyait à présent les choses d'un autre œil. Le monde lui apparaissait soudain sous un jour plus éclatant, plus beau. Tout était transmué, comme par magie, et l'auteur de ce miracle, c'était Oliver Russell.

Un samedi matin, tous deux s'en allèrent marcher dans le parc national de Breaks, savourant l'impressionnant spectacle naturel qui les entourait.

« Je n'avais jamais emprunté cette piste, dit Leslie.

— Je pense que ça va te plaire. »

Devant eux, le sentier faisait un coude. Ils s'y

engagèrent et Leslie s'arrêta net, abasourdie. Au milieu de la piste, se dressait un écriteau en bois sur lequel on pouvait lire : LESLIE, VEUX-TU ÊTRE MA FEMME ?

Son cœur se mit à battre plus vite dans sa poitrine. Elle se tourna vers Oliver, interloquée. Il la prit dans ses bras.

« Acceptes-tu ? »

Comment puis-je avoir une telle chance ? se demanda-t-elle. Elle le serra étroitement et dit à voix basse :

« Oui, chéri. Bien sûr que j'accepte. »

— Je ne peux pas te promettre que tu épouseras un gouverneur, je le crains, mais un assez bon avocat. »

Elle se blottit contre lui et murmura :

« Ce sera très bien comme ça. »

*

Quelques jours plus tard, alors que Leslie s'habillait pour aller retrouver Oliver, le téléphone sonna.

« Chérie, je suis terriblement navré, mais j'ai une mauvaise nouvelle. Je dois assister à une réunion ce soir et je vais devoir annuler notre dîner au restaurant. Tu me pardonnes ? »

Leslie sourit et dit d'une voix douce :

« Tu es pardonné. »

Le lendemain, Leslie acheta dans un kiosque à journaux le *State Journal*. On pouvait y lire en manchette : LE CORPS D'UNE FEMME DÉCOUVERT DANS LA RIVIÈRE KENTUCKY. L'article racontait les circonstances de la macabre découverte : « Aujourd'hui, en tout début de matinée, le corps d'une femme nue, apparemment âgée d'une vingtaine d'années, a été découvert par la police dans la rivière Kentucky à une quinzaine de kilomètres à l'est de Lexington. On pratique actuellement une autopsie pour déterminer les causes exactes du décès... »

Leslie frissonna en lisant. *Mourir si jeune. Avait-elle un amant ? Un mari ? Je rends grâces au ciel d'être vivante, d'être si heureuse et tant aimée.*

On eût dit qu'il n'était plus question dans Lexington que des noces prochaines. Lexington était une petite ville et Oliver Russell une personnalité en vue. Ils formaient un couple qui ne passait pas inaperçu, Oliver en beau ténébreux et Leslie en svelte beauté aux cheveux blond vénitien. La nouvelle de leur mariage prochain s'était répandue comme une traînée de poudre.

« J'espère qu'il connaît sa chance », dit Jim Bailey.

Leslie sourit.

« Nous avons tous les deux de la chance.

— Vous allez vous marier dans l'intimité ?

— Non. Oliver tient à se marier dans les formes. La cérémonie nuptiale sera bénie à la Chapelle du Calvaire.

— Et quand cet heureux événement doit-il avoir lieu ?

— Dans six semaines. »

Quelques jours plus tard, on pouvait lire ce qui suit dans un article à la une du *State Journal* : « Une autopsie a révélé que la femme découverte dans la rivière Kentucky, identifiée comme étant Lisa Burnette, secrétaire juridique, était morte d'une overdose d'ecstasy liquide... »

De l'*ecstasy liquide* ! Leslie se rappela la soirée avec Oliver et pensa : *Quelle chance qu'il se soit débarrassé de la bouteille.*

Les semaines suivantes furent consacrées aux préparatifs fébriles de la noce. Il y avait beaucoup à faire. On envoya des invitations à deux cents personnes. Leslie se trouva une demoiselle d'honneur à qui elle choisit une tenue de circonstance, une robe mi-longue assortie aux chaussures et aux longs gants qui couvraient les avant-bras. Pour elle-même, Leslie fit ses achats au centre commercial La Fayette dans Nicholasville Road et se décida pour une robe longue doublée d'un jupon et prolongée d'une traîne, des chaussures assorties et des gants longs.

Oliver commanda un costume queue-de-pie, une chemise à col cassé et un gilet rayé. Il prit comme témoin un collègue du cabinet d'avocats où il travaillait.

« Tout est réglé, dit-il à Leslie. J'ai pris toutes les dispositions pour la réception qui suivra la cérémonie. Presque tous les invités ont confirmé. »

Leslie sentit un petit frisson la traverser.

« Oh, comme j'ai hâte, chéri. »

Une semaine avant le mariage, un jeudi soir, Oliver vint voir Leslie chez elle.

« J'ai bien peur qu'un imprévu ne se soit produit, Leslie. Un de mes clients a des ennuis. Je vais devoir prendre l'avion et aller à Paris pour régler la chose.

— Paris ? Combien de temps seras-tu parti ?

— Ça ne devrait pas prendre plus de deux ou trois jours, au maximum. Je serai de retour largement à temps.

— Dis au pilote de voler prudemment.

— Promis. »

Après le départ d'Oliver, Leslie prit le journal sur la table. Le feuilletant distraitement, elle tomba sur l'horoscope de Zoltaire. On pouvait y lire ce qui suit :

Leslie, troublée, relut l'horoscope. Elle fut presque tentée de téléphoner à Oliver pour lui demander de ne pas partir. *Mais c'est ridicule*, pensa-t-elle. *Ce n'est qu'une idiotie d'horoscope.*

**
*

Le lundi, Leslie était toujours sans nouvelles d'Oliver. Elle téléphona à son bureau mais on ne put la renseigner. Le mardi, il n'avait toujours pas donné signe de vie. Elle commença à s'affoler. Le mercredi, à quatre heures du matin, elle fut réveillée par la sonnerie insistante du téléphone. Elle s'assit dans son lit et pensa : *C'est Oliver ! Dieu merci.* Elle savait qu'elle eût dû lui en vouloir de ne pas avoir appelé plus tôt mais tout cela était maintenant sans importance.

Elle décrocha.

« Oliver... »

Une voix masculine demanda :

« Je suis bien chez Leslie Stewart ? »

Elle fut parcourue par un frisson glacé.

« Qui... qui êtes-vous ?

— Al Towers, d'Associated Press. Une dépêche vient de nous parvenir, mademoiselle Stewart, et nous aimerions connaître votre réaction. »

Quelque chose de terrible était arrivé. Oliver était mort.

« Mademoiselle Stewart ?

— Oui. » Sa voix n'était plus qu'un murmure étranglé.

« Pouvons-nous obtenir un commentaire de votre part ?

— Un commentaire ?

30

— Au sujet du mariage à Paris d'Oliver Russell avec la fille du sénateur Todd Davis. »

Ce fut, l'espace d'un instant, comme si la chambre se mettait à tournoyer.

« Vous et monsieur Russell deviez vous marier, n'est-ce pas ? Nous aimerions recueillir votre réaction... »

Elle était là, muette, figée sur place.

« Mademoiselle Stewart ? »

Elle retrouva enfin l'usage de la parole.

« Oui. Je... Je leur souhaite à tous les deux d'être heureux. »

Elle raccrocha, assommée. Un cauchemar... Elle devait vivre un cauchemar... elle allait se réveiller dans quelques minutes pour se rendre compte qu'elle avait rêvé.

Mais elle ne dormait pas. On l'avait une fois de plus abandonnée. *Ton père ne reviendra pas.* Elle se rendit dans la salle de bains et regarda fixement la pâle image d'elle-même que lui renvoyait son miroir. « *Une dépêche vient de nous parvenir.* » Oliver en épousait une autre. *Pourquoi ? Qu'ai-je fait de mal ? En quoi lui ai-je fait défaut ?* Mais tout au fond d'elle-même, Leslie savait que c'était Oliver qui avait trahi la confiance qu'elle avait mise en lui. Il l'avait quittée. Comment allait-elle désormais envisager l'avenir ?

Au matin, lorsqu'elle pénétra dans l'agence, ses collègues durent faire un effort pour ne pas la dévisager. Elle se rendit tout droit au bureau de Jim Bailey.

La voyant très pâle, il dit :

« Vous n'auriez pas dû venir travailler aujourd'hui, Leslie. Pourquoi ne pas rentrer chez vous et... »

Elle s'arma de courage.

« Non, merci, Ça ira. »

31

Les informations radiophoniques et télévisées ainsi que les journaux de l'après-midi était remplis de détails sur la noce parisienne. Le sénateur Todd Davis était sans conteste le plus influent personnage du Kentucky et il n'était question que du mariage de sa fille et de la manière dont Leslie avait été éconduite.

Le téléphone ne cessait de sonner dans son bureau.

« Ici le *Courrier-Journal*, mademoiselle Stewart. Pouvez-vous nous faire une déclaration concernant le mariage ?

— Oui. La seule chose qui m'importe est qu'Oliver Russell soit heureux.

— Mais vous et lui étiez sur le point de...

— Si nous nous étions mariés, nous aurions commis une erreur. La fille du sénateur Davis était déjà dans sa vie avant moi. Il tenait manifestement toujours à elle. Je ne leur souhaite que du bonheur à tous les deux. »

« Ici le *State Journal* qui vous appelle de Frankfort... »

Et cela n'arrêtait pas.

Leslie avait l'impression que la moitié de la ville la prenait en pitié tandis que l'autre se réjouissait de ce qui lui arrivait. Où qu'elle allât, les conversations cessaient et l'on murmurait sur son passage. Elle était bien décidée à ne rien laisser voir des sentiments qui l'habitaient.

« Comment avez-vous pu le laisser vous faire une telle...

— Lorsqu'on aime vraiment quelqu'un, répondait-elle d'un ton ferme, on veut son bonheur. Oliver Russell est l'être le meilleur que j'aie jamais rencontré. Je leur souhaite tout le bonheur possible. »

Leslie envoya un mot d'excuse à tous les invités de la noce et leur retourna leurs cadeaux.

Elle restait partagée entre l'espoir et la crainte qu'Oliver ne l'appelle. Pourtant, lorsque cela se produisit, elle fut prise de court, bouleversée par le son de sa voix.

« Leslie... Je ne sais pas quoi dire.

— Alors c'est vrai ?

— Oui.

— Dans ce cas, il n'y a rien à dire.

— Je voulais seulement t'expliquer ce qui est arrivé. Avant que je ne fasse ta connaissance, Jan et moi étions presque fiancés. Et lorsque je l'ai revue, j'ai... j'ai compris que je l'aimais toujours.

— Je comprends, Oliver. Adieu. »

Cinq minutes plus tard, la secrétaire de Leslie l'appela sur la ligne intérieure.

« Il y a un appel pour vous sur la une, mademoiselle Stewart.

— Je ne veux pas parler à...

— C'est le sénateur Davis. »

Le père de la mariée. *Que me veut-il ?* se demanda-t-elle. Elle décrocha le téléphone.

Une voix au fort accent sudiste dit :

« Mademoiselle Stewart ?

— Oui.

— Ici Todd Davis. Je crois que nous devrions avoir une petite conversation, vous et moi. »

Elle hésita.

« Monsieur le Sénateur, je ne sais pas ce que nous pourrions nous...

— Je passe vous prendre dans une heure. »

Et l'on coupa.

Exactement une heure plus tard, une limousine vint se ranger devant l'immeuble de bureaux où travaillait Leslie. Un chauffeur lui ouvrit la portière. Le sénateur Davis était assis sur le siège arrière. C'était un homme à l'air distingué : blanche chevelure ondulée et petite moustache bien taillée. Il offrait l'image d'un patriarche.

Même en automne, il était vêtu de son éternel costume en coutil blanc et de son panama. Un homme du siècle précédent, le type même du gentleman sudiste d'antan.

Lorsque Leslie fut assise dans la voiture, le sénateur Davis lui dit :

« Vous êtes une très belle jeune femme.

— Merci », répondit-elle d'un air pincé.

La limousine démarra.

« Je ne voulais pas uniquement parler de votre beauté physique, mademoiselle Stewart. Je suis au courant de la manière dont vous avez réagi à toute cette histoire sordide. Ce doit être très pénible pour vous. Moi-même, en apprenant la nouvelle, je n'ai pas voulu y croire. » Il prit un ton courroucé. « Qu'est-il advenu de notre bonne vieille morale ? Pour ne rien vous cacher, je suis dégoûté de la manière tout à fait méprisable dont Oliver vous a traitée. Et que Jan l'épouse me rend furieux contre elle. Comme c'est ma fille, j'éprouve en un certain sens de la culpabilité. Ils se valent bien l'un et l'autre et méritent d'être ensemble. » Sa voix s'étrangla sous le coup de l'émotion.

Ils roulèrent en silence durant un long moment. Lorsque Leslie prit finalement la parole, elle dit :

« Je connais Oliver. Je suis sûre qu'il ne voulait pas me blesser. Ça s'est trouvé comme ça, c'est tout. Je ne veux que son bien. Il le mérite et il ne me viendrait jamais à l'idée de me mettre en travers de son chemin.

— Cette générosité vous honore. » Il l'examina durant quelques instants. « En fin de compte, vous êtes une jeune femme remarquable. »

La limousine s'arrêta. Leslie regarda par la vitre. Ils étaient arrivés au Paris Pike, la barrière qui donnait accès au Kentucky Horse Center.

Lexington et les environs comptaient plus de cent haras dont le plus grand appartenait au sénateur Davis. On ne voyait à perte de vue que des clôtures en bois blanc, des paddocks blancs aux montants ornementaux rouges et l'ondulation des pâturages bleutés du Kentucky, le célèbre « blue grass ».

Leslie et le Sénateur descendirent de voiture et se dirigèrent vers la clôture qui entourait le champ de courses. Ils y firent halte pour contempler les magnifiques bêtes à l'entraînement.

Le sénateur Davis se tourna vers Leslie.

« Je suis un homme simple, dit-il d'une voix posée. Oh, je sais ce que vous pouvez penser mais c'est la vérité. Je suis né ici et j'y passerais volontiers le reste de ma vie. C'est un endroit unique au monde. Regardez autour de vous, mademoiselle Stewart. C'est un paradis. Pouvez-vous me reprocher d'être attaché à tout cela ? Mark Twain a dit que lorsque viendrait la fin du monde, il voulait se trouver au Kentucky parce qu'on y a toujours une bonne vingtaine d'années de retard. J'ai passé la moitié de ma vie à Washington, une ville que je déteste.

— Pourquoi dans ce cas y avoir passé autant de temps ?

— Parce que j'avais le sentiment d'y être tenu. Les gens d'ici m'ont élu au Sénat et, tant qu'ils ne m'en chasseront pas, j'y resterai pour tenter d'y faire le meilleur travail possible. » Et passant du coq à l'âne : « Je tiens à ce que vous sachiez que j'admire vos sentiments et la façon dont vous vous êtes comportée. Si vous aviez été hargneuse, vous auriez pu causer un beau scandale. Les choses étant ce qu'elles sont... Enfin, je voudrais vous témoigner mon estime. »

Elle lui adressa un regard interrogatif.

« J'ai pensé que vous aimeriez peut-être vous

éloigner un peu, faire un petit tour à l'étranger, voyager durant quelque temps. Bien entendu, je prendrais sur moi tous les...

— Je vous en prie, ne faites pas cela.

— Je voulais seulement...

— Je sais. Je ne connais pas votre fille, monsieur le Sénateur, mais si Oliver l'aime, ce doit être quelqu'un de remarquable. J'espère qu'ils seront heureux. »

Le Sénateur dit d'un ton gêné :

« Je crois qu'il faut que vous sachiez qu'ils vont revenir ici pour se marier de nouveau. A Paris, il n'y a eu qu'une cérémonie civile mais Jan tient à se marier ici, à l'église. »

Ce fut comme un coup de poignard.

« Je vois. Très bien. Ils n'ont pas à s'inquiéter.

— Merci. »

La cérémonie nuptiale eut lieu deux semaines plus tard à la Chapelle du Calvaire où Leslie et Oliver devaient se marier. L'église était pleine à craquer.

Oliver Russell, Jan et le sénateur Davis se tenaient debout au pied de l'autel devant le pasteur. Jan Davis était une brune séduisante de taille imposante et d'allure aristocratique.

Le pasteur prononçait les paroles qui allaient bientôt clore la cérémonie : « Dieu a voulu que l'homme et la femme soient unis par les liens sacrés du mariage et vous allez maintenant vous engager dans la vie ensemble... »

La porte de l'église s'ouvrit et Leslie Stewart entra. Elle se tint quelques instants à l'arrière pour écouter, puis s'avança jusqu'au banc de la dernière rangée où elle demeura debout.

Le pasteur disait : « ... aussi si quelqu'un connaît quelque empêchement à ce mariage qu'il le dise maintenant ou se taise à jamais... — levant les yeux, il aperçut Leslie — ... et aille en paix ».

Les têtes se tournèrent presque automatiquement dans la direction de Leslie. Un murmure courut dans l'assistance. On sentait que l'on allait être témoin d'une scène dramatique, et l'église s'emplit d'une tension soudaine.

Le pasteur attendit quelques instants puis s'éclaircit nerveusement la gorge.

« Ainsi, de par le pouvoir dont je suis investi, je vous déclare mari et femme. » Une note de soulagement profond perça dans sa voix : « Vous pouvez embrasser la mariée. »

Lorsqu'il leva de nouveau les yeux, Leslie n'était plus là.

La phrase finale du journal intime de Leslie Stewart fut la suivante :

Cher Journal : La noce a été superbe. L'épouse d'Oliver est très jolie. Elle portait une charmante robe blanche de satin et de dentelle avec un dos nu et une veste boléro. Oliver était plus séduisant que jamais. Il avait l'air très heureux. Je suis contente.

Parce que d'ici à ce que j'en aie fini avec lui, il va regretter d'être né.

2

C'était le sénateur Todd Davis qui avait œuvré à la réconciliation entre Oliver Russell et sa fille.

Le Sénateur était veuf. Milliardaire, il possédait des plantations de tabac, des mines de charbon, des puits de pétrole dans l'Oklahoma et en Alaska, ainsi qu'une écurie de courses, mondialement réputée. Membre de la majorité au Sénat, il accomplissait son cinquième mandat et était l'un des hommes les plus puissants de Washington.

Sa philosophie était simple : ne jamais oublier un service rendu, ne jamais pardonner une offense. Il se flattait de toujours miser sur les gagnants, tant aux courses qu'en politique, et il avait d'emblée reconnu en Oliver Russell quelqu'un qui irait loin. Le fait que celui-ci épousât de surcroît sa fille tombait on ne peut mieux, jusqu'à ce que, bien entendu, celle-ci n'annule bêtement ces beaux projets de mariage. Lorsque la nouvelle du prochain mariage d'Oliver Russell et de Leslie Stewart était parvenue aux oreilles du Sénateur, il avait mal pris la chose. Très mal.

Le sénateur Davis avait fait la connaissance d'Oliver Russell à l'occasion d'une affaire juridique que celui-ci avait traitée pour lui. Il avait été impressionné. Oliver était intelligent, séduisant et disert, doté d'un charme juvénile qui le rendait attirant. Le Sénateur s'arrangeait pour déjeuner avec lui à intervalles réguliers sans que son jeune invité se doute le moins du monde de l'examen attentif auquel on le soumettait.

Un mois après cette rencontre, le Sénateur avait convoqué Peter Tager. « Je crois que nous avons trouvé notre prochain gouverneur. »

Tager était un homme sérieux, qui avait grandi dans une famille religieuse. Son père était professeur d'histoire, sa mère femme au foyer, et ils étaient tous deux de fervents pratiquants.

A onze ans, Tager voyageait en compagnie de ses parents et de son frère cadet à bord d'une voiture quand les freins avaient lâché. Le seul survivant du terrible accident avait été Peter, qui avait perdu un œil.

Il croyait que Dieu l'avait épargné afin qu'il puisse répandre Sa parole.

Le sénateur Davis n'avait jamais rencontré quelqu'un qui comprît mieux les aléas de la vie politique que Peter Tager. Celui-ci connaissait l'électorat et savait comment en capter les votes. Il devinait d'instinct, avec une sorte de sixième sens inquiétant, ce que le public voulait entendre et ce qu'il était fatigué de se voir rabâcher. Mais, plus important encore aux yeux du sénateur Davis, Peter Tager était quelqu'un en qui il pouvait avoir confiance, un homme intègre. Et aimé de tous. Le bandeau qui recouvrait son œil lui conférait une sorte de panache. Pour Tager, une chose comptait plus que tout au monde : sa famille. Le Sénateur n'avait jamais rencontré quelqu'un d'aussi fier de sa femme et de ses enfants.

Lorsque le sénateur Davis avait fait sa connaissance, Tager songeait à entrer dans les ordres. « Il y a tant de gens à aider, monsieur le Sénateur. Je veux faire tout ce qui est en mon pouvoir pour les soulager. »

Le Sénateur l'avait convaincu de renoncer à cette idée. « Pensez à tous les gens que vous pourriez aider si vous travailliez pour moi au Sénat des États-Unis. » Il n'avait eu qu'à se féliciter de son choix. Tager était un homme d'action.

« L'homme auquel je pense pour le poste de gouverneur est Oliver Russell.

— L'avocat ?

— Oui. C'est une bête politique. Quelque chose me dit qu'avec nous derrière lui, il se fera élire à coup sûr.

— C'est intéressant, monsieur le Sénateur. »

Et les deux hommes avaient discuté de la chose.

Le sénateur Davis avait parlé d'Oliver Russell à Jan, sa fille. « Ce garçon a un avenir prometteur, ma chérie.

— En tout cas, il a déjà un passé sulfureux, papa. C'est le plus chaud lapin de toute la ville.

— Allons, ma chérie, il ne faut pas écouter les ragots. Je l'ai invité à dîner vendredi. »

Le dîner s'était bien passé. Oliver avait été charmant et Jan s'était, malgré elle, prise de sympathie pour lui. Le Sénateur, assis à sa place habituelle, les avait observés et avait amené la conversation sur des sujets permettant à Oliver de se mettre en valeur.

A la fin du repas, Jan l'avait invité à une soirée le dimanche suivant. « Ce sera avec plaisir. »

A partir de ce jour-là, ils avaient commencé à se fréquenter régulièrement.

« Ils ne vont pas tarder à se marier, avait prédit le Sénateur à Peter Tager. Le temps est venu de démarrer la campagne électorale d'Oliver. »

Oliver avait été convoqué à une réunion dans le bureau du sénateur Davis.

« J'ai une question à vous poser, avait-il dit. Ça vous dirait de devenir gouverneur du Kentucky ? »

Oliver l'avait regardé d'un air surpris. « Je... Je n'y ai jamais pensé.

— Eh bien, nous, Peter Tager et moi, y avons pensé. Il y a des élections l'an prochain. Ça nous donne amplement le temps d'organiser votre publicité, de vous faire connaître du public. Avec nous derrière vous, vous ne pouvez pas perdre. »

C'était vrai, et Oliver ne l'ignorait pas. Le sénateur Davis était un homme puissant, maître d'un appareil politique bien rodé, une machine électorale capable d'engendrer des mythes et de détruire quiconque se mettait en travers de son chemin.

« Vous allez devoir vous investir totalement, l'avait prévenu le Sénateur.

— Pas de problème.

— J'ai encore de meilleures nouvelles à vous annoncer, mon petit. En ce qui me concerne, ce

40

n'est pour moi qu'un début. Après un mandat ou deux au poste de gouverneur, nous vous faisons entrer à la Maison-Blanche, je vous le promets. »

Oliver avait bredouillé : « Vous... vous êtes sérieux ?

— Je n'ai pas l'habitude de plaisanter sur des sujets comme celui-ci. Inutile de vous dire que nous vivons à l'ère des médias, de la télévision. Vous possédez quelque chose que l'argent ne peut acheter : du charisme. Les gens sont attirés par vous. Vous les aimez sincèrement et ça se voit. C'est une qualité que John Kennedy avait lui aussi.

— Je... je ne sais pas quoi dire, Todd.

— Ne dites rien. Je dois retourner à Washington demain mais, à mon retour, nous nous mettrons au travail. »

La campagne pour le poste de gouverneur avait commencé quelques semaines plus tard. L'État avait été inondé d'affiches représentant Oliver. On l'avait vu à la télévision ainsi que dans des meetings politiques et des universités d'été. Les sondages que Peter Tager faisait personnellement réaliser montraient que la popularité de leur poulain augmentait de semaine en semaine.

« Il a encore gagné cinq points, avait-il dit au Sénateur. Il n'est plus qu'à dix points derrière le Gouverneur et nous avons encore beaucoup de temps devant nous. Encore quelques semaines et ils seront à égalité. »

Le Sénateur avait acquiescé. « Il va gagner. Aucun doute là-dessus. »

Todd Davis et sa fille étaient en train de prendre leur petit déjeuner. « Alors, cette demande en mariage, il te l'a faite ? »

Jan avait souri. « Il ne me l'a pas faite comme ça, de but en blanc, mais il a laissé entendre des choses.

— Bien, mais ne le laisse pas se contenter de sous-entendus trop longtemps. Je veux que tu l'épouses avant qu'il devienne gouverneur, ça lui facilitera les choses d'être marié. »

Jan étreignit son père. « Si tu savais comme je suis heureuse que tu me l'aies fait connaître. Je suis folle de lui. »

Le Sénateur était ravi. « Tant qu'il te rend heureuse, je suis heureux. »

Tout allait on ne peut mieux.

Le lendemain soir, en rentrant chez lui, le sénateur Davis avait trouvé Jan dans sa chambre, en train de faire ses valises, le visage ruisselant de larmes.

Il l'avait regardée d'un air soucieux. « Que se passe-t-il, ma petite ?

— Je fiche le camp d'ici. Je ne veux plus jamais voir Oliver !

— Holà ! Du calme. De quoi parles-tu ? »

Elle s'était tournée vers lui, et d'un ton hargneux : « Je parle d'Oliver ! Il a passé la nuit dernière dans un motel avec ma meilleure amie. Elle s'est empressée de m'appeler pour me dire quel amant merveilleux il était. »

Le Sénateur en était resté pantois. « Peut-être ne faisait-elle que...

— Non. J'ai téléphoné à Oliver. Il... il a été forcé d'avouer. J'ai décidé de partir. Je vais à Paris.

— Tu es bien sûre de ne pas...

— Absolument sûre. »

Et le lendemain matin, elle était partie.

Le Sénateur avait fait venir Oliver. « Vous me décevez, mon petit. »

Oliver s'était armé de courage. « Je suis navré de ce qui est arrivé, Todd. C'était... c'était juste une passade. J'avais quelques verres dans le nez,

42

cette femme est venue vers moi et... Enfin, je n'ai pas su résister à la tentation.

— Je comprends, avait dit le Sénateur avec sympathie. Après tout, vous êtes un homme, non ? »

Le visage d'Oliver s'était éclairé d'un sourire de soulagement. « D'accord. Ça ne se reproduira plus jamais, je vous l'assure...

— Il n'empêche que c'est bien dommage. Vous auriez fait un bon gouverneur. »

Oliver avait blêmi. « Mais... qu'est-ce que vous dites, Todd ?

— Oliver, que penserait-on si je continuais désormais à vous apporter mon soutien ? Enfin, quand on pense aux sentiments de Jan...

— Qu'est-ce que le poste de gouverneur a à voir avec Jan ?

— J'ai répété à la cantonade qu'il y avait de bonnes chances pour que le prochain gouverneur soit mon gendre. Mais comme vous ne serez pas mon gendre, je vais devoir revoir mes plans, n'est-ce pas ?

— Soyez raisonnable, Todd. Vous ne pouvez pas... »

Le sourire du Sénateur s'était effacé. « Ne me dites jamais ce que je peux et ne peux pas faire, Oliver. Je peux vous faire et je peux vous casser ! » Il retrouva son sourire. « Mais ne vous méprenez pas. Je n'ai rien contre vous. Je ne vous veux que du bien. »

Oliver était resté quelques instants sans voix, puis en se levant : « Je comprends. Je... Je suis navré de toute cette histoire.

— Moi aussi, Oliver, croyez-moi. Je suis vraiment navré. »

Après le départ d'Oliver, le Sénateur avait fait entrer Peter Tager. « Nous mettons un terme à la campagne de Russell.

43

— Un terme ? Pourquoi ? C'est dans la poche !
Les derniers sondages...

— Contentez-vous de faire ce que je vous dis.
Annulez toutes les apparitions publiques d'Oliver. En ce qui me concerne, il n'est plus dans la
course. »

Deux semaines plus tard, la cote d'Oliver Russell commençait à descendre dans les sondages.
On avait interrompu la campagne d'affichage et
annulé les publicités à la radio et à la télévision.

« La cote du gouvernement Addison remonte.
Si nous voulons trouver un autre candidat, nous
ferions mieux de nous dépêcher », avait dit Peter
Tager.

Le Sénateur était songeur. « Nous avons tout le
temps. Attendons la suite des événements. »

C'était quelques jours après cette conversation
qu'Oliver Russell s'était adressé à l'agence Bailey
& Tomkins pour lui demander de s'occuper de sa
campagne. Jim Bailey l'avait présenté à Leslie
qui lui avait plu d'emblée. Belle, elle était de surcroît intelligente, sympathique, et elle croyait en
lui. Il avait parfois trouvé à Jan une certaine
morgue sur laquelle il avait fermé les yeux. Avec
Leslie, il en allait tout autrement. Elle était chaleureuse et sensible, et il s'était tout naturellement épris d'elle. Même s'il lui arrivait de temps
à autre de penser à ce qu'il avait perdu : « ... *Ce
n'est qu'un début. Après un mandat ou deux au
poste de gouverneur, nous vous faisons entrer à la
Maison-Blanche, je vous le promets.* »

*Tant pis. Je peux être heureux sans rien de tout
cela.* Il essayait de s'en persuader mais ne pouvait
s'empêcher de songer à tout le bien qu'il aurait
pu faire.

Lorsque le mariage d'Oliver et Leslie avait été

44

imminent, le sénateur Davis avait convoqué Tager.

« Peter, nous avons un problème. Nous ne pouvons laisser Oliver Russell ruiner sa carrière en épousant une parfaite inconnue. »

Tager s'était assombri. « Je ne vois pas ce que nous pouvons y faire, monsieur le Sénateur. La date du mariage est déjà fixée. »

Le Sénateur était resté quelques instants pensif. « La course au poste de gouverneur n'est pas encore arrivée à son terme, n'est-ce pas ? »

Il avait téléphoné à sa fille à Paris. « Jan, j'ai une terrible nouvelle à t'apprendre. Oliver se marie. »

Il y avait eu un long silence au bout du fil. « Je... je sais.

— Ce qui est triste dans tout cela, c'est qu'il n'aime pas cette femme. Il m'a dit qu'il l'épousait uniquement par dépit, parce que tu l'avais quitté. Il t'aime encore.

— Il a dit cela ?

— Absolument. Il est en train de faire une terrible bêtise. Et, en un sens, c'est toi qui l'y forces, ma petite. Depuis que tu l'as plaqué, ce n'est plus le même homme.

— Papa, je... je ne pouvais pas savoir.

— Je n'ai jamais vu un homme plus malheureux.

— Je ne sais pas quoi dire.

— Es-tu toujours amoureuse de lui ?

— Oui, je l'aime encore, j'ai commis une erreur terrible.

— Enfin, dans ce cas, il n'est peut-être pas trop tard.

— Mais il se marie.

— Ma chérie, qui sait ce que l'avenir nous réserve ? Peut-être reviendra-t-il à la raison. »

Après que le sénateur Davis eut raccroché,

Peter Tager avait dit : « Qu'est-ce que vous mani-gancez, monsieur ?

— Moi ? avait demandé le Sénateur d'un ton innocent. Rien. J'essaie seulement de remettre un peu les choses à leur place. Je crois que je vais dire deux mots à Oliver. »

Quelques heures plus tard, Oliver Russell entrait dans le bureau du sénateur Davis.

« Ça fait plaisir de vous revoir, Oliver. Merci d'être passé. Vous avez très bonne mine.

— Merci, Todd. Vous aussi.

— Enfin, je prends de l'âge mais je fais de mon mieux.

— Vous vouliez me voir, Todd ?

— Oui, Oliver. Asseyez-vous. »

Oliver prit un siège.

« J'aurais besoin de vos services à Paris pour régler un problème juridique. Une de mes socié-tés là-bas a des ennuis. Une réunion des action-naires aura bientôt lieu, j'aimerais que vous y assistiez.

— Avec plaisir. A quelle date cette réunion est-elle prévue ? Je vais vérifier mon emploi du temps et...

— J'ai bien peur que vous ne deviez partir dès cet après-midi. »

Oliver lui avait lancé un regard interrogateur. « Cet après-midi ?

— Je n'aime guère vous brusquer de la sorte mais la nouvelle vient tout juste de me parvenir. Mon avion vous attend à l'aéroport. Vous croyez pouvoir arranger ça ? C'est important pour moi. »

Oliver était resté songeur. « Je vais essayer de me débrouiller d'une façon ou d'une autre.

— Je vous en sais gré, Oliver. Je savais que je pouvais compter sur vous. » Se penchant vers lui, il ajouta : « Ce qui vous arrive m'attriste vraiment beaucoup. Avez-vous vu les derniers sondages ? »

Il soupira. « Je crains que vous ne soyez en pleine dégringolade.

— Je sais.

— Je m'en ficherais si ce n'était que...

— Que quoi ?

— Que vous auriez fait un bon gouverneur. Un avenir radieux s'ouvrait devant vous. Vous auriez eu de l'argent... du pouvoir. Laissez-moi vous dire une chose sur l'argent et le pouvoir, Oliver. L'argent n'a pas d'odeur. Un clodo peut en gagner au loto, un crétin en hériter, on peut aussi se le procurer en braquant une banque. Mais du pouvoir il en va autrement. Le pouvoir fait de vous le maître du monde. Si vous étiez gouverneur de cet État, vous pourriez influer sur la vie de tous ses habitants, Oliver. Vous pourriez édicter des lois favorables à la population et opposer votre veto à des lois susceptibles de lui nuire. Un jour, je vous ai promis que vous seriez président des États-Unis. Eh bien, j'étais sérieux : vous auriez pu le devenir. Et pensez au pouvoir que cela représente, Oliver, d'être l'homme le plus important du monde, à la tête du pays le plus puissant de la planète ! Ça laisse rêveur, n'est-ce pas ? Réfléchissez-y. » Il répéta lentement : « L'homme le plus puissant du monde. »

Oliver écoutait, se demandant où le Sénateur voulait en venir.

Comme en réponse à cette question non formulée, le Sénateur avait repris : « Et vous avez laissé tout ça vous passer sous le nez pour une histoire de fesses. Je vous croyais plus malin, mon petit. »

Oliver n'avait pas bronché, écoutant le sénateur Davis enchaîner sur un ton tout à fait naturel : « J'ai parlé à Jan ce matin. Elle est à Paris, au Ritz. Lorsque je lui ai dit que vous étiez sur le point de vous marier... Eh bien, elle s'est effondrée et s'est mise à sangloter.

— Je... je suis navré, Todd. Vraiment.

— Je sais. Et je ne voudrais pas m'immiscer dans vos affaires pour tout l'or du monde. Je suis sans doute un vieux sentimental, mais pour moi le mariage est la chose la plus sacrée qui soit. Vous avez ma bénédiction, Oliver.

— Je vous en suis reconnaissant.

— Je le sais. » Le Sénateur avait regardé sa montre. « Enfin, vous voulez sûrement passer chez vous pour faire votre valise. Une notice concernant les tenants et aboutissants de l'affaire ainsi que l'ordre du jour de la réunion vous sera faxée à Paris. »

Oliver s'était levé. « Parfait. Et ne vous inquiétez pas. Je m'occuperai de tout là-bas.

— Je n'en doute pas. A propos, je vous ai réservé une chambre au Ritz. »

En s'envolant vers Paris à bord du *Challenger,* le luxueux avion personnel du sénateur Davis, Oliver avait repensé à leur conversation : « *Vous auriez fait un bon gouverneur. Un avenir radieux s'ouvrait devant vous. Vous auriez eu de l'argent... du pouvoir. Laissez-moi vous dire une chose sur l'argent et le pouvoir, Oliver... Le pouvoir fait de vous le maître du monde... Si vous étiez gouverneur de cet État, vous pourriez influer sur la vie de tous ses habitants. Vous pourriez édicter des lois favorables à la population et opposer votre veto à des lois susceptibles de lui nuire.* »

Mais je n'ai pas besoin de ce pouvoir, voulut se convaincre Oliver. *Je vais épouser une femme merveilleuse. Nous saurons nous rendre mutuellement heureux. Très heureux.*

Une limousine l'attendait à l'aéroport du Bourget.

« Où dois-je vous conduire, monsieur Russell ? » avait demandé le chauffeur.

« *A propos, je vous ai réservé une chambre au Ritz.* » Jan était elle-même aussi descendue au Ritz. *Je serais plus avisé de choisir un autre hôtel,* avait pensé Oliver. *Le Plaza-Athénée ou le Meurice.*

Le chauffeur le regardait, attendant sa réponse.

« Au Ritz. » Il se devait au moins de présenter ses excuses à Jan.

* * *
*

Il lui avait téléphoné du hall de l'hôtel. « C'est Oliver. Je suis à Paris.

— Je sais, dit Jan. Papa m'a appelée.

— J'aimerais passer te dire bonjour si tu...

— Monte. »

En franchissant le seuil de la suite de Jan, il ignorait encore ce qu'il lui dirait.

Elle l'attendait à la porte. Elle demeura quelques instants immobile, souriante, puis jeta ses bras autour de son cou et le serra contre elle.

« Papa m'a annoncé ton arrivée. Je suis si heureuse ! »

Oliver était resté figé, ahuri. Il fallait qu'il lui parle de Leslie mais comment trouver les termes appropriés... *Je suis désolé de la manière dont les choses ont tourné entre nous... Je ne voulais pas te faire souffrir... Je suis tombé amoureux d'une autre... mais je serai toujours...*

« Je... j'ai quelque chose à te dire, avait-il risqué sur un ton embarrassé. En fait, je... » Et, en regardant Jan, il entendit les paroles de son père : « *Un jour, je vous ai promis que vous seriez président des États-Unis. Eh bien, je parlais sérieusement... Et pensez au pouvoir que cela représente, Oliver, d'être l'homme le plus important du monde, à la tête du pays le plus puissant de la planète. Ça laisse rêveur, n'est-ce pas ?* »

« Oui, mon chéri ? »

Et les mots s'étaient alors formés d'eux-mêmes, comme si un autre les prononçait : « J'ai fait une erreur épouvantable, Jan. Je me suis conduit comme le dernier des idiots. Je t'aime. Je veux t'épouser.

— Oliver !

— Acceptes-tu de m'épouser ? »

Jan n'avait pas marqué la moindre hésitation. « Oui. Oh oui, mon amour ! »

Il l'avait soulevée et transportée dans la chambre puis, quelques instants plus tard, alors qu'ils étaient au lit, nus, Jan avait dit : « Tu ne sais pas à quel point tu m'as manqué, mon chéri.

— J'avais dû perdre la tête... »

Jan s'était collée contre son corps en gémissant. « Oh ! C'est si merveilleux.

— C'est parce que nous sommes faits l'un pour l'autre. » Oliver s'était assis dans le lit. « Il faut annoncer la nouvelle à ton père. »

Elle avait levé les yeux vers lui, surprise.

« Maintenant ?

— Oui. »

Et je vais devoir annoncer la chose à Leslie.

Quinze minutes plus tard, Jan parlait à son père. « Oliver et moi allons nous marier.

— Magnifique, Jan. Je ne saurais être plus surpris ou ravi. À propos, le maire de Paris est un vieil ami à moi. Il attend votre appel. Il vous mariera lui-même. J'ai tout arrangé.

— Mais...

— Passe-moi Oliver. » Jan lui avait tendu l'appareil : « Il veut te parler. »

Oliver avait pris le téléphone. « Todd ?

— Eh bien, mon petit, vous me rendez très heureux. Vous avez fait ce qu'il fallait.

— Merci. Je suis tout aussi heureux que vous.

— Je prends toutes les dispositions pour que

vous vous mariiez à Paris, Jan et vous. Et quand vous reviendrez, on fera un grand mariage religieux ici. A la Chapelle du Calvaire. »

Oliver avait sourcillé. « A la Chapelle du Calvaire ? Je... je ne trouve pas ça très convenable, Todd. C'est là que Leslie et moi devions nous... Pourquoi ne pas faire ça... »

Le sénateur Davis avait alors articulé d'une voix glaciale : « Vous avez mis ma fille dans une situation pénible, Oliver, et je ne doute pas que vous vouliez faire un geste en guise de réparation. Est-ce que je me trompe ? »

Un long silence s'était fait sur la ligne. « Oui, Todd. Bien sûr.

— Merci, Oliver. J'attends votre retour avec impatience dans quelques jours. Nous avons des tas de choses à discuter... au sujet de ce poste de gouverneur... »

Le mariage à Paris avait consisté en une brève cérémonie civile dans le bureau du maire. Ensuite Jan s'était tournée vers Oliver en disant : « Papa veut vous offrir un mariage religieux à la Chapelle du Calvaire. »

Il hésita en pensant à Leslie et à la manière dont elle prendrait la chose. Mais il était désormais allé trop loin pour reculer. « Nous ferons comme il l'entend. »

Leslie lui occupait sans cesse l'esprit. Elle n'avait rien fait pour mériter le traitement qu'il lui infligeait. *Je vais l'appeler pour m'expliquer.* Mais chaque fois qu'il décrochait le téléphone, il se demandait : *Quelle explication lui donner ? Que lui dire ?* Et à ces questions il n'avait trouvé aucune réponse. Ayant finalement pris son courage à deux mains, il l'avait appelée, mais elle connaissait déjà la nouvelle par les journaux, et il s'était senti encore plus mal après son coup de téléphone.

Dès le lendemain du retour de Jan et Oliver à Lexington, la campagne électorale de celui-ci retrouva son rythme accéléré. Peter Tager avait huilé tous les rouages de la machine et Oliver redevint omniprésent à la radio, à la télévision et dans les journaux. Il prit la parole devant une assistance importante au Kentucky Kingdom Thrill Park, un parc d'attraction de la ville, et tint un meeting à l'usine Toyota de Georgetown. Il s'adressa à un auditoire massé sur l'immense aire de stationnement du centre d'achat de Lancaster. Et ce n'était qu'un début.

Peter Tager organisa une traversée de l'État à bord d'un car. Celui-ci, parti de Georgetown, passa par Stanford et fit des haltes à Frankfort, Versailles, Winchester, Louiseville... Oliver prit la parole au Kentucky Fairground, un autre parc d'attraction, et au Centre des Expositions. Là, en son honneur, on servit du *burgoo*, un ragoût traditionnel à base de poulet, de veau, de bœuf, d'agneau, de porc et de légumes, le tout cuit dans une grande marmite sur un feu à ciel ouvert.

Oliver grimpait dans les sondages. Il marqua un seul temps d'arrêt dans sa campagne, et ce fut pour se marier. Il avait vu Leslie au fond de l'église et éprouvé un sentiment de malaise. Il s'en était ouvert à Peter Tager : « Dites-moi, croyez-vous que Leslie pourrait tenter quelque chose pour me nuire ?

— Bien sûr que non. Et même si elle le voulait, que pourrait-elle faire ? Oubliez-la. »

Tager avait raison, Oliver le savait. Tout marchait parfaitement pour lui. Il n'avait aucune raison de s'en faire. Rien désormais ne pourrait l'arrêter. Rien.

Le soir des élections, Leslie Stewart, assise seule chez elle devant son poste de télévision, regarda le résultat du scrutin. Circonscription par circonscription, l'avance d'Oliver ne cessait de se creuser. Finalement, cinq minutes avant minuit, le gouverneur Addison apparut à l'écran pour prononcer un discours dans lequel il reconnaissait sa défaite. Leslie éteignit la télévision. Elle se leva et respira profondément.

Weep no more, my lady,
Oh, weep no more today !
We will song one song for the old Kentucky
[home,
For the old Kentucky home far away.

Ne pleurez plus, madame,
Oh, ne pleurez plus aujourd'hui !
Nous allons chanter notre bon vieux Kentucky,
Notre bon vieux Kentucky, le pays natal, si loin.

Le moment était venu.

3

Ce jour-là, le sénateur Davis avait une matinée chargée. Il s'était rendu de la capitale à Louise-ville en avion afin d'assister à une vente de pur-sang.

« Nous devons maintenir la pureté de la race, dit-il à Peter Tager assis à côté de lui tandis qu'ils regardaient les superbes chevaux que l'on exhi-bait dans la vaste arène. C'est l'essentiel, Peter. »

On amenait une magnifique jument au centre de la piste.

« C'est Sail Away, dit le Sénateur. Je la veux. »

Le téléphone portable sonna. Peter Tager répondit. « Oui ? » Il écouta quelques instants puis se tourna vers le Sénateur. « Leslie Stewart veut vous parler. Acceptez-vous de prendre la communication ? »

Le sénateur Davis s'assombrit. Il marqua un temps d'hésitation puis prit le téléphone des mains de Tager.

« Mademoiselle Stewart ?

— Excusez-moi de vous déranger, monsieur le Sénateur, mais j'aimerais vous rencontrer. J'ai un service à vous demander.

— Oui mais je prends l'avion pour Washington demain, de sorte que...

— Je pourrais venir vous retrouver. C'est vraiment important. »

Le Sénateur marqua un temps d'hésitation.

« Enfin, si c'est vraiment aussi important, il doit y avoir un moyen d'arranger cela, mademoiselle. Je me rends dans ma ferme dans quelques minutes. Voulez-vous m'y retrouver ?

— Parfaitement.

— Dans une heure, alors.

— Merci. »

Davis coupa la liaison et se tourna vers Tager.

« Je me suis trompé à son sujet. Je la croyais plus futée. Si elle voulait de l'argent, elle aurait dû me le demander *avant* que Jan et Oliver se marient. » Il resta songeur un moment puis son visage s'éclaira d'un lent sourire. « Je vais lui montrer de quel bois je me chauffe.

— De quoi s'agit-il, monsieur ?

— Je viens de comprendre pourquoi elle est si pressée de me voir. Mademoiselle Stewart s'est aperçue qu'elle était enceinte d'Oliver et qu'elle allait avoir besoin d'un peu d'aide financière. C'est une arnaque vieille comme le monde. »

Une heure plus tard, Leslie s'engageait au volant de sa voiture sur les terres de Dutch Hill, la ferme du Sénateur. Un vigile l'attendait à l'extérieur de la maison de maître.

« Mademoiselle Stewart ?

— Oui.

— Le sénateur Davis vous attend. Par ici, s'il vous plaît. »

Il précéda Leslie à l'intérieur de la maison, le long d'un large corridor conduisant à une grande bibliothèque aux lambris couverts de livres. Le sénateur Davis, assis à son bureau, était en train de feuilleter un ouvrage. Il tourna les yeux dans sa direction et se leva lorsqu'elle entra.

« Heureux de vous revoir, ma chère. Prenez un siège, je vous prie. »

Leslie s'assit.

Le Sénateur lui fit voir l'ouvrage qu'il était en train de consulter.

« C'est fascinant. Ce livre donne la liste de tous les gagnants du Derby du Kentucky depuis le début. Savez-vous qui a été le premier vainqueur du Derby du Kentucky ?

— Non.

— Aristides, en 1875. Mais vous n'êtes sûrement pas venue ici pour discuter chevaux. » Il posa le livre. « Vous disiez avoir un service à me demander. »

De quelle manière va-t-elle formuler la chose ? songea-t-il : *Je viens de m'apercevoir que j'allais bientôt accoucher d'un enfant d'Oliver et je ne sais pas quoi faire... Je ne voudrais pas faire de scandale mais... Je veux bien élever l'enfant mais je n'ai pas assez d'argent...*

« Connaissez-vous Henry Chambers ? » l'interrogea Leslie.

Pris au dépourvu, le sénateur Davis tiqua.

« Si je... Henry ? Oui, je le connais. Pourquoi ?

— Je vous serais très reconnaissante de me donner un mot d'introduction pour lui. »

Le Sénateur la regarda tout en s'empressant d'écarter ses a priori.

« C'est cela le service que vous vouliez me demander ? Vous voulez faire la connaissance de Henry Chambers ?

— Oui.

— J'ai bien peur qu'il ne soit plus ici, mademoiselle Stewart. Il habite Phoenix, dans l'Arizona.

— Je sais. Je pars pour Phoenix demain matin. Je me suis dit que ce serait bien d'y connaître quelqu'un. »

Le sénateur Davis l'examina. Son instinct lui disait qu'il y avait dans tout cela quelque chose qui lui échappait.

Il formula sa question en des termes prudents.

« Vous savez quelque chose de particulier au sujet de Henry Chambers ?

— Non, sauf qu'il vient du Kentucky. »

Il resta silencieux, le temps de prendre sa décision. *Elle est belle,* pensa-t-il. *Henry me revaudra ça.*

« Je vais téléphoner. »

Cinq minutes plus tard, il parlait à Henry Chambers.

« Henry, ici Todd. Tu vas être triste d'apprendre que j'ai acheté Sail Away ce matin. Je sais que tu avais un œil sur elle. » Il écouta son interlocuteur puis se mit à rire. « Ça ne m'étonne pas de toi. J'ai appris que tu venais de divorcer encore une fois. C'est dommage. J'aimais bien Jessica. »

56

Leslie écouta la conversation qui se poursuivit quelques minutes encore. Puis le sénateur Davis dit : « Henry, je vais te mettre à contribution. J'ai une amie qui arrive à Phoenix demain et qui ne connaît personne là-bas. Je te serais reconnaissant de t'occuper d'elle un peu... Comment elle est ? » Il regarda Leslie et sourit. « Elle n'est pas mal. Mais ne va pas te faire des idées. »

Il écouta encore un peu puis se tourna de nouveau vers Leslie.

« A quelle heure votre avion atterrit-il à Phoenix ?

— A deux heures cinquante. Le vol 159 sur Delta Airlines. »

Le Sénateur répéta l'information à son interlocuteur. « Elle s'appelle Leslie Stewart. Tu me remercieras de t'avoir demandé ce service. Et sois sage, Henry. Je te rappellerai. » Il raccrocha.

« Merci, dit Leslie.

— Puis-je autre chose pour vous ?

— Non. Je n'ai besoin de rien d'autre. »

Pourquoi ? Qu'est-ce que cette Leslie Stewart peut bien vouloir à Henry Chambers ?

Leslie ne se serait jamais doutée que le fiasco public de son histoire avec Oliver Russell serait aussi difficile à supporter. C'était un cauchemar qui n'en finissait plus. Dès qu'elle paraissait quelque part, on murmurait : « C'est elle. Il l'a pratiquement plantée sur les marches de l'autel. » « Je garde mon invitation à la noce en souvenir... » « Je me demande ce qu'elle va faire de sa robe de mariée... »

Les ragots attisaient sa souffrance et l'humiliation devenait insupportable. Jamais plus elle ne ferait confiance à un homme. Jamais. Son unique consolation était de savoir qu'un jour ou l'autre elle ferait payer à Oliver Russell l'affront impardonnable qu'il lui avait fait subir. Elle ignorait encore quelle forme prendrait sa vengeance. Oliver, fort de l'appui du sénateur Davis, possédait désormais la richesse et le pouvoir. *Aussi ne me reste-t-il qu'une seule chose à faire*, se disait-elle : *trouver un moyen de devenir encore plus riche et plus puissante que lui. Mais comment ? Comment ?*

La cérémonie d'investiture eut lieu dans le jardin des bâtiments législatifs de l'État, à Frankfort, près de l'exquise horloge florale de douze mètres que l'on y peut admirer.

Jan, debout au côté d'Oliver et fière du charme qui émanait de lui, assista à l'intronisation de son mari au poste de gouverneur du Kentucky.

Si Oliver se montrait sage, ce n'était là que l'antichambre qui le conduirait à la Maison-Blanche, ainsi que le lui avait assuré son père. Et Jan avait bien l'intention de faire le maximum pour que tout se déroule sans accroc. Sans le moindre accroc.

La cérémonie terminée, Oliver et son beau-père s'assirent dans la bibliothèque grandiose de la résidence du Gouverneur, un superbe édifice inspiré du Petit Trianon, le pavillon que Marie-Antoinette s'était fait construire dans les jardins de Versailles.

Le sénateur Todd Davis examina la pièce luxueuse et acquiesça avec satisfaction.

« Vous allez être bien ici, mon petit. Parfaitement bien.

— C'est à vous que je le dois, dit Oliver avec vigueur. Je saurai m'en souvenir. »

Le sénateur Davis écarta ces propos reconnaissants d'un geste de la main.

« N'allez pas croire cela, Oliver. Vous êtes ici parce que vous le méritez. Oh, je vous ai peut-être facilité les choses un tantinet, mais ce n'est que le commencement. Depuis le temps que je fais de la politique, mon petit, j'ai appris certaines choses. »

Il posa son regard sur Oliver qui attendait la suite et qui dit, comme il se devait :

« Je suis tout ouïe, Todd.

— Les gens, vous voyez, se font des idées fausses. L'important ne réside pas dans les relations que l'on a mais dans ce que l'on sait des gens que l'on connaît. Chacun a dans son placard un squelette qu'il cache soigneusement. Il suffit de le mettre au jour et on est surpris de voir à quel point les gens sont alors prêts à collaborer. Je sais par exemple qu'il y a un membre du Congrès à Washington qui a déjà passé un an dans un hôpital psychiatrique. Un autre, un membre de la Chambre des Représentants, a fait un séjour en maison de redressement autrefois pour vol. Eh oui, vous devinez facilement quel tort cela ferait à leur carrière si ça venait à se savoir. Tout cela sert nos desseins. »

Le Sénateur ouvrit une luxueuse mallette en cuir et en tira une liasse de papiers qu'il tendit à Oliver.

« Voici des documents sur les gens à qui vous allez avoir affaire ici, au Kentucky. Ce sont des femmes et des hommes puissants mais ils ont tous leur talon d'Achille. » Son visage se fendit d'un grand sourire. « Le maire aussi a un talon d'Achille. C'est un travesti. »

Oliver parcourut les documents en écarquillant les yeux.

« Vous me gardez ça précieusement, vous m'entendez ? Ces papiers sont de l'or en barre.

— Ne vous inquiétez pas, Todd. Je ferai attention.

— Et, mon petit, n'exercez pas de pression excessive sur ces gens quand vous aurez besoin d'eux. Ne les brisez pas, contentez-vous de les faire plier un peu dans le sens qui vous conviendra. » Son regard s'attarda quelques instants sur Oliver. « Comment ça va tous les deux, Jan et vous ?

— On ne peut mieux », répondit vivement Oliver. C'était vrai, en un sens. Lui avait fait un mariage de convenance et veillait à ne rien risquer qui pût le mettre en péril. Il n'oublierait jamais ce que son faux pas précédent avait failli lui coûter.

« Parfait. Le bonheur de Jan est très important pour moi. » C'était une mise en garde.

« Pour moi aussi, dit Oliver.

— A propos, que pensez-vous de Peter Tager ? Il vous plaît ?

— Je l'aime beaucoup, dit Oliver sur un ton enthousiaste. Il m'a été extrêmement utile. »

Le sénateur Davis acquiesça.

« Je suis heureux de vous l'entendre dire. Vous ne trouverez pas mieux que lui. Je vais vous le prêter, Oliver. Il saura vous débarrasser de nombreux obstacles. »

Oliver sourit de toutes ses dents.

« Magnifique. Je vous en suis réellement reconnaissant. »

Le Sénateur se leva.

« Il faut que je parte pour Washington. Si vous avez besoin de quoi que ce soit, faites-le-moi savoir.

— Merci, Todd. Je n'y manquerai pas. »

Le dimanche qui suivit cet entretien, Oliver essaya de joindre Peter Tager.

« Il est à l'église, monsieur le Gouverneur.

— Juste. J'avais oublié. Je le verrai demain. »

Peter Tager allait à l'église tous les dimanches avec sa famille et assistait à des réunions de prières de deux heures, trois fois par semaine.

Oliver l'enviait d'une certaine manière. *C'est pro-bablement le seul homme vraiment heureux que j'aie rencontré,* pensait-il.

Le lundi matin, Tager se présenta au bureau d'Oliver.

« Vous vouliez me voir, Oliver ?

— Je voudrais que vous me rendiez un service. C'est personnel. »

Peter acquiesça. « Je ferai tout ce qui est en mon pouvoir pour vous être utile.

— J'ai besoin d'un appartement. »

Tager jeta sur la vaste pièce un regard d'incrédulité moqueuse. « Vous n'avez pas assez d'espace ici, monsieur le Gouverneur ?

— Non. » Oliver plongea son regard dans l'œil valide de Tager. « J'ai parfois des réunions privées le soir. La discrétion s'impose. Vous me comprenez ? »

Il se fit un silence gêné.

« Oui.

— Je veux un endroit loin du centre-ville. Vous pouvez me trouver ça ?

— Sans doute.

— Cela reste entre nous, naturellement. »

Peter Tager acquiesça sans joie.

Une heure plus tard, il téléphona au sénateur Davis à Washington.

« Oliver m'a demandé de lui louer une garçonnière, monsieur le Sénateur. Quelque chose de discret.

— Il a fait ça ? Eh bien, il fait ses classes. Peter. Il apprend. Faites ce qu'il demande. Assurez-vous seulement que Jan ne le sache jamais. » Le Sénateur demeura quelques instants pensif. « Trouvez-lui quelque chose dans Indian Hills. Un endroit avec une entrée privée.

— Mais ce n'est pas bien de sa part de...

— Peter, faites ce qu'il vous demande. »

4

Leslie avait trouvé la solution à son problème dans deux articles totalement différents parus dans le *Lexington Herald-Leader*. Le premier consistait en un long éditorial flatteur qui vantait les mérites du gouverneur Oliver Russell. Il débutait par ces mots : « Personne d'entre nous, ici, dans le Kentucky, ne sera surpris, connaissant Oliver Russell, s'il devient un jour Président des États-Unis. »

L'article de la page suivante, un entrefilet plus exactement, disait : « Henry Chambers, originaire de Lexington, dont le cheval, Lightning, a gagné le Derby du Kentucky il y a cinq ans, vient de divorcer de sa troisième épouse, Jessica Chambers. Il réside maintenant à Phoenix et est propriétaire et rédacteur en chef du *Phoenix Star*. »

Le pouvoir de la presse. Là était le vrai pouvoir. Katharine Graham et son *Washington Post* n'avaient-ils pas détruit un Président, Nixon ?

C'est alors que son idée avait pris corps.

Leslie avait consacré les deux jours suivants à faire des recherches sur Henry Chambers. Elle avait trouvé des renseignements intéressants à son sujet sur Internet. Chambers, cinquante-cinq ans, héritier philanthrope d'un magnat du tabac, avait consacré la majeure partie de sa vie à distribuer sa fortune. Ce n'était pas son argent qui intéressait Leslie, mais qu'il fût propriétaire d'un journal et récemment divorcé.

Une demi-heure après sa rencontre avec le sénateur Davis, Leslie entrait dans le bureau de Jim Bailey. « Je pars, Jim. »

Bailey, qui la tenait en estime, lui adressa un regard affable.

« Bien sûr. Vous avez besoin de vacances. Quand vous reviendrez, nous pourrons...

— Je ne reviendrai pas.

— Quoi ? Je... Nous tenons à vous, Leslie. Ce n'est pas par la fuite que vous réglerez...

— Je ne m'enfuis pas.

— Vous êtes bien sûre de votre décision ?

— Oui.

— Nous allons vous regretter. Quand partez-vous ?

— C'est pour ainsi dire déjà fait. »

Leslie avait beaucoup réfléchi aux divers moyens qui s'offraient à elle pour faire la connaissance de Henry Chambers. Mille possibilités s'étaient présentées à son esprit, qu'elle avait toutes écartées l'une après l'autre. Son projet exigeait une soigneuse mise au point. Et c'est alors qu'elle avait pensé au sénateur Davis. Lui et Chambers appartenaient au même monde, avaient des trajectoires identiques. Ils devaient nécessairement se connaître.

A peine débarquée de l'avion, au Sky Harbor Airport de Phoenix, et mue par une impulsion subite, elle se dirigea vers le kiosque à journaux du terminal. Ayant acheté un exemplaire du *Phoenix Star,* elle le parcourut rapidement. Pas de chance. Elle acheta l'*Arizona Republic* puis le *Phoenix Gazette* où elle trouva enfin ce qu'elle cherchait : la chronique astrologique de Zoltaire. *Non que j'ajoute foi à ces fadaises. Je suis trop intelligente pour ça. Mais...*

LION (23 JUILLET-22 AOÛT). JUPITER ENTRE DANS VOTRE SOLEIL. VOS PROJETS DE CŒUR ACTUELS SE RÉALISERONT. EXCELLENTES

Un chauffeur au volant d'une limousine l'attendait à la sortie de l'aéroport.

« Mademoiselle Stewart ?

— Oui.

— Monsieur Chambers vous envoie ses salutations. Il m'a demandé de vous conduire à votre hôtel.

— C'est très aimable de sa part. »

Leslie était déçue. Elle avait espéré qu'il viendrait l'accueillir en personne.

« Monsieur Chambers aimerait savoir si vous êtes libre pour dîner avec lui ce soir. »

Voilà qui est mieux. Beaucoup mieux.

« Dites-lui, je vous prie, que j'accepte son invitation avec plaisir. »

Ce soir-là, à vingt heures, Leslie était assise au restaurant en compagnie de Henry Chambers.

C'était un homme d'aspect agréable, au visage aristocratique, au cheveu brun grisonnant, et dont la personnalité ouverte mettait en confiance.

Il la détailla avec un regard admiratif.

« Todd était vraiment sérieux lorsqu'il m'a dit que c'était un service qu'il me rendait. »

Elle sourit. « Merci.

— Quel bon vent vous amène à Phoenix, Leslie ? »

Ça ne vous regarde pas. « J'en ai tellement entendu parler que je me suis dit que j'aimerais y vivre.

— C'est un endroit fabuleux. Vous allez adorer. L'Arizona a tout. Le Grand Canyon, le désert, les montagnes. On y trouve tout ce qu'on veut. »

C'est déjà fait, pensa-t-elle.

« Il faudra trouver à vous loger. Je vais vous dégoter quelque chose. »

Leslie savait que l'argent dont elle disposait ne lui permettrait pas de tenir plus de trois mois.

Or il ne lui fallut que deux mois pour mener son projet à bien.

*
**

Les librairies étaient pleines de livres à usage féminin sur la meilleure manière de mettre le grappin sur un homme. Ces traités de psychologie de pacotille portaient des titres accrocheurs du genre : « Prenez le taureau par les cornes » ou « Vampez-les au lit. » Leslie, quant à elle, ne suivit aucun de ces conseils. Elle avait sa technique à elle : elle aguicha Henry Chambers. Non pas physiquement mais mentalement. Henry n'avait jamais rencontré quelqu'un comme elle. Il appartenait à la vieille école qui croit que si une blonde est belle elle est nécessairement stupide. Il ne s'était jamais rendu compte qu'il avait toujours été attiré par des femmes belles mais qui ne brillaient pas par l'intellect. Leslie était une révélation pour lui. Elle était intelligente, diserte et au fait d'un nombre de choses incroyable.

Ils parlèrent philosophie, religion et histoire, et Henry confia à l'un de ses amis : « Elle est tellement cultivée que je la crois capable de me tenir la dragée haute. »

Henry Chambers se plaisait terriblement en compagnie de Leslie. Il s'affichait fièrement avec elle et lui donnait le bras comme on exhibe un trophée. Il l'emmena au Careful Wine, un bar sélect de Phoenix, au Fine Art Festival, le salon de peinture de la ville, et à l'Actors Theater, le théâtre d'avant-garde de la capitale de l'Arizona. Ils visitèrent la Lyon Gallery à Scottdale, allèrent au concert au Symphony Hall et assistèrent au défilé folklorique de la petite ville de Chandler. Un soir, après le match de hockey des Roadrunners de Phoenix, Henry lui dit : « Vous me plaisez beaucoup, Leslie. Je pense que ce serait génial entre nous. J'aimerais faire l'amour avec vous. »

Elle lui prit la main et lui dit gentiment : « Je vous aime bien moi aussi, mais c'est non. »

Le lendemain, ils avaient rendez-vous pour déjeuner. Henry lui téléphona.

« Et si vous veniez me prendre au Star ? Comme ça vous verrez nos locaux.

— Avec plaisir », dit-elle. C'était ce qu'elle attendait. Il y avait deux autres journaux à Phoenix, l'*Arizona Republic* et le *Phoenix Gazette*. Le journal de Henry, le *Star*, était le seul qui perdait de l'argent.

Les bureaux et l'imprimerie du *Phoenix Star* étaient plus petits qu'elle ne l'eût cru. Henry lui fit faire le tour du propriétaire, et tout en jetant un coup d'œil sur les lieux, elle se dit : *Ce n'est pas ça qui cassera un gouverneur ou un président.* Mais c'était un point de départ. Elle avait sa petite idée.

Elle manifesta de l'intérêt pour tout ce qu'elle voyait. Elle abreuva Henry de questions, qui ne cessa de s'en remettre pour toutes les réponses à son rédacteur en chef, Lyle Bannister. Leslie fut stupéfaite de voir à quel point Henry semblait ignorant du monde de la presse, et le peu de cas qu'il en faisait. Elle ne trouva là qu'une raison supplémentaire d'en apprendre davantage.

Ce fut au Borgata, un restaurant situé dans un décor de village italien médiéval, que tout se joua.

66

Ils avaient admirablement dîné d'une bisque de homard et de médaillons de veau à la béarnaise accompagnés d'asperges vinaigrette, suivis d'un soufflé au Grand Marnier. Henry Chambers s'était montré charmant et de bonne compagnie. La soirée avait été délicieuse.

Henry parlait. « J'aime Phoenix. On a du mal à croire que cette ville ne comptait que soixante-cinq mille habitants il y a cinquante ans. Maintenant, elle en compte plus d'un million. »

Une question intriguait Leslie.

« Qu'est-ce qui vous a amené à quitter le Kentucky pour vous installer ici, Henry ? »

Il haussa les épaules.

« Je n'avais pas vraiment le choix. C'est à cause de ces saletés de poumons. Les médecins disaient que mes jours étaient comptés. Ils m'ont affirmé que le climat de l'Arizona était le seul qui pouvait me convenir. J'ai donc décidé d'y passer le restant de mes jours. Je m'y suis résigné et je m'y suis fait, ajouta-t-il avec un sourire. Et voilà, nous sommes ici, vous et moi. » Il lui prit la main. « Les médecins ne se doutaient pas à quel point ils avaient vu juste. Vous me trouvez peut-être trop vieux pour vous », demanda-t-il d'un ton anxieux.

Leslie lui répondit en souriant :

« Trop jeune. Beaucoup trop jeune. »

Il posa un long regard sur elle.

« Je suis sérieux. Voulez-vous m'épouser ? »

Leslie ferma les yeux durant quelques instants. Elle revit l'écriteau sur le sentier du parc national où l'avait emmenée Oliver : LESLIE, VEUX-TU ÊTRE MA FEMME ?... *Je ne peux pas te promettre que tu épouseras un gouverneur, je le crains, mais un assez bon avocat.*

Elle rouvrit les yeux et regarda Henry.

« Oui, j'accepte de vous épouser. » *Plus que tout au monde.*

Ils se marièrent deux semaines plus tard.

En lisant l'annonce du mariage dans le *Lexington Herald-Leader,* le sénateur Todd Davis resta un long moment pensif. « *Excusez-moi de vous déranger, monsieur le Sénateur, mais j'aimerais vous rencontrer. J'ai un service à vous demander... Connaissez-vous Henry Chambers ?... Je vous serais très reconnaissante de me donner un mot d'introduction...* »

S'il ne s'agissait que de cela, ça ne posait aucun problème.

S'il ne s'agissait que de cela.

Leslie et Henry passèrent leur lune de miel à Paris. Partout où ils allaient, dans la capitale française, elle se demandait si Oliver et Jan avaient vu les mêmes lieux, avaient arpenté les mêmes rues, mangé dans tel ou tel restaurant, fait des courses dans telle ou telle boutique. Elle se les représentait ensemble en train de faire l'amour, Oliver murmurant à l'oreille de Jan les mêmes mensonges qu'il lui avait susurrés à elle. Des mensonges qu'il allait payer cher.

Henry l'aimait d'un amour sincère et faisait tout pour la rendre heureuse. En d'autres circonstances, elle eût été amoureuse, mais quelque chose de profond était mort en elle. *Je ne ferai plus jamais confiance à un homme.*

Quelques jours après leur retour à Phoenix, elle surprit Henry en disant : « Henry, j'aimerais travailler au journal. »

Cette requête le fit rire. « Pourquoi ?

— Parce que le journalisme m'intéresse. J'ai déjà exercé des responsabilités dans une agence de publicité. Je pourrais probablement être utile au journal dans ce secteur. »

Il commença par refuser, mais finit par céder.

Il avait remarqué qu'elle lisait le *Lexington Herald-Leader* tous les jours.

« Tu essaies de te mettre au courant de la vie locale ? lui avait-il demandé pour la taquiner.

— Si on veut », avait-elle répondu en souriant. Elle lisait avec avidité tout ce que l'on écrivait sur Oliver. Elle lui souhaitait d'être heureux et de réussir. Plus dure serait la chute.

Lorsqu'elle fit remarquer à Henry que le *Star* perdait de l'argent, il se contenta de rire. « Ma chérie, c'est une goutte d'eau dans la mer. J'ai de l'argent à ne savoir qu'en faire. Ça n'a aucune importance. »

Mais pour elle, cela avait de l'importance. Une énorme importance. Plus elle s'impliquait dans la marche du journal, plus il lui apparaissait que la raison majeure pour laquelle il perdait de l'argent tenait au rôle des syndicats. Les presses du *Phoenix Star* étaient obsolètes mais les syndicats refusaient les nouvelles techniques d'impression sous prétexte qu'elles entraîneraient des réductions de postes. Ils étaient en pleines négociations avec le *Star*.

Lorsque Leslie en toucha un mot à Henry, celui-ci dit : « Pourquoi te soucies-tu de broutilles pareilles ? Contentons-nous de nous amuser.

— Je m'amuse », l'assura-t-elle.

Leslie rencontra Craig McAllister, l'avocat du *Star*.

« Où en sont les négociations ?

— Je voudrais qu'elles aillent mieux, madame Chambers, mais ça se présente mal, j'en ai peur.

— Nous sommes toujours en pourparlers, n'est-ce pas?

— Selon les apparences, oui. Mais Joe Riley, le chef du syndicat des imprimeurs, ne veut rien entendre. Une vraie tête de pioche. Il ne veut pas céder d'un pouce. La convention collective prend fin dans dix jours et Riley dit que si le syndicat n'a pas obtenu de nouvelles concessions d'ici là, les imprimeurs vont débrayer.

— Vous le croyez?

— Oui. Je n'aime pas céder aux syndicats, mais le fait est que sans eux, il n'y a pas de journal. Ils nous tiennent. On a vu plus d'un titre disparaître pour avoir essayé de se bagarrer contre eux.

— Que demandent-ils?

— Comme d'habitude. Moins d'heures de travail, des hausses de salaire, des garanties contre l'automatisation prochaine...

— Ils nous acculent, Craig. Je n'aime pas ça.

— Il ne s'agit pas d'aimer ou de ne pas aimer, madame Chambers. C'est une question pratique.

— Vous nous conseillez donc de céder?

— Je pense que nous n'avons pas le choix.

— Et si je disais deux mots à Joe Riley?

La rencontre était prévue pour quatorze heures, mais Leslie, qui rentrait de déjeuner, était en retard. Lorsqu'elle arriva à la réception, Riley était là à l'attendre tout en bavardant avec sa secrétaire, Amy, une jolie brune. Riley était un Irlandais d'environ quarante-cinq ans aux traits burinés. Il exerçait depuis plus de quinze ans le métier d'imprimeur dans la presse. A la tête de son syndicat depuis trois ans, il passait pour le négociateur le plus coriace de la profession. Leslie resta quelques instants à l'observer flirtant avec Amy.

Riley finissait de lui raconter quelque chose :

« ... puis il s'est tourné vers elle et a dit : "Ça vous est facile de dire ça, mais moi, comment je vais revenir ?" »

Amy éclata de rire. « Où vas-tu chercher tout ça, Joe ?

— La vie, ma biche. Je t'invite au restaurant ce soir, ça te dit ?

— Je ne dis pas non. »

Riley leva les yeux et aperçut Leslie.

« Bonjour, madame Chambers.

— Bonjour, monsieur Riley. Si vous voulez bien me suivre. »

Ils prirent place dans la salle de réunion du journal.

« Un café ? demanda Leslie.

— Non, merci.

— Quelque chose de plus fort ? »

Il eut un grand sourire. « Vous savez qu'il est interdit de boire durant les heures de travail, madame Chambers. »

Leslie alla droit au but.

« Je voulais que nous ayons cette conversation parce que je sais que vous êtes un homme qui joue franc-jeu.

— J'essaie.

— Je tiens à ce que vous sachiez que le syndicat a toute ma sympathie. Je pense que vos membres n'ont pas démérité mais je trouve vos exigences déraisonnables. Certaines des traditions auxquelles ils s'accrochent nous coûtent des millions de dollars par an.

— Expliquez-vous, je vous prie.

— Avec plaisir. Ils font de moins en moins d'heures et s'arrangent pour se faire payer des heures supplémentaires. Certains font ainsi le travail de trois hommes et vont jusqu'à travailler le week-end, toujours en heures supplémentaires. Si c'est là ce qu'on appelle la "flexibilité", cela dépasse désormais nos moyens. Nous perdons de l'argent parce que nos machines sont obsolètes. Si nous pouvions installer un nouveau système offset...

— Il n'en est pas question ! Les nouvelles techniques que vous voulez installer mettraient les membres de mon syndicat au chômage et je n'ai pas l'intention de laisser la machine jeter mes hommes à la rue. Vos saletés de machines, elles, elles ne mangent pas, mais mes hommes, eux, ils ont besoin de bouffer. » Riley se leva. « Notre convention collective prend fin la semaine prochaine. Ou bien on nous accorde ce que nous demandons, ou bien nous débrayons. »

Ce soir-là, lorsqu'elle parla de cette rencontre à Henry, celui-ci lui dit : « Pourquoi tiens-tu à te mêler de tout ça ? Les syndicats sont là et il faut s'en accommoder. Je vais te donner un petit conseil, mon cœur. Tu débarques tout juste dans cet univers et tu es une femme. Laisse les hommes se débrouiller avec tout ça. Ne commençons pas... »

Il s'interrompit, le souffle court.

— Tu te sens mal ? »

Il fit un signe de dénégation.

« J'ai vu mon imbécile de médecin aujourd'hui et il pense que j'ai besoin d'une tente à oxygène.

— Je vais régler ça. Et je vais te trouver une infirmière de manière à ce que, quand je ne suis pas là...

— Non ! Je n'ai pas besoin d'une infirmière. Je... je suis seulement un peu fatigué.

— Allons, Henry. Viens te coucher. »

Trois jours plus tard, lorsque Leslie convoqua une réunion de crise du conseil d'administration, Henry lui dit :

72

« Vas-y, ma chérie. Moi, je reste ici pour me reposer. » L'appareil respiratoire lui avait fait du bien mais il se sentait faible et déprimé.

Elle téléphona à son médecin. « Il a maigri et il souffre. Faites quelque chose.

— Madame Chambers, nous faisons tout ce que nous pouvons. Veillez seulement à ce qu'il se repose et suive le traitement que nous lui avons prescrit. »

Leslie, assise au chevet de son mari, le regarda qui crachait ses poumons.

« Je regrette pour la réunion du conseil d'administration, dit-il. Préside-la. De toute façon, il n'y a rien à faire. »

Elle se contenta de sourire.

5

Les membres du conseil d'administration, assemblés autour de la table de conférence, attendaient Leslie tout en buvant du café et en se gavant de bâtonnets au fromage.

En arrivant, elle déclara : « Excusez-moi de vous avoir fait attendre, mesdames et messieurs. Henry vous transmet ses salutations. »

Les choses avaient changé depuis le premier conseil d'administration auquel elle avait assisté. Ses membres l'avaient alors traitée de haut et considérée comme une intruse. Mais peu à peu, à mesure qu'elle apprenait suffisamment à connaître la profession pour émettre des avis sensés, elle avait gagné leur respect. La réunion allait commencer lorsque Leslie se tourna vers

Amy qui servait le café : « Amy, je vous prierais d'assister à la réunion. »

Celle-ci lui adressa un regard étonné.

« Je ne suis pas très bonne sténo, madame Chambers. Cynthia saurait sûrement mieux s'y prendre...

— Je ne vous demande pas d'enregistrer le procès-verbal de la réunion, Amy. Je voudrais seulement que vous notiez les résolutions que nous prendrons à la fin.

— Bien, madame. » Amy, prenant un calepin et un stylo, s'assit sur une chaise en retrait, près du mur.

Leslie se tourna pour faire face au conseil d'administration.

« Nous nous trouvons devant un problème. Notre convention collective avec les imprimeurs arrive à son terme. Après trois mois de négociations, nous n'avons toujours pas réussi à nous mettre d'accord. Nous devons prendre une décision et la prendre rapidement. Vous avez tous vu les rapports que je vous ai envoyés. J'aimerais connaître votre avis. »

Elle regarda Gene Osborne, avocat d'un cabinet juridique de la ville.

« Si vous voulez mon avis, Leslie, ils en ont déjà trop comme ça. Si nous leur cédons sur un point, ils en voudront encore davantage demain. »

Elle acquiesça et se tourna vers Aaron Drexel, propriétaire d'un grand magasin local. « Aaron ?

— Je ne peux qu'être d'accord avec ce que vient de dire Gene. Si nous leur faisons une concession, ils se feront encore plus intransigeants. A mon avis, nous pouvons nous permettre une grève, pas eux. »

Les autres membres tinrent des propos similaires.

Leslie, prenant la parole, dit :

« Je regrette, mais je ne partage pas votre opinion. » Ils la regardèrent tous, l'air étonné. « Je crois que nous devons leur céder sur toute la ligne.

— Mais c'est de la folie.

— Ils finiront propriétaires du journal.

— Rien ne les arrêtera plus.

— On ne peut pas leur céder. »

Leslie les laissa parler. Lorsqu'ils eurent fini, elle dit :

« Joe Riley joue franc-jeu. Il est convaincu que ses revendications sont fondées. »

Amy, assise contre le mur, suivait la discussion, abasourdie.

Une des femmes qui faisaient partie du conseil d'administration prit la parole.

« Je suis surprise que vous preniez son parti, Leslie.

— Je ne prends aucun parti. Je pense seulement qu'il nous faut être raisonnables. De toute façon, ce n'est pas à moi de décider. Mettons la question au vote. » Elle se tourna vers Amy. « C'est le résultat de ce vote que je veux que vous notiez dans le compte rendu.

— Bien, madame. »

Leslie se tourna vers l'assemblée.

« Que tous ceux qui sont opposés aux demandes du syndicat lèvent la main. » Douze mains se levèrent. « Inscrivez sur le compte rendu que j'ai voté pour un accord avec le syndicat et que le reste du conseil d'administration a voté contre. »

Amy, dont le visage avait pris une expression dubitative, nota sur son carnet.

Leslie dit : « Eh bien, qu'il en soit ainsi. » Elle se leva. « Si nous n'avons rien d'autre... »

Les autres se levèrent à leur tour.

« Je vous remercie de votre présence. » Elle les regarda partir puis se tourna vers Amy. « Vous voulez bien me taper ça ?

— Tout de suite, madame Chambers. »

Leslie se dirigea vers son bureau.

On l'appela quelques instants plus tard.

« Monsieur Riley sur la une », dit Amy.

Leslie décrocha. « Allô.

— Ici Joe Riley. Je tenais seulement à vous remercier pour ce que vous avez tenté de faire.

— Je ne comprends pas...

— La réunion du conseil d'administration. Je suis au courant de ce qui s'y est passé.

— Je suis surprise, monsieur Riley. C'était une réunion privée. »

Riley ricana. « Disons que j'ai des amis dans le petit personnel. Quoi qu'il en soit, je trouve que vous avez été parfaite. Dommage que ça n'ait pas marché. »

Il se fit un bref silence sur la ligne puis Leslie dit avec une lenteur délibérée : « Monsieur Riley... que se serait-il passé si ça avait marché ?

— Que voulez-vous dire ?

— J'ai une idée. Je préfère ne pas en parler au téléphone. Nous pourrions peut-être nous rencontrer quelque part... discrètement ? »

Il se fit un nouveau silence. « Bien sûr. A quel endroit pensiez-vous ?

— Un endroit où personne ne nous reconnaîtrait.

— Que diriez-vous du Golden Cup ?

— D'accord. J'y serai dans une heure.

— A tout de suite. »

Le Golden Cup était un café mal famé dans le quartier le plus pourri de Phoenix que la police conseillait aux touristes d'éviter. Joe Riley était assis à une table d'angle, dans un box. Il se leva à l'arrivée de Leslie.

« Merci d'être venu, dit Leslie en prenant place devant lui.

— Je suis venu parce que vous m'avez dit qu'il y avait peut-être un moyen de reconduire notre convention collective.

— Il y en a un. Je trouve que le conseil d'administration est stupide et ne voit pas plus loin que le bout de son nez. »

Il acquiesça. « Je sais. Vous leur avez conseillé d'accéder à nos revendications.

— En effet. Ils ne se rendent pas compte de l'importance que vous, les imprimeurs, représentez pour notre journal. »

Il jeta sur elle un regard intrigué. « Mais s'ils ont voté contre, je ne vois pas...

— Ils m'ont mise en minorité pour une seule raison : ils ne prennent pas votre syndicat au sérieux. Si vous voulez éviter une longue grève, voire la mort du journal, vous devez leur montrer que vous êtes prêts à aller jusqu'au bout.

— C'est-à-dire ? »

Leslie répondit d'un ton dans lequel perçait une certaine nervosité : « Ce que je vais vous dire doit rester entre nous, mais il n'y a qu'un seul moyen d'obtenir ce que vous voulez. C'est tout simple. Ils croient que vous bluffez. Ils pensent que vous n'irez pas jusqu'au bout. Vous devez leur montrer que vous êtes bien déterminés. Votre convention collective expire vendredi à minuit.

— Oui...

— Ils s'attendent à ce que vous fassiez grève, sans plus. » Elle se pencha vers lui. « Ne faites pas grève ! » Il était tout ouïe. « Montrez-leur qu'ils ne peuvent publier le *Star* sans vous. Ne débrayez pas comme des moutons. Faites de la casse. »

Il ouvrit de grands yeux.

« Il ne s'agit pas de tout casser, ajouta vivement Leslie. Mais assez pour leur montrer que vous êtes bien déterminés. Coupez quelques câbles, sabotez une presse ou deux. Qu'ils comprennent qu'ils ont besoin de vous pour les faire marcher. Tout ça peut être réparé en un jour ou deux mais, entre-temps, vous leur aurez assez foutu la trouille pour les ramener à la raison. Ils sauront enfin à qui ils ont affaire. »

Joe Riley demeura un long moment silencieux, un œil scrutateur posé sur Leslie. « Vous êtes vraiment une femme hors du commun.

— Pas vraiment. J'ai bien réfléchi et je me suis dit que je n'avais pas le choix. Vous pouvez causer des dégâts facilement réparables et obliger le conseil d'administration à traiter avec vous, ou vous résigner bêtement à une longue grève dont le journal risque de ne jamais se remettre. Mon seul souci est de protéger le journal. »

Le visage de Riley s'éclaira d'un lent sourire. « Laissez-moi vous offrir un café, madame Chambers. »

« C'est la grève ! »

Le vendredi soir, à minuit une, sous la houlette de Joe Riley, les imprimeurs passèrent à l'attaque. Ils mutilèrent des machines, renversèrent des tables remplies de matériel et mirent le feu à deux presses. Un vigile qui voulut les arrêter fut mis à mal. Les imprimeurs, qui ne songeaient au début qu'à paralyser quelques machines, se laissèrent emporter par leur fureur destructrice et multiplièrent les déprédations.

« Montrons à ces salauds que c'est pas eux qui vont faire la loi ! » cria l'un des grévistes.

« Le journal ne peut pas paraître sans nous ! » hurla un autre.

« Le *Star,* c'est nous ! »

On applaudit. On s'en prit de plus belle aux machines. On mit l'imprimerie à sac.

Tout à coup, au milieu de toute cette dévastation, des spots éclairèrent les quatre coins de l'atelier. Les imprimeurs, interrompant leur vandalisme, jetèrent autour d'eux un regard effaré. Près des portes, des caméras de télévision enregistraient toute leur violence et leur saccage. Debout à côté des caméras, des journalistes de l'*Arizona Republic*, du *Phoenix Gazette* et des informations télévisées couvraient l'événement. Une douzaine au moins de policiers et de pompiers les accompagnaient.

Joe Riley jeta un œil stupéfait autour de lui. *Comment diable ont-ils pu arriver aussi vite ?* Tandis que les policiers avançaient dans l'atelier et que les pompiers tournaient leurs lances à incendie vers les machines, la réponse à sa question lui fut soudainement assénée comme un coup à l'estomac : Leslie Chambers lui avait tendu un piège ! Lorsque les images de la destruction causée par les membres de son syndicat seraient rendues publiques, c'en serait fini du capital de sympathie que l'opinion avait pu éprouver à leur égard. Celle-ci se retournerait contre eux. Cette salope avait tout prévu...

Les images télévisées furent diffusées dans l'heure qui suivit et la radio y alla d'une débauche de détails sur la destruction sauvage des machines de l'imprimerie. Toutes les agences de presse du monde rapportèrent la nouvelle, ne se privant pas d'accabler ces salariés brutaux capables de mordre la main qui assurait leur gagne-pain. Au plan des relations publiques, ce fut une victoire pour le *Phoenix Star*.

**

Leslie avait bien calculé son coup. Elle avait auparavant envoyé des cadres du *Star* au Kansas pour qu'ils apprennent à tirer sur les presses géantes et puissent former des imprimeurs non syndiqués aux techniques d'impression offset. Aussitôt après le sabotage de l'imprimerie du *Star*, deux autres syndicats grévistes, ceux du routage et de la photogravure, acceptèrent les conditions du journal.

Une fois les syndicats défaits et engagées les procédures de modernisation de l'impression du journal, les bénéfices commencèrent à croître. Du jour au lendemain, la productivité augmenta de vingt pour cent.

Le lendemain de la grève, Amy fut licenciée.

Un vendredi soir, en fin d'après-midi, deux ans jour pour jour après leur mariage, Henry fit une indigestion. Le samedi matin, il ressentit des douleurs à la poitrine et Leslie appela une ambulance qui le conduisit d'urgence à l'hôpital. Il mourut le dimanche.

Il laissait tous ses biens à Leslie.

Au lendemain des obsèques, le lundi suivant, Craig McAllister vint voir Leslie.

« Je voulais régler des dispositions juridiques avec vous, mais si c'est trop tôt...

— Non, dit-elle. Vous pouvez y aller. Ça va. »

La mort de Henry l'avait affectée plus qu'elle ne l'eût cru. Il avait été un mari bon et affectueux dont elle s'était servie pour assouvir sa vengeance contre Oliver Russell. Et sa mort lui offrait un autre moyen d'arriver à ses fins.

« Qu'avez-vous l'intention de faire avec le *Phoenix Star* ? lui demanda McAllister. Vous n'allez tout de même pas consacrer votre temps à en assurer la direction ?

— C'est justement mon intention. Nous allons nous développer. »

Leslie commanda un exemplaire de *Managing Editor*, le magazine qui publiait la liste de tous les courtiers de la presse aux États-Unis. Elle choisit Dirks, Van Essen et Associés, une société de courtage de Santa Fe, au Nouveau-Mexique.

« Ici madame Henry Chambers. J'aimerais me porter acquéreuse d'un autre journal et je me demande ce que vous auriez à me proposer... »

Il se trouva que ce fut le *Sun*, de Hammond, dans l'Oregon.

« J'ai envie d'aller voir sur place comment l'affaire se présente », dit-elle à McAllister.

Deux jours plus tard, celui-ci téléphona à Leslie. « Vous pouvez faire une croix sur le *Sun*, madame Chambers, dit-il.

— Comment ça ?

— Le problème est que Hammond est une ville qui possède deux journaux. Le *Sun* est diffusé à quinze mille exemplaires. L'autre journal, le *Hammond Chronicle*, tire à vingt-huit mille exemplaires, presque le double. Et le propriétaire du *Sun* demande cinq millions de dollars. C'est ridicule. »

Leslie demeura pensive.

« Attendez, dit-elle. J'arrive. »

Leslie consacra les deux jours suivants à examiner le journal et à en étudier les comptes.

« Le *Sun* ne peut en aucune manière concurrencer le *Chronicle*, l'assura McAllister. Le *Chronicle* a le vent en poupe. La diffusion du *Sun* ne cesse de chuter depuis des années.

— Je sais, dit-elle. Je vais l'acheter. »

Il lui adressa un regard étonné. « Vous allez quoi ?

— Je vais l'acheter. »

Le marché fut conclu dans les trois jours. Le propriétaire du *Sun* était ravi d'en être enfin débarrassé. « Je l'ai bien eue, criait-il sur tous les toits. Elle m'a payé les cinq millions rubis sur l'ongle. »

Walt Meriwether, le propriétaire du *Hammond Chronicle*, vint rendre visite à Leslie.

« Si je comprends bien, vous êtes ma nouvelle concurrente », lui dit-il d'un ton affable.

Leslie acquiesça. « En effet.

— Si jamais ça ne marche pas ici pour vous, vous songerez peut-être à me vendre le *Sun*. »

Leslie sourit. « Et si ça marche, peut-être songerez-vous à me vendre le *Chronicle*. »

Meriwether se mit à rire. « Bien sûr. Je vous souhaite bonne chance, madame Chambers. »

De retour au *Chronicle*, il déclara dans une conversation privée : « Dans six mois, le *Sun* sera à nous. »

A son retour à Phoenix, Leslie s'entretint avec Lyle Bannister, le rédacteur en chef du *Star*.

« Vous allez m'accompagner à Hammond, dans l'Oregon. Je veux que vous dirigiez un journal là-bas jusqu'à ce qu'il soit de nouveau sur pied.

— J'en ai parlé avec monsieur McAllister, dit Bannister. Ce journal est un canard boiteux. Il dit que le *Sun* est au bord de la faillite. »

Elle l'examina durant quelques instants. « Faites-moi ce plaisir. »

Dans l'Oregon, Leslie convoqua une réunion du personnel du *Sun*.

« Nous allons fonctionner quelque peu différemment à partir de maintenant, les informa-t-elle. Dans cette ville, il y a deux journaux et nous allons les posséder tous les deux. »

Derek Zormes, le rédacteur en chef du *Sun*, dit :

« Excusez-moi, madame Chambers, mais je ne

suis pas sûr que vous soyez très au fait de la situation. Nous avons un tirage de loin inférieur à celui du *Chronicle* et nous perdons du terrain tous les mois. Nous ne pourrons jamais le rattraper.

— Non seulement nous allons le rattraper, rétorqua-t-elle, mais nous allons l'obliger à mettre la clé sous la porte. »

Les hommes présents dans la pièce se regardèrent et une même pensée les traversa : les femmes et les amateurs ne devraient pas se mêler de journalisme.

« Comment comptez-vous vous y prendre ? demanda poliment Zormes.

— Avez-vous déjà assisté à une corrida ? » s'enquit Leslie.

Il tiqua.

« Une corrida ? Non...

— Eh bien, quand le taureau se rue dans l'arène, le torero ne procède pas immédiatement à la mise à mort. Il plante des banderilles dans le cou de l'animal pour le faire saigner et l'affaiblir en vue de l'estocade finale. »

Zormes se retint pour ne pas éclater de rire.

« Et vous allez planter des banderilles dans le *Chronicle* ?

— Exactement.

— Et comment allez-vous procéder ?

— A compter de lundi matin, nous diminuons le prix de vente du *Sun* de quarante pour cent. Nous réduisons le prix de nos pages publicitaires de trente pour cent. La semaine prochaine, nous lançons un concours qui permettra à nos lecteurs de gagner des voyages gratuits dans le monde entier. Nous allons commencer dès maintenant à faire la publicité de ce concours. »

Lorsque les membres du personnel se retrouvèrent entre eux pour discuter de la réunion, tous s'accordèrent sur un point : leur journal venait de tomber entre les mains d'une folle.

On commença effectivement à planter des banderilles. Mais ce fut le *Sun* qui saigna.

McAllister demanda à Leslie : « Avez-vous une idée de l'ampleur des pertes du *Sun* ?

— Je les connais à un sou près.

— Combien de temps avez-vous l'intention de tolérer cette hémorragie ?

— Jusqu'à ce que nous gagnions. Ne vous en faites pas, ajouta-t-elle. Nous aurons le dernier mot. »

Mais elle était inquiète. Les pertes s'aggravaient de semaine en semaine. Le tirage continuait de chuter et les annonceurs avaient réagi tièdement aux réductions des tarifs publicitaires.

La semaine suivante, le tirage cessa de baisser.

Il fallut huit semaines au *Sun* pour voir son tirage augmenter.

Les réductions du prix de vente et du coût publicitaire furent des atouts, mais ce qui relança la diffusion du *Sun*, ce fut le concours. Il dura douze semaines et les candidats devaient rejouer toutes les semaines. Les prix consistaient en des croisières dans les mers du Sud, des voyages à Londres, Paris et Rio. Lorsque l'on remit les prix et que la photo des gagnants commença à paraître en première page, le tirage du *Sun* explosa littéralement.

« Vous avez pris un sacré risque, déclara à contrecœur Craig McAllister, mais ça marche.

— Ce n'était pas un risque, rétorqua Leslie. Les gens ne peuvent résister à l'envie d'avoir quelque chose pour rien. »

Lorsque l'on remit à Walt Meriwether le chiffre des derniers tirages, il devint furieux.

Pour la première fois depuis des années, le *Sun* devançait le *Chronicle*.

« Très bien, dit Meriwether d'un air sombre. Ce petit jeu stupide peut aussi se jouer à deux. Je veux qu'on abaisse nos tarifs publicitaires et qu'on lance un concours quelconque. »

Mais il était trop tard. Onze mois après l'achat du *Sun* par Leslie, Walt Meriwether vint la voir.

« Je vends le *Chronicle*, dit-il. Voulez-vous l'acheter?

— Oui. »

Le jour de la signature de l'acte de vente du *Chronicle*, Leslie convoqua son personnel.

« A compter de lundi, dit-elle, nous augmentons le prix du *Sun*, doublons les tarifs publicitaires et arrêtons le concours. »

Un mois plus tard, Leslie dit à Craig McAllister : « L'*Evening Standard* de Detroit est à vendre. Ce journal est aussi propriétaire d'une chaîne de télévision. Je crois que nous pourrions faire une affaire. »

McAllister protesta. « Mais, madame Chambers, nous ne connaissons rien à la télévision et...

— Dans ce cas, nous apprendrons. »

L'empire dont avait besoin Leslie était en train de se construire progressivement.

6

Les journées d'Oliver étaient bien remplies, et ses tâches lui plaisaient jusque dans leurs plus infimes détails. Il fallait procéder à des nominations politiques, soutenir des projets de lois, faire approuver les budgets, assister à des réunions, faire des discours et donner des conférences de presse. Le *State Journal* de Frankfort, le *Herald-Leader* de Lexington et le *Louiseville Courier-Journal* ne tarissaient pas d'éloges à son endroit. Il s'était forgé peu à peu la réputation d'un gouverneur qui n'agissait pas seulement en paroles mais en actes. Il frayait désormais avec les plus grandes fortunes de l'État, ce qu'il savait devoir pour une large part à son mariage avec la fille du sénateur Davis.

Oliver aimait vivre à Frankfort, la capitale de l'État du Kentucky. C'était une jolie ville au riche passé, nichée au creux d'une vallée dont la rivière serpentait dans un magnifique paysage de collines et de pâturages, si célèbres qu'ils ont fait la réputation de cette région du Kentucky. Il se demandait comment serait la vie à Washington.

Les journées bien chargées devinrent des semaines, et les semaines des mois. C'est ainsi qu'Oliver arriva à la dernière année de son mandat.

Il avait fait de Peter Tager son attaché de presse. Il n'eût pu mieux choisir. Tager était toujours franc et direct avec la presse. A cause de son attachement aux valeurs traditionnelles bien-pensantes auxquelles il aimait se référer, il conférait au parti crédibilité et dignité. Avec son bandeau noir sur l'œil, il était presque aussi connu qu'Oliver.

Todd Davis s'était fait une règle de prendre l'avion pour Frankfort une fois par mois pour rencontrer Oliver.

Il confia à Peter Tager : « Lorsqu'on a un pur-sang en course, il faut toujours l'avoir à l'œil pour s'assurer qu'il garde le rythme. »

Par une fraîche soirée d'octobre, le Sénateur et Oliver étaient assis dans le cabinet de travail de ce dernier. Ils avaient dîné Chez Gabriel en compagnie de Jan puis étaient rentrés à la résidence du Gouverneur. Jan les avait laissés en tête à tête.

« Jan semble épanouie, Oliver. Je suis très content.

— J'essaie de la rendre heureuse, Todd. »

Le sénateur Davis le regarda en se demandant s'il faisait un usage fréquent de sa garçonnière.

« Elle vous aime beaucoup, mon petit.

— Et je l'aime. » Il paraissait sincère.

Le Sénateur sourit. « Je suis heureux de l'apprendre. Elle s'emploie déjà à redécorer la Maison-Blanche. »

Oliver sentit ses battements de cœur s'accélérer.

« Je vous demande pardon ?

— Oh, je ne vous l'avais pas dit ? C'est parti. Le Tout-Washington n'a déjà plus que votre nom à la bouche. Nous allons nous mettre en campagne au Premier de l'An. »

Oliver redouta presque de poser la question suivante.

« Croyez-vous sincèrement que j'ai une chance, Todd ?

— Le mot "chance" implique un pari et je ne parie pas, mon petit. Je ne m'engage jamais à moins que ce ne soit gagné d'avance. »

Oliver inspira profondément. « *Vous pouvez être l'homme le plus important du monde.* »

« Je tiens à ce que vous sachiez que je vous suis très reconnaissant pour tout ce que vous avez fait pour moi, Todd. »

Celui-ci lui tapota le bras. « C'est le devoir d'un homme d'aider son gendre, non ? »

L'insistance avec laquelle il avait prononcé le mot « gendre » n'échappa pas à Oliver.

Le Sénateur enchaîna ensuite d'un ton tout naturel :

« A propos, Oliver, j'ai été très déçu que vous ayez laissé passer la loi soumettant le tabac à la TVA.

— Cet argent va nous aider à combler notre déficit budgétaire et...

— Mais vous allez naturellement opposer votre veto à cette loi. »

Oliver le dévisagea d'un air incrédule.

« Y opposer mon veto ? »

Le Sénateur le gratifia d'un petit sourire.

« Oliver, sachez bien que je ne pense pas à moi. Mais j'ai beaucoup d'amis qui ont investi un argent durement gagné dans des plantations de tabac et je ne voudrais pas qu'ils fassent les frais de nouvelles taxes accablantes. Vous ne le voudriez pas, n'est-ce pas ? »

Il se fit un silence.

« Vous ne le voudriez pas, n'est-ce pas, Oliver ?

— Non, dit finalement celui-ci. Ce ne serait sans doute pas juste pour eux.

— Voilà un langage qui me plaît. Vraiment.

— J'avais cru comprendre que vous aviez vendu vos plantations de tabac, Todd », dit Oliver.

Todd Davis lui jeta un regard surpris.

« Mais pourquoi aurais-je fait une chose pareille ?

— Mais enfin, les compagnies de tabac se font taper dessus par les tribunaux. Leurs ventes sont en baisse et...

— Vous parlez des États-Unis, mon petit. Mais le monde est vaste. Attendez que nos campagnes de publicité commencent à déferler sur la Chine, l'Afrique et l'Inde. » Il jeta un coup d'œil à sa montre et se leva. « Je dois retourner à Washington. J'ai une réunion de commission au Sénat.

— Bon voyage. »

Le sénateur Davis sourit.

« Mais oui, mais oui, mon petit. Je vais faire un bon voyage. »

Oliver n'était pas du tout content.

« Mais qu'est-ce que je vais faire, Peter ? La taxe sur le tabac est de loin la loi la plus populaire que l'assemblée législative ait votée cette année ! Quelle excuse aurais-je de lui opposer mon veto ? »

Peter Tager sortit plusieurs feuilles de papier de sa poche.

« Voici toutes les réponses à vos questions, Oliver. J'en ai discuté avec le Sénateur. Vous n'aurez aucun problème. J'ai convoqué une conférence de presse pour quatre heures. »

Oliver examina les documents. Finalement, il acquiesça de la tête. « C'est bon.

— C'est mon œuvre. Avez-vous encore besoin de moi pour autre chose ?

— Non. Merci. Je vous reverrai à quatre heures. »

Au moment où Peter Tager s'apprêtait à partir, Oliver le rappela. « Peter ? »

Tager se retourna. « Oui ?

— Dites-moi. Pensez-vous que j'ai vraiment une chance de devenir Président ?

— Qu'en dit le Sénateur ?

— Il dit que oui. »

Tager revint vers le bureau d'Oliver. « Je connais le sénateur Davis depuis des années, Oliver. Durant tout ce temps, je ne l'ai jamais vu se tromper une seule fois. Pas une seule. Il a un flair incroyable. Si Todd Davis dit que vous allez être le prochain Président des États-Unis, vous pouvez parier ce que vous voudrez que vous le serez. »

On frappa à la porte.

« Entrez. »

La porte s'ouvrit et une jeune secrétaire fort accorte s'avança dans la pièce, tenant des fax à la main. Âgée d'une vingtaine d'années, elle était brillante et ambitieuse.

« Oh, excusez-moi, monsieur le Gouverneur. J'ignorais que vous étiez en...

— Ce n'est rien. Entrez, Miriam. »

Tager se tourna vers elle. « Bonjour, Miriam.

— Bonjour, monsieur Tager.

— Je ne sais pas ce que je ferais sans Miriam, dit Oliver. Elle m'est indispensable. »

L'intéressée rougit. « Eh bien, si c'est tout, je... » Elle posa les fax sur le bureau d'Oliver, fit demi-tour et s'empressa de quitter la pièce.

« Jolie femme, dit Tager en posant un regard appuyé sur Oliver.

— Oui.

— Oliver, vous faites attention, n'est-ce pas ?

— Bien sûr. C'est justement pour cette raison que je vous avais demandé de me trouver ce petit appartement.

— Quand je parle de faire attention, je parle d'une vigilance de chaque minute. Les enjeux ont grimpé. La prochaine fois que vous serez en rut, arrêtez-vous pour vous demander si une Miriam, une Alice ou une Karen valent qu'on leur sacrifie le Bureau ovale.

— Je vous entends, Peter, et vous sais gré de vos propos. Mais vous n'avez pas à vous en faire pour moi.

— Bien. » Tager regarda sa montre. « Il faut que j'y aille. J'emmène Betsy et les enfants déjeuner au restaurant. » Il sourit. « Est-ce que je vous ai raconté la dernière de Rebecca ? C'est ma petite de cinq ans. Elle voulait regarder la cassette d'une émission enfantine à huit heures ce matin. Betsy lui a dit : "Ma chérie, je te la passerai après le déjeuner." Rebecca l'a regardée et a dit : "Maman, je veux déjeuner maintenant." Drôlement futée, la petite, non ? »

La fierté paternelle qui perçait dans sa voix arracha un sourire à Oliver.

A onze heures, ce soir-là, Oliver entra dans le boudoir où Jan était en train de lire et dit :

« Chérie, je dois sortir. J'ai une réunion. »

Jan leva les yeux de son livre. « A cette heure-ci ? »

Il poussa un soupir. « Hélas, oui. La commission budgétaire se réunit demain matin et on veut au préalable me mettre au courant des dossiers.

— Tu travailles trop. Essaie de rentrer tôt, tu veux, Oliver ? » Elle marqua un instant d'hésitation. « Tu es beaucoup sorti ces derniers temps. »

Il se demanda s'il devait entendre cette remarque comme un avertissement. Il s'approcha d'elle, se pencha et l'embrassa. « Ne t'inquiète pas, ma chérie. Je rentrerai le plus tôt possible. »

Au rez-de-chaussée, il dit à son chauffeur :

« Je n'ai pas besoin de vous ce soir. Je prends la petite voiture.

— Oui, monsieur le Gouverneur. »

« Tu arrives tard, mon chéri. » Miriam était nue.

Il lui adressa un grand sourire et s'approcha d'elle. « Excuse-moi. Encore heureux que tu n'aies pas commencé sans moi. »

Elle sourit. « Prends-moi. »

Il la serra dans ses bras, étreignit son corps chaud contre le sien.

« Déshabille-toi. Vite. »

Après leurs ébats, il lui demanda : « Qu'est-ce que tu dirais d'aller à Washington ? »

Elle se redressa sur son séant. « Tu es sérieux ?

— Très. Il se peut que j'y aille. Je veux que tu m'accompagnes.

— Si jamais ta femme s'aperçoit de quelque chose à notre sujet...

— Elle ne se doute de rien.

— Pourquoi Washington ?

— Je ne peux rien te dire encore. Mais ce qui est sûr, c'est qu'on ne va pas s'y ennuyer.

— J'irai où tu veux avec toi tant que tu m'aimeras.

— Tu sais que je t'aime. » Ces mots lui vinrent spontanément aux lèvres, comme tant de fois auparavant.

« Fais-moi encore l'amour.

— Une seconde. J'ai quelque chose pour toi. » Il se leva et s'en alla fouiller dans son veston suspendu à une chaise. Il prit une petite bouteille dans l'une des poches et en versa le contenu dans un verre. C'était un liquide cristallin.

« Essaie ça.

— Qu'est-ce que c'est ? demanda-t-elle.

— Ça va te plaire, je te le promets. » Il en but la moitié et tendit le verre à la jeune femme.

Miriam prit une gorgée puis avala le reste. Elle sourit : « Ce n'est pas mauvais.

— Ça, ça va vraiment t'exciter.

— Je me sens déjà très excitée. Viens au lit. » Ils étaient en train de faire l'amour, lorsqu'elle éprouva une sensation d'étouffement : « Je... Je ne me sens pas bien, dit-elle en haletant. Je... Je ne peux plus respirer ! » Ses yeux se fermèrent.

« Miriam ! » Il n'y eut pas de réponse. Elle retomba à la renverse sur le lit. « Miriam ! »

Elle resta étendue, inconsciente.

Salope ! Pourquoi me fais-tu ça ?

Il se leva et se mit à arpenter la pièce. Il avait donné de ce liquide à une douzaine de femmes et aucune d'elles, sauf une, n'en avait souffert. Il lui fallait être prudent. Une seule maladresse et c'en était fini de lui et de tous ses rêves ! Il ne pouvait pas se permettre d'échouer.

Debout au bord du lit, il baissa les yeux vers elle. Il tâta son pouls. Elle respirait encore, Dieu merci. Mais pas question qu'on la découvre dans son appartement, on remonterait jusqu'à lui. Non, il devait la laisser quelque part, là où on la trouverait et où on lui apporterait des soins médicaux. Il avait assez confiance en elle pour savoir qu'elle ne parlerait pas, qu'elle ne révélerait jamais son nom.

Il lui fallut presque une demi-heure pour habiller Miriam et effacer toute trace de sa présence dans l'appartement. Il entrouvrit légèrement la porte pour s'assurer que le couloir était vide, puis il la souleva, l'installa sur son épaule, la descendit au rez-de-chaussée et la glissa dans la voiture.

Il était près de minuit, il commençait à pleuvoir, les rues étaient désertes. Il roula jusqu'au jardin public de Juniper Hill et, s'étant assuré qu'il n'y avait personne alentour, il déposa doucement Miriam sur un banc public. Il lui déplaisait de la laisser là mais il n'avait pas le choix. Il y allait de tout son avenir.

Il aperçut une cabine téléphonique quelques mètres plus loin. Il courut y composer le numéro de police-secours.

Lorsqu'il revint chez lui, Jan l'attendait.

« Oliver, il est minuit passé, dit-elle. Qu'est-ce que tu...

— Je suis navré, mon chou. Nous nous sommes enfoncés dans une longue et épuisante discussion sur le budget et... enfin, tout le monde était d'un avis différent.

— Tu es pâle. Tu dois être exténué.

— Je suis un peu fatigué », reconnut-il.

Elle eut un sourire suggestif. « Allons nous coucher. »

Il l'embrassa sur le front.

« J'ai vraiment besoin de sommeil, Jan. Cette réunion m'a littéralement assommé. »

Le lendemain matin, l'incident était rapporté en première page du *State Journal*.

LA SECRÉTAIRE DU GOUVERNEUR
TROUVÉE INCONSCIENTE
DANS UN JARDIN PUBLIC

A deux heures du matin, la nuit dernière, la police a découvert une femme, Miriam Friedland, qui gisait inconsciente sur un banc public sous la pluie, et a immédiatement appelé une ambulance. On l'a transportée au Memorial Hospital où son état est déclaré critique.

Oliver était en train de lire l'article lorsque Peter pénétra en trombe dans son bureau, tenant à la main un exemplaire du journal.

« Vous avez vu ça ?

— Oui. C'est... c'est terrible. Les journaux n'ont pas cessé de téléphoner durant toute la matinée.

— Que s'est-il passé selon vous ? demanda Tager.

Oliver hocha la tête.

« Je ne sais pas. Je viens de téléphoner à l'hôpital. Elle est dans le coma. Les médecins essaient de découvrir quelle peut être la cause du traumatisme. Ils me le diront dès qu'ils le sauront. »

Tager regarda Oliver.

« J'espère que tout va bien aller pour elle. »

Les articles sur l'affaire échappèrent à l'attention de Leslie Chambers. Elle était au Brésil, en train d'acheter une chaîne de télévision.

L'hôpital téléphona le lendemain.

« Monsieur le Gouverneur, nous venons de terminer les examens de laboratoire. Elle avait ingéré une substance appelée méthylènedioxyméthamphétamine, communément connue sous le nom d'ecstasy. Elle l'a ingurgitée sous forme liquide, ce qui est encore plus meurtrier.

— Dans quel état est-elle ?

— Critique, je le crains. Elle est dans le coma. Il se peut qu'elle se réveille ou... » Le médecin hésita. « Elle risque aussi d'y rester.

— Tenez-moi informé, je vous prie.

— Bien sûr. Vous devez être très affecté, monsieur le Gouverneur.

— Oui, en effet. »

Oliver Russell était en réunion lorsqu'une secrétaire l'appela sur une ligne intérieure.

« Excusez-moi, monsieur le Gouverneur, mais on vous demande au téléphone.

— Je vous avais dit que je ne voulais pas être dérangé.

— C'est le sénateur Davis sur la trois.

— Oh. »

Oliver se tourna vers les hommes qui se trouvaient dans la pièce.

« Nous terminerons cela plus tard, messieurs. Si vous voulez bien m'excuser... »

Il les regarda quitter la salle de réunion puis, lorsque la porte se fut refermée derrière eux, il prit la communication. « Todd ?

— Oliver, qu'est-ce que c'est que cette histoire de secrétaire que l'on découvre droguée dans un jardin public ?

— Oui. C'est terrible, Todd. Je...

— Terrible ? Oui, mais jusqu'à quel point ?

demanda le sénateur Davis d'une voix impérative.

— Que voulez-vous dire ?

— Vous savez très bien ce que je veux dire.

— Todd, n'allez pas penser que je... Je vous jure que je suis étranger à toute cette histoire.

— Je l'espère bien. » La voix s'était faite menaçante. « Vous savez combien les ragots vont vite à Washington, Oliver. C'est un village. Nous ne voulons pas que quoi que ce soit de négatif s'attache à votre nom. Nous nous préparons à passer à l'action. Je serais très, très fâché si vous commettiez quelque bêtise.

— Je me tiens à carreau, je vous jure.

— Faites en sorte que ça continue.

— Bien sûr. Je... » On avait coupé.

Oliver resta assis sans bouger, plongé dans ses pensées. *Il faut que je sois plus prudent. Je ne dois rien laisser se mettre en travers de mon chemin désormais.* Il jeta un coup d'œil à sa montre et prit la télécommande pour allumer la télévision. C'était l'heure des informations. On voyait sur l'écran une rue assiégée dans laquelle des tireurs isolés déchargeaient leurs armes à l'aveuglette depuis des immeubles. On entendait des tirs de mortier à l'arrière-plan.

Une jeune et séduisante femme reporter, vêtue d'un treillis militaire et tenant un micro, était en train d'expliquer : « ... Le nouveau traité est censé entrer en vigueur à minuit ce soir mais, à supposer même qu'on le respecte, ce n'est pas lui qui redonnera vie aux paisibles villages de ce pays ravagé par la guerre, ni qui ressuscitera les innocents qui ont fait les frais du règne sans pitié de la terreur. »

On fit alors un gros plan sur Dana Evans, jolie jeune femme passionnée, vêtue d'un gilet pareballes et de bottes militaires. « Ici, la population est affamée et épuisée. Elle ne demande qu'une chose : la paix. Finira-t-elle par s'imposer ? Le temps seul le dira. Ici Dana Evans en direct de Sarajevo pour la chaîne WTE, Washington Tribune Enterprises. » On enchaîna sur un spot publicitaire.

Dana Evans était correspondante à l'étranger pour WTE. On la voyait tous les jours aux informations et Oliver essayait de ne pas manquer ses reportages. C'était l'une des meilleures journalistes de la presse télévisée.

Une femme superbe, pensa-t-il une fois de plus. *Comment diable une femme aussi jeune et aussi séduisante peut-elle se retrouver volontairement embarquée dans cette galère, au cœur d'une guerre où l'on vous canarde aveuglément ?*

7

Dana Evans était une enfant des casernes, fille d'un colonel qui avait voyagé de cantonnement en cantonnement en tant qu'instructeur militaire. A onze ans, Dana avait déjà vécu dans cinq villes américaines et dans quatre pays étrangers. Elle avait suivi ses parents à l'Aberdeen Proving Ground, une base d'essais dans le Maryland, à Fort Benning en Georgie, à Fort Hood au Texas, à Fort Laevenworth au Kansas et à Fort Monmouth dans le New Jersey. Elle avait fréquenté des écoles réservées aux enfants d'officiers à Camp Zama au Japon, à Chiemese en Allemagne, à Camp Darby en Italie et à Fort Buchanan à Porto Rico.

Enfant unique, elle avait eu pour amis les militaires de carrière et leurs familles stationnées dans des bases diverses. C'était une gamine précoce, gaie et vivante, mais sa mère craignait qu'elle soit privée d'une enfance normale.

« Je sais que déménager tous les six mois doit être terriblement pénible pour toi, ma chérie », lui avait-elle dit un jour.

Dana lui avait adressé un regard surpris. « Pourquoi ? »

Chaque fois que son père recevait une nouvelle affectation, Dana en était tout excitée. « Nous allons encore déménager ! » s'écriait-elle.

Malheureusement, si ce nomadisme plaisait à l'enfant, il déplaisait à sa mère. Lorsque Dana eut treize ans, sa mère lui dit : « Je ne peux plus vivre avec un gitan. Je demande le divorce. »

Dana avait été horrifiée à cette nouvelle. Moins à cause du divorce que parce qu'il lui serait désormais impossible de voyager avec son père.

« Où vais-je vivre ? demanda-t-elle à sa mère.

— A Claremont, en Californie. C'est là que j'ai grandi. C'est une superbe petite ville. Elle te plaira beaucoup. »

Sa mère avait eu raison sur un point : Claremont était effectivement une fort jolie petite ville. Mais elle s'était trompée en pensant que Dana l'aimerait. La ville, située au pied des monts San Gabriel, dans le comté de Los Angeles, avait une population de quelque trente-trois mille personnes. Ses rues étaient bordées de beaux arbres et on y respirait le charme vieillot des communautés universitaires. Dana la détesta. Cesser de voyager autour du monde pour s'installer dans un petit patelin provoqua chez elle un brutal choc culturel.

« Allons-nous vivre ici pour toujours ? demanda-t-elle à sa mère d'un air sombre.

— Pourquoi, ma chérie ?

— Parce que c'est trop petit pour moi. J'ai besoin d'une ville plus grande. »

Lors de son premier jour de classe, elle revint de l'école l'air abattu.

« Qu'est-ce qui ne va pas ? Tu n'aimes pas ton école ? »

Dana soupira. « L'école, ça va. Mais c'est plein de gosses. »

Sa mère se mit à rire. « Ils s'y feront et toi aussi. »

Dana étudia à l'école secondaire de Claremont où elle devint journaliste pour le *Wolfpacket,* le journal de l'école. Elle s'aperçut qu'elle aimait le journalisme, mais ce dont elle avait follement envie, c'était de voyager.

« Lorsque je serai grande, disait-elle, je voyagerai de nouveau partout dans le monde. »

A dix-huit ans, elle entra à l'école de journalisme du Claremont McKenna College où elle devint reporter pour le journal de l'école, le *Forum.* L'année suivante, elle en fut nommée rédactrice en chef.

Les étudiants ne cessaient de la solliciter pour qu'elle leur accorde de petites faveurs. « Notre club féminin organise une danse la semaine prochaine, Dana. Tu veux bien en parler dans le journal... » « Le club de débat se réunit mardi... » « Pourrais-tu faire le compte rendu de la pièce que le cercle d'art dramatique est en train de monter... ? » « Nous organisons une collecte de fonds pour la nouvelle bibliothèque... »

Cela n'en finissait pas, mais Dana s'y prêtait avec énormément de plaisir. Elle était en position d'aider les autres et elle aimait cela. Lors de sa dernière année d'études, elle opta pour le métier de journaliste.

« Je pourrai interviewer des gens importants dans le monde entier, dit-elle à sa mère. Ce sera comme si je contribuais un peu à faire l'histoire. »

Durant sa croissance, le seul fait de se regarder dans un miroir la déprimait. Elle était trop petite, trop maigre, n'avait pas assez de rondeurs. Toutes les autres filles étaient d'une beauté impressionnante. On eût dit que c'était la règle en Californie. *Je suis le vilain petit canard au pays des cygnes,* se disait-elle. Elle s'astreignit à ne plus se regarder dans les miroirs. Si elle s'était vue, elle aurait constaté à l'âge de quatorze ans que son corps s'épanouissait. A seize ans, elle était devenue très séduisante. A dix-sept ans, les garçons commencèrent sérieusement à lui courir après. Son visage passionné en forme de cœur, ses grands yeux inquisiteurs et son rire rauque avaient quelque chose d'adorable mais contenaient aussi comme un défi.

Depuis l'âge de douze ans, Dana savait comment elle voulait perdre sa virginité. Ce serait par une belle nuit de clair de lune, dans quelque lointaine île tropicale, sur une plage que les vagues viendraient battre mollement. On entendrait en fond sonore une douce musique. Un bel étranger distingué s'approcherait d'elle, plongerait son regard dans ses yeux, dans son âme, la prendrait dans ses bras sans prononcer un mot et la transporterait avec sensualité près d'un palmier. Ils se dévêtiraient et feraient l'amour tandis qu'au loin la musique accompagnerait leurs ébats jusqu'à l'orgasme final.

En réalité, elle perdit sa virginité sur le siège arrière d'une vieille Chevrolet, après une danse de l'école, et entre les bras d'un rouquin de dix-huit ans qui répondait au nom de Richard Dobbins et qui travaillait au *Forum* avec elle. Il lui avait donné sa bague et, le mois suivant, était parti vivre à Milwaukee avec ses parents. Dana n'avait plus jamais entendu parler de lui.

Un mois avant de quitter le collège avec son diplôme de journalisme, Dana, en quête d'un travail, se présenta au journal local, le *Claremont Examiner.*

Un employé du service du personnel parcourut son CV. « Comme ça, vous étiez rédactrice en chef du *Forum,* hein ? »

Dana sourit modestement. « En effet.

— Parfait. Vous avez de la veine. Nous sommes justement à court de personnel ces temps-ci. Nous allons vous prendre à l'essai. »

Dana était transportée de joie. Elle avait déjà établi la liste des pays et des continents où elle voulait faire des reportages : la Russie... la Chine... l'Afrique...

« Je sais que je ne peux pas commencer comme correspondante à l'étranger, dit-elle, mais dès que...

— En effet. Ici, vous ferez les courses. Vous veillerez à ce que les journalistes aient leur café le matin. Ils l'aiment fort. Et vous descendrez la copie à la salle d'imprimerie. »

Dana le dévisagea, effarée. « Je ne peux pas... »

Le responsable du personnel se pencha vers elle en fronçant les sourcils : « Vous ne pouvez pas quoi ?

— Je ne saurais vous dire à quel point je suis heureuse d'avoir ce travail. »

Les journalistes complimentaient tous Dana pour son café et elle devint le meilleur « garçon de course » que le journal eût jamais eu. Tôt arrivée le matin, elle se lia d'amitié avec tout le monde, toujours prête à rendre service. Elle savait que c'était le seul moyen de prendre du galon.

L'ennui, c'est qu'au bout de six mois, elle en était toujours à remplir des tâches peu gratifiantes. Elle alla voir Bill Crowell, le rédacteur en chef.

« Je crois que je suis vraiment prête, maintenant, dit-elle avec un grand sérieux. Si vous m'envoyez sur le terrain, je... »

Il ne leva même pas les yeux. « Il n'y a pas de poste vacant pour le moment. Mon café est froid. »

Ce n'est pas juste, pensa Dana. *On ne me donnera même pas ma chance.* Elle avait entendu une maxime à laquelle elle croyait fermement : « Si vous n'êtes pas prêt à aller jusqu'au bout, autant abandonner tout de suite. » *Eh bien, rien ne m'arrêtera*, pensa-t-elle. *Rien. Mais comment mettre le pied à l'étrier ?*

Un matin, alors qu'elle traversait la salle déserte des téléscripteurs en portant des tasses de café brûlant, une dépêche de police était en train de sortir sur l'une des imprimantes. Curieuse, Dana s'approcha et lut :

ASSOCIATED PRESS — CLAREMONT, CALIFORNIE. À CLAREMONT, CE MATIN, A EU LIEU UNE TENTATIVE D'ENLÈVEMENT. UN GARÇONNET DE SIX ANS A ÉTÉ PRIS À BORD D'UNE VOITURE PAR UN INCONNU ET...

Dana lut le reste du message, les yeux écarquillés. Elle prit son courage à deux mains, arracha le texte du téléscripteur et le mit dans sa poche. Personne ne l'avait vu.

Elle entra en courant dans le bureau de Bill Crowell, tout essoufflée. « Monsieur Crowell, quelqu'un a essayé d'enlever un petit garçon à

Claremont ce matin. Il lui a proposé de l'emmener faire une balade en poney. Comme le petit garçon voulait d'abord des bonbons, son ravisseur l'a emmené dans une confiserie dont le propriétaire a reconnu l'enfant. Il a appelé la police et le ravisseur s'est enfui. »

Bill Crowell était tout excité.

« Il n'y avait rien dans les télégrammes des agences de presse ou de la police. D'où tenez-vous cette information ?

— Je... je me suis trouvée par hasard dans la confiserie. On en parlait et...

— Je vais y envoyer un journaliste tout de suite.

— Pourquoi ne me laissez-vous pas couvrir cette affaire ? demanda vivement Dana. Le propriétaire de la confiserie me connaît. Il me parlera. »

Il laissa errer sur elle un œil scrutateur et dit finalement à contrecœur : « D'accord. »

Dana interviewa le propriétaire de la confiserie. Son article fit la manchette du *Claremont Examiner* le lendemain et fut bien accueilli.

« Vous n'avez pas fait un mauvais boulot, lui dit Bill Crowell. Pas mauvais du tout.

— Merci. »

Presque une semaine entière passa avant qu'elle ne se retrouve de nouveau seule dans la salle des téléscripteurs. Un message de l'agence Associated Press était en train de s'imprimer :

POMONA, CALIFORNIE : UNE INSTRUCTRICE DE JUDO CAPTURE UN VIOLEUR QUI S'APPRÊTAIT À L'ATTAQUER.

Parfait, décida Dana. Elle arracha le texte imprimé, le fourra en boule dans sa poche et s'empressa d'aller voir Bill Crowell.

« Une de mes anciennes camarades de collège vient de m'appeler, dit-elle d'une voix tout excitée. Elle regardait par la fenêtre lorsqu'elle a vu une femme attaquer un violeur présumé. J'aimerais suivre cette affaire. »

Crowell la regarda quelques instants. « Allez-y. »

Dana se rendit à Pomona en voiture afin de recueillir l'interview de l'instructrice de judo et son article figura cette fois encore en première page.

Bill Crowell la convoqua dans son bureau. « Que diriez-vous de faire des reportages réguliers ? »

Dana ne se tenait plus de joie. « Génial ! » *Ça y est*, pensa-t-elle, *ma carrière débute enfin !*

Le lendemain, le *Claremont Examiner* fut vendu au *Washington Tribune*, un journal de la capitale.

La plupart des employés du *Claremont Examiner* furent consternés à l'annonce de la vente de leur journal. Il y aurait inévitablement des réductions d'effectifs et certains d'entre eux allaient perdre leur emploi. Dana prit la chose de manière tout autre. *Je travaille désormais pour le* Washington Tribune, se dit-elle, pour aussitôt penser en bonne logique : *Pourquoi ne pas aller travailler au siège du journal ?*

Elle entra d'un pas assuré dans le bureau de Bill Crowell. « J'aimerais prendre un congé sans solde de dix jours. »

Il posa sur elle un regard dans lequel pointait de la curiosité.

« Dana, la plupart des employés ici n'osent même pas aller aux chiottes parce qu'ils ont une trouille bleue de ne pas retrouver leur bureau en revenant. Vous n'êtes donc pas inquiète ?

— Pourquoi le serais-je ? Je suis votre meilleure journaliste, lui dit-elle sans se démonter. Je pars me chercher un travail au *Washington Tribune*.

— Êtes-vous sérieuse ? » Il vit à son expression qu'elle ne plaisantait pas. « Ainsi vous êtes sérieuse. » Il soupira. « D'accord. Essayez de voir Matt Baker. C'est lui qui est à la tête du groupe Washington Tribune Enterprises : les journaux, les chaînes de télé, la radio, tout.

— Matt Baker, d'accord. »

8

Washington était une ville beaucoup plus importante que ne l'avait cru Dana. C'était le centre du pouvoir du pays le plus puissant du monde. Il y avait de l'électricité dans l'air. *Ici je me sens dans mon élément*, pensa-t-elle, tout heureuse.

Elle commença par prendre une chambre à l'hôtel Stouffer Renaissance. Elle chercha l'adresse du *Washington Tribune* et s'y rendit. Le journal, qui se trouvait dans la 6ᵉ Rue, s'étendait sur un pâté de maisons entier. Il occupait quatre immeubles qui semblaient interminables. Dana trouva le hall d'entrée principal et, s'y engageant d'un pas confiant, elle se dirigea vers le vigile en uniforme qui se tenait derrière le bureau d'accueil.

« Que puis-je pour votre service, mademoiselle ?

— Je travaille ici. Enfin, je travaille pour le *Tribune.* Je viens voir Matt Baker.

— Vous avez un rendez-vous ? »

Dana hésita. « Pas encore, mais...

— Revenez quand vous en aurez un. » Il tourna son attention vers plusieurs hommes qui venaient d'arriver à l'accueil.

« Nous avons rendez-vous avec le responsable de la diffusion, dit l'un d'eux.

— Un instant, s'il vous plaît. » Le vigile composa un numéro sur le standard.

Au fond, les portes de l'un des ascenseurs s'ouvrirent et des gens en sortirent. Dana s'y dirigea d'un pas naturel. Elle pénétra dans l'ascenseur en priant le ciel qu'il se remette en marche avant que le vigile ne s'aperçoive de quelque chose. Une femme y entra à son tour, appuya sur un bouton et la cage commença son ascension.

« Excusez-moi, dit Dana. A quel étage se trouve le bureau de Matt Baker ?

— Au deuxième. » Elle regarda Dana. « Vous ne portez pas de laissez-passer.

— Je l'ai perdu. »

Lorsque l'ascenseur arriva au deuxième étage, Dana en sortit. Elle s'immobilisa, effarée par la dimension des lieux. Des boxes sans nombre s'étendaient sous ses yeux, peut-être des centaines, occupés par des milliers de personnes. Chacun était surmonté d'un écriteau coloré. RÉDACTION... ART... AFFAIRES MUNICIPALES... SPORTS... SEMAINIER...

Elle arrêta un homme qui passait précipitamment à sa hauteur.

« Excusez-moi. Où se trouve le bureau de Matt Baker ?

— Matt Baker ? » Il lui indiqua une direction. « Là-bas, au bout du couloir, à droite, la dernière porte.

— Merci. »

En se retournant, elle heurta un homme mal rasé et à l'apparence négligée qui tenait des papiers à la main. Ceux-ci lui échappèrent.

« Oh, je suis désolée. J'étais...

— Mais pourquoi ne regardez-vous pas où vous allez ? » lui jeta-t-il. Il se pencha pour ramasser les papiers.

« Je ne l'ai pas fait exprès. Je vais vous aider. Je... » Dana se baissa et en voulant ramasser les documents en fit glisser plusieurs sous un bureau.

L'homme s'arrêta net pour la dévisager.

« Rendez-moi service. Privez-moi de votre aide.

— Comme vous voudrez, dit-elle d'une voix glaciale. J'espère seulement que tout le monde à Washington n'est pas aussi désagréable que vous. »

Puis, d'un air hautain, elle se releva et se dirigea vers le bureau de M. Baker. La fenêtre vitrée qui se découpait dans la porte affichait son nom en toutes lettres : MATT BAKER. Il n'y avait personne dans le bureau. Dana y entra et s'assit. Elle observa à travers la fenêtre du bureau l'activité frénétique que l'on déployait tout autour.

C'est autre chose que le Claremont Examiner, pensa-t-elle. Des milliers de personnes travaillaient ici. Elle vit dans le couloir l'homme grincheux et à l'apparence négligée qui venait vers le bureau.

Non ! pensa-t-elle. *Il ne va pas entrer ici. Il va sûrement ailleurs...*

L'homme parut alors sur le seuil du bureau. Il la toisa d'un œil noir. « Mais qu'est-ce que vous faites ici, vous ? »

Dana eut un mouvement de recul. « Vous êtes sans doute monsieur Baker, dit-elle d'un air dégagé. Je suis Dana Evans.

— Je vous ai demandé ce que vous faisiez ici.

— Je suis journaliste au *Claremont Examiner*.

— Et ?

— Vous venez de l'acheter.

— Ah oui ?

— Je... enfin le *Tribune* l'a acheté. Le journal a acheté le journal. » Dana comprit que c'était mal engagé. « Quoi qu'il en soit, je suis venue chercher du travail. Évidemment, j'en ai déjà un ici. Disons qu'il s'agit d'une nouvelle affectation. Je puis commencer dès maintenant... »

Il la dévisageait.

« Je peux commencer tout de suite, poursuivitelle en bredouillant. Ça ne pose aucun problème. »

Matt Baker esquissa un pas en direction de son bureau. « Mais qui vous a laissée entrer ici ?

— Je vous l'ai dit. Je suis journaliste au *Claremont Examiner* et...

— Retournez à Claremont, jeta-t-il sèchement. Et essayez de ne bousculer personne en sortant. »

Dana se leva et dit d'un ton pincé : « Merci beaucoup, monsieur Baker. J'apprécie votre courtoisie. » Elle sortit du bureau d'un pas furieux.

Matt Baker la suivit des yeux en hochant la tête. Le monde était décidément plein de cinglés.

Dana revint sur ses pas dans l'énorme salle de rédaction où des dizaines de journalistes tapaient leurs articles sur des ordinateurs. *C'est ici que je vais travailler*, pensa-t-elle, bien décidée à ne pas abandonner la partie. *Retourner à Claremont ! Comment ose-t-il ?*

Levant les yeux, elle aperçut Matt Baker au bout du couloir. Il venait dans sa direction. Ce diable d'homme était donc partout ! Elle se glissa vivement derrière un box pour qu'il ne la voie pas.

Baker passa à sa hauteur, se dirigeant vers un journaliste assis à un bureau.

« Avez-vous obtenu l'interview, Sam ?

— Pas de chance. Je suis allé au Georgetown Medical Center où l'on m'a dit qu'il n'y avait personne d'inscrit sous ce nom. La femme de Tripp Taylor n'est pas hospitalisée là-bas.

— Mais moi je sais qu'elle y est, dit Baker. On nous cache quelque chose. Je veux savoir pourquoi elle est à l'hôpital.

— Si elle y est, on n'a aucun moyen d'arriver jusqu'à elle, Matt.

— Avez-vous essayé le truc de la livraison de fleurs ?

— Bien entendu. Mais ça n'a pas marché. »

Dana, retenant son souffle, regarda Matt Baker et le journaliste s'éloigner. *Qu'est-ce que c'est que ce journaliste qui n'est même pas fichu d'obtenir une interview ?*

Trente minutes plus tard, Dana entrait au Georgetown Medical Center. Elle se dirigea vers la boutique du fleuriste.

« Puis-je faire quelque chose pour vous ? demanda un employé.

— Oui. J'aimerais... — elle marqua une brève hésitation — ...pour cinquante dollars de fleurs. » Elle faillit s'étrangler en prononçant le mot « cinquante ».

Lorsque l'employé lui remit les fleurs, elle demanda : « Est-ce qu'il y a une boutique dans l'hôpital où l'on peut se procurer une petite casquette quelconque ?

— Il y a une boutique de cadeaux tout à côté.

— Merci.

Ladite boutique contenait un bric-à-brac d'objets sans valeur ainsi qu'un grand éventail de

109

cartes de vœux, de jouets de fabrication médiocre, des ballons et des bannières, des rayonnages de nourriture sous cellophane et des vêtements d'un mauvais goût criard, dont des casquettes souvenirs. Dana en acheta une qui ressemblait vaguement à une casquette de chauffeur et la coiffa. Elle acheta également une carte de vœux de prompt rétablissement à l'intérieur de laquelle elle griffonna quelque chose.

Elle s'arrêta ensuite au bureau d'information dans le hall de l'hôpital. « J'ai des fleurs pour madame Tripp Taylor. »

La réceptionniste hocha la tête. « Il n'y a aucune madame Taylor hospitalisée ici. »

Dana soupira.

« Vraiment ? Dommage. Ces fleurs lui sont envoyées par le Vice-Président des États-Unis. » Elle ouvrit la carte et la montra à la réceptionniste. On pouvait y lire : « Prompt rétablissement. » Et c'était signé *Arthur Cannon*.

« J'ai comme l'impression que je vais devoir repartir bredouille. »

Elle fit demi-tour pour s'en aller. La réceptionniste la suivit des yeux, indécise.

« Un instant ! Ne partez pas tout de suite. »

Dana s'arrêta pile. « Oui ?

— Je peux les lui faire remettre.

— Je regrette, dit Dana. Le Vice-Président m'a demandé de les lui remettre en main propre. » Elle regarda la réceptionniste. « Puis-je connaître votre nom, s'il vous plaît ? Monsieur Cannon voudra savoir pour quelle raison je n'ai pu livrer les fleurs. »

La réceptionniste parut s'affoler.

« Oh, dans ce cas. D'accord. Je ne voudrais pas créer des ennuis. Portez-les à la chambre 615. Mais partez dès que vous les aurez remises.

— Très bien. »

Cinq minutes plus tard, Dana s'entretenait avec l'épouse de la célèbre rock star Tripp Taylor.

Stacy Taylor avait environ vingt-cinq ans. On n'eût su dire si elle était belle ou non car elle avait pour l'heure le visage tuméfié et enflé. Elle tentait de saisir un verre d'eau sur sa table de chevet lorsque Dana entra dans la chambre.

« Des fleurs pour... » Dana s'arrêta net, saisie par le spectacle qu'offrait le visage de la patiente.

« De la part de qui ? » demanda-t-elle dans un marmonnement indistinct.

Dana avait retiré la carte du bouquet. « De... d'un admirateur. »

Stacy Taylor la regarda d'un air méfiant.

« Pourriez-vous me passer ce verre d'eau ?

— Bien sûr. » Dana posa les fleurs et lui tendit le verre. « Puis-je faire autre chose pour vous ? demanda-t-elle.

— Pour ça, oui, vous pouvez faire quelque chose, dit-elle à travers ses lèvres enflées. Me faire sortir de ce trou de merde. Mon mari refuse que je reçoive des visites. J'en ai jusque-là de ne voir que des médecins et des infirmières. »

Dana prit place sur une chaise près du lit.

« Que vous est-il arrivé ?

— Vous n'êtes pas au courant ? demanda-t-elle dans un grognement. J'ai eu un accident de voiture.

— Ah bon ?

— Oui.

— Mais c'est affreux », dit Dana d'un ton sceptique, très en colère car il était évident que cette femme avait été battue.

Quarante-cinq minutes plus tard, lorsqu'elle quitta l'hôpital, elle détenait la véritable version des événements.

A son retour dans le hall d'entrée du *Washing-*

ton Tribune, il y avait un nouveau vigile à la réception.

« Que puis-je...

— Ce n'est pas ma faute, dit Dana tout essoufflée. Croyez-moi, ce sont ces maudits embouteillages. Dites à monsieur Baker que je monte. Mon retard va le rendre furieux. » Elle se précipita vers l'ascenseur et appuya sur le bouton. Le vigile la suivit des yeux d'un air indécis puis composa un numéro sur le standard. « Allô. Dites à monsieur Baker qu'il y a ici une jeune femme qui... »

L'ascenseur arriva. Dana s'y engouffra et appuya sur le bouton. Au deuxième étage, l'activité semblait avoir encore augmenté, si cela était possible. Les journalistes se pressaient pour rendre leur copie dans les temps. Dana s'immobilisa quelques instants en jetant autour d'elle un regard fébrile. Elle vit finalement ce qu'elle cherchait. Dans un box surmonté d'un écriteau JARDINAGE un bureau était inoccupé. Elle s'y précipita et s'assit. Un coup d'œil à l'ordinateur devant elle et elle se mit à taper. Si enthousiasmée par la rédaction du reportage qu'elle perdit toute notion de temps. Lorsqu'elle eut fini, elle mit en marche l'imprimante qui un à un sortit les feuillets de son article. Elle était en train de les rassembler lorsqu'elle perçut une ombre penchée au-dessus de son épaule.

« Mais qu'est-ce que vous fabriquez ? demanda Matt Baker d'une voix brutale.

— Je cherche du travail, monsieur Baker. J'ai écrit ce reportage et j'ai cru que...

— Vous avez cru à tort. » Baker était dans tous ses états. « Il n'est pas question que vous entriez ici comme dans un moulin et que vous vous appropriiez le bureau de quelqu'un d'autre ! Vous allez me ficher le camp d'ici avant que j'appelle la sécurité et que je vous fasse coffrer !

« — Mais...

— Dehors ! »

Dana se leva. Prenant un air digne, elle fourra les feuillets de son article dans la main de Baker et disparut dans le couloir en direction de l'ascenseur.

Baker hocha la tête d'un air incrédule. *Bon Dieu ! Mais où allons-nous ?* Il y avait une corbeille à papiers sous le bureau. Il esquissa le geste d'y jeter les feuillets lorsque les premières phrases de l'article arrêtèrent son regard : « Stacy Taylor, le visage tuméfié et meurtri, a déclaré aujourd'hui depuis son lit d'hôpital qu'elle était hospitalisée parce que son mari, la célèbre rock star Tripp Taylor, l'avait battue. "Chaque fois que je suis enceinte, il me bat. Il ne veut pas d'enfant." » Baker poursuivit sa lecture, figé sur place. Lorsqu'il releva les yeux, Dana n'était plus là. Il courut vers les ascenseurs, espérant la rattraper à temps. En débouchant à l'angle du couloir, il faillit la heurter. Appuyée contre le mur, elle attendait.

« Comment avez-vous obtenu ces informations ? demanda-t-il.

— Je vous l'ai dit. Je suis journaliste », répondit simplement Dana.

Il prit une profonde inspiration. « Venez avec moi. »

Ils se retrouvèrent de nouveau assis dans le bureau de Baker.

« Bon boulot, fit-il d'une voix ronchonne.

— Je vous remercie ! Je ne saurais vous dire à quel point je suis sensible à vos paroles, dit Dana, tout excitée. Je vais être la meilleure journaliste que vous aurez jamais eue. Vous verrez. Ce que je souhaite, en réalité, c'est devenir correspondante à l'étranger, mais je suis prête à faire ce qu'il faut pour cela même si ça doit prendre un an. » Voyant l'expression qui se peignait sur le visage de Baker, elle ajouta : « Ou même deux.

— Le *Tribune* n'a pas de poste libre et il y a une liste d'attente. »

Elle lui adressa un regard de profonde stupéfaction.

« Mais j'avais cru comprendre...

— Silence ! »

Dana le vit prendre un stylo et écrire en capitales le mot CROIRE. Il le lui désigna : « Pour un journaliste, croire, mademoiselle Evans, est un mot qui n'existe pas. C'est clair ?

— Oui, monsieur.

— Bien. » Il demeura pensif quelques instants puis parut prendre une décision. « Avez-vous déjà regardé WTE ? La chaîne de télévision de Tribune Enterprises.

— Non, monsieur. A vrai dire, je...

— Bon, désormais vous allez la regarder. Vous avez de la chance. Il y a un poste vacant. Un des rédacteurs vient de partir. Vous pouvez prendre sa place.

— Pour faire quoi ? demanda-t-elle timidement.

— Rédiger des textes pour le journal télévisé. »

Dana fit grise mine.

« Des textes pour le journal télévisé ? Mais je ne connais rien à...

— C'est simple. Le producteur du journal télévisé vous donnera du matériel brut provenant de tous les services d'information. Vous le rédigerez en une langue claire et le passerez sur le téléprompteur pour que les présentateurs le lisent. »

Dana était interloquée.

« Qu'y a-t-il ?

— Rien. C'est que... Je suis journaliste.

— Nous avons cinq cents journalistes ici qui ont tous mis des années à gagner leurs galons.

Allez au Bâtiment Quatre. Demandez monsieur Hawkins. Si vous devez commencer quelque part, la télévision n'est pas si mal. » Baker tendit la main vers le téléphone. « Je vais prévenir Hawkins. »

Dana soupira.

« D'accord. Merci, monsieur Baker. Si jamais vous avez besoin de...

— Dehors ! »

Les studios de télévision de WTE occupaient tout le cinquième étage du Bâtiment Quatre. Tom Hawkins, le producteur du journal télévisé du soir, conduisit Dana dans son bureau.

« Avez-vous déjà travaillé à la télévision ?

— Non, monsieur. Je viens de la presse écrite.

— Des dinosaures. Ils appartiennent au passé. Nous, nous sommes le présent. Et qui sait ce que l'avenir nous réserve ? Venez que je vous fasse visiter les lieux. »

Il y avait des douzaines de personnes en train de travailler à des bureaux et devant des moniteurs. Les dépêches d'une douzaine d'agences de presse défilaient sur les écrans d'ordinateurs.

« Des articles et des informations arrivent ici du monde entier, expliqua Hawkins. Je décide des sujets que nous allons traiter. Le service chargé d'affecter les missions expédie sur place des équipes pour couvrir l'événement. Nos reporters sur le terrain envoient leurs reportages sur ondes courtes ou par émetteurs. Outre nos services de dépêches, nous avons cent soixante contacts radio avec les polices, des reporters munis de téléphones portables, de scanners et de moniteurs. Chaque reportage est minuté à la seconde. Les rédacteurs travaillent avec les monteurs pour obtenir le chronométrage exact. Un reportage télévisé dure entre quarante-cinq secondes et une minute et demie.

— Combien de rédacteurs travaillent ici ? demanda Dana.

— Six. Vous avez ensuite le coordinateur image, les monteurs des bandes image, les producteurs, les reporters, les présentateurs... » Il s'arrêta. Un homme et une femme s'approchaient d'eux. « A propos de présentateurs, voici Julia Brinkman et Michael Tate. »

Julia Brinkman était une femme d'une grande beauté. Elle avait les cheveux châtains, des lentilles de contact d'un vert provocant et un sourire étudié et désarmant. Michael Tate était un homme d'apparence athlétique au sourire spontané et affable, aux manières extraverties.

« Notre nouvelle rédactrice, dit Hawkins. Donna Evans.

— Dana Evans.

— Peu importe. Allons, au travail. »

Il ramena Dana à son bureau. Il fit un signe de la tête en direction du tableau de programmation fixé au mur. « Voici les reportages parmi lesquels je vais choisir. On appelle ça les "choix éditoriaux". Nous émettons deux fois par jour. Nous faisons le journal du midi, de midi à une heure, et celui du soir, de vingt-deux à vingt-trois heures. Lorsque je vous dirai quels reportages je veux faire passer, vous m'en ferez un texte qui se tienne et qui soit assez passionnant pour que les téléspectateurs ne changent pas de chaîne. Le monteur des bandes enregistrées vous fournira des clips vidéo que vous adapterez aux textes en indiquant où ils doivent aller en fonction du rédactionnel.

— D'accord.

— On a parfois des scoops imprévus de dernière minute et, dans ce cas, nous les insérons dans notre programmation régulière avec un reportage en direct.

— C'est intéressant. »

Elle ne se doutait pas qu'un jour cela lui sauverait la vie.

Le premier soir, l'émission fut catastrophique. Dana avait mis les informations les plus importantes au milieu du journal télévisé au lieu de les mettre au début, si bien que Julia Brinkman se retrouva en train de lire les textes de Michael Tate tandis que celui-ci lisait les siens.

A la fin de l'émission, le réalisateur dit à Dana : « Monsieur Hawkins aimerait vous voir. Maintenant. »

Hawkins était assis derrière son bureau, le visage sévère.

« Je sais, dit Dana d'un ton contrit. Ce n'était pas brillant et c'est entièrement ma faute. »

Hawkins, silencieux, la regardait.

Elle fit une nouvelle tentative. « Ce qu'il y a de bien, Tom, dit-elle, c'est que ça ne peut aller qu'en s'améliorant à partir de maintenant. Vous n'êtes pas d'accord ? »

Il continuait à la dévisager.

« Et ça ne se reproduira plus parce que... » Voyant l'expression qui se peignait sur le visage de Hawkins, elle ajouta : « Parce que je suis virée.

— Non, dit Hawkins d'un ton sec. Ça serait vous en tirer trop facilement. Vous allez continuer jusqu'à ce que vous fassiez les choses comme il faut. Je parle du journal de midi, demain. Est-ce que je me fais bien comprendre ?

— Très bien.

— Parfait. Je vous veux ici à huit heures demain matin.

— D'accord, Tom.

— Et puisque nous allons travailler ensemble... vous pouvez m'appeler monsieur Hawkins. »

Le lendemain, le journal de midi se déroula

sans accroc. Tom Hawkins avait raison, conclut Dana. Il s'agissait seulement de prendre le pli. Prenez votre sujet... rédigez le texte... travaillez avec le monteur des enregistrements... installez le téléprompteur pour les présentateurs.

A partir de cet instant, son job devint de la pure routine.

Dana travaillait pour WTE depuis huit mois lorsque l'occasion se présenta pour elle.

Il était neuf heures quarante-cinq, elle venait de mettre les informations du soir sur le téléprompteur et s'apprêtait à partir. Lorsqu'elle entra dans le studio pour souhaiter le bonsoir à l'équipe, c'était la pagaille. Tout le monde parlait en même temps.

Rob Cline, le réalisateur, criait : « Mais où diable est-elle passée ?

— Je ne sais pas.

— Personne ne l'a vue ?

— Non.

— Avez-vous téléphoné chez elle ?

— J'ai eu le répondeur.

— Fantastique ! Nous passons — il regarda sa montre — dans douze minutes.

— Julia a peut-être eu un accident, dit Michael Tate. Elle est peut-être morte.

— Ce n'est pas une excuse. Elle aurait pu téléphoner.

— Excusez-moi... », dit Dana.

Le réalisateur se tourna vers elle d'un air exaspéré. « Oui ?

— Si elle ne vient pas, je peux présenter le journal.

— N'y pensez pas. » Il se tourna de nouveau vers son assistant. « Appelez le service de sécurité au cas où on la verrait entrer dans l'immeuble. »

L'assistant décrocha le téléphone et composa

le numéro de la réception. « Est-ce que Julia Brinkman est arrivée... ? Bien, si elle arrive, dites-lui de monter ici au plus vite.

— Dites-lui de lui garder un ascenseur. Nous passons dans — il regarda de nouveau sa montre — sept foutues minutes. »

Dana resta là à regarder l'affolement qui allait croissant.

« Je peux tenir les deux rôles, dit Michael Tate.

— Non, jeta sèchement le réalisateur. Nous avons besoin de vous deux. » Il consulta une fois de plus sa montre. « Trois minutes. Bon Dieu de Bon Dieu. Comment peut-elle nous faire une chose pareille ? Nous passons dans... »

Dana prit la parole. « Je connais les textes par cœur. C'est moi qui les ai rédigés. »

Il lui adressa un bref regard. « Nous n'avons pas de maquillage. Vous n'êtes pas habillée comme il faut. »

Une voix leur parvint de la cabine de l'ingénieur du son. « Deux minutes. Prenez vos places, s'il vous plaît. »

Michael Tate haussa les épaules et prit place sur le plateau devant les caméras.

« En place, s'il vous plaît ! »

Dana sourit au réalisateur. « Bonsoir, monsieur Cline. » Elle esquissa un pas en direction de la porte.

« Attendez une minute ! » Il se passa une main sur le front. « Êtes-vous sûre d'en être capable ?

— Mettez-moi à l'essai, dit-elle.

— Je n'ai pas le choix, n'est-ce pas ? gémit-il. Très bien. Allez-y. Mon Dieu ! J'aurais dû écouter ma mère et me faire médecin. »

Dana se précipita vers le plateau et prit place à côté de Michael Tate.

« Trente secondes... vingt... dix... cinq... »

Le réalisateur fit un signe de la main et le voyant rouge sur la caméra s'alluma.

« Bonsoir, dit avec aisance Dana. Bienvenue aux informations de dix heures sur WTE. Un reportage nous arrive à l'instant de Hollande. Une explosion s'est produite dans une école d'Amsterdam cet après-midi et... »

Le reste de l'émission se déroula sans difficulté.

Le lendemain matin, Rob Cline entra dans le bureau de Dana. « J'ai une mauvaise nouvelle. Julia a eu un accident de voiture hier soir. Elle a le visage... » Il hésita. « Elle est défigurée.

— Je suis désolée, dit Dana, touchée. C'est grave ?

— Plutôt.

— Mais de nos jours la chirurgie plastique peut... »

Il hocha la tête. « Pas cette fois. Elle ne reviendra pas.

— J'aimerais aller la voir. Où est-elle ?

— On la ramène dans sa famille, dans l'Oregon.

— Je suis vraiment désolée.

— Le malheur des uns fait le bonheur des autres. » Il examina Dana quelques instants. « Vous avez été bien hier soir. Nous allons vous garder jusqu'à ce que nous ayons trouvé quelqu'un de permanent. »

Dana alla voir Matt Baker. « Avez-vous regardé les informations hier soir ? lui demanda-t-elle.

— Oui, grommela-t-il. Pour l'amour de Dieu, essayez de vous maquiller un peu et de mettre une robe convenable. »

Elle se sentit réduite à moins que rien. « D'accord. »

Comme elle se retournait pour partir, Baker lui dit d'un ton revêche : « Vous n'avez pas été mauvaise. » Venant de lui, c'était un grand compliment.

Le cinquième soir où elle présentait le journal télévisé, le réalisateur lui dit : « A propos, le grand chef a dit de vous garder sur l'émission. »

Elle se demanda si par « grand chef » il voulait parler de Matt Baker.

En moins de six mois, Dana devint une personnalité du Tout-Washington. Elle était jeune, avait du charme et resplendissait d'intelligence. A la fin de l'année, on lui accorda une augmentation et on lui confia des émissions spéciales. L'une d'elles, Here and Now — Ici et Maintenant —, des interviews avec des célébrités, battit des records d'audience. Elle savait mettre ses interlocuteurs en valeur et les présenter sous un jour sympathique, si bien que des célébrités qui hésitaient à paraître dans d'autres *talk-shows* demandaient à passer dans le sien. Les magazines et les journaux se mirent à l'interviewer. Elle était elle-même devenue une célébrité.

Le soir, elle regardait les informations internationales. Elle enviait les correspondants à l'étranger. Ils accomplissaient une tâche de premier plan. Ils rapportaient l'histoire en train de se faire, ils informaient la planète sur les événements qui se déroulaient partout dans le monde. Elle en éprouvait de la frustration.

Son contrat de deux ans avec TWE allait bientôt prendre fin. Philip Cole, le chef des correspondants, la convoqua.

« Vous faites un excellent travail, Dana. Nous sommes tous fiers de vous.

— Merci, Philip.

— Le temps est venu pour nous de discuter d'un nouveau contrat. Tout d'abord...

— Je démissionne.

— Je vous demande pardon ?

— Lorsque mon contrat expirera, je ne tiens pas à continuer à faire mon émission. »

Il lui adressa un regard incrédule. « Mais pourquoi voulez-vous démissionner ? Vous ne vous plaisez pas ici ?

— Je m'y plais beaucoup. Je veux bien continuer à travailler pour WTE mais je veux être correspondante à l'étranger.

— C'est une vie misérable, dit-il en s'emportant. Mais pourquoi, Bon Dieu, voulez-vous faire un métier pareil ?

— Parce que j'en ai assez d'écouter les célébrités me raconter quels petits plats elles vont concocter pour déjeuner et comment elles ont fait la connaissance de leur cinquième mari. Il y a partout des guerres, des gens qui souffrent et qui meurent. Le monde s'en fiche. Je veux être éveilleuse de consciences. » Elle prit une profonde inspiration. « Je regrette. Je ne peux pas rester ici. » Elle se leva et se dirigea vers la porte.

« Attendez une minute ! Êtes-vous bien sûre de vouloir être grand reporter ?

— C'est ce que j'ai toujours voulu faire », répondit-elle calmement.

Cole demeura pensif. « Où aimeriez-vous aller ? »

Il fallut un moment à Dana pour bien saisir le sens de cette question. Lorsqu'elle retrouva la voix, ce fut pour dire : « A Sarajevo. »

9

Être gouverneur était plus passionnant encore qu'Oliver Russell ne l'eût cru. Le pouvoir était une maîtresse pleine d'appas et il aimait ça. Ses décisions influaient sur la vie de centaines de milliers de gens. Il avait fini par se prendre au jeu des tractations de couloir à l'Assemblée, sa réputation et son influence ne cessaient de croître. *J'apporte vraiment quelque chose,* songeait-il, tout heureux. Il se rappelait les paroles du sénateur Davis : « *Ce n'est qu'une première étape, Oliver. Attention aux faux pas.* »

Et il faisait attention. Il avait de nombreuses aventures féminines mais toujours conduites avec la plus grande discrétion. Il le fallait, il ne l'ignorait pas.

De temps à autre il s'informait auprès de l'hôpital de l'état de Miriam.

« Elle est toujours dans le coma, monsieur le Gouverneur.

— Tenez-moi au courant. »

L'un des devoirs d'Oliver en tant que gouverneur consistait à offrir des dîners officiels. Les invités d'honneur en étaient des militants de son parti, des personnalités sportives, des gens du spectacle, des hommes influents en politique et des dignitaires étrangers. Jan était une hôtesse charmante et il se plaisait à constater l'effet qu'elle produisait sur ses invités.

Un jour, elle vint le voir et lui dit : « Je viens de parler à papa. Il donne une réception chez lui le week-end prochain. Il aimerait que nous venions. Il y aura des gens qu'il voudrait te faire rencontrer. »

Ce samedi-là, dans la somptueuse résidence du

sénateur Davis à Georgetown, Oliver se retrouva en train de serrer la main des plus importantes éminences grises de Washington. La réception était très réussie et Oliver passait un excellent moment.

« Alors, vous vous amusez bien, Oliver ?

— Oui. C'est une superbe réception. On ne peut souhaiter mieux.

— A propos de souhait, j'y pense, dit Peter Tager. L'autre jour, Elizabeth, ma fille de six ans, était remontée à bloc et ne voulait pas s'habiller. Betsy ne savait plus à quels saints se vouer. Elizabeth l'a regardée et a dit : "Maman, à quoi penses-tu ?" Betsy a dit : "Ma chérie, je souhaiterais seulement que tu changes d'humeur, que tu t'habilles et que tu viennes prendre ton petit déjeuner comme une bonne petite fille." Et Elizabeth a dit : "Maman, ton souhait n'est pas exaucé !" C'est pas génial, ça ? Ces gamines sont fantastiques. A plus tard, monsieur le Gouverneur. »

Un couple entra dans la pièce. Le sénateur Davis alla à sa rencontre.

L'ambassadeur d'Italie, Atilio Picone, était un sexagénaire d'aspect imposant aux traits sombres, siciliens. Sa femme, Sylva, était l'une des plus belles femmes qu'Oliver eût jamais vues. Actrice professionnelle avant d'épouser Atilio, elle était encore populaire en Italie. Oliver pouvait sans mal comprendre pourquoi. Elle avait de grands yeux bruns sensuels, un visage de madone, et le corps voluptueux d'un nu de Rubens. Elle était de vingt-cinq ans la cadette de son mari.

Le sénateur Davis emmena le couple vers Oliver et fit les présentations.

« Enchanté de vous connaître », dit Oliver. Il ne parvenait pas à détacher les yeux de l'épouse de l'ambassadeur.

124

Celle-ci sourit. « J'ai beaucoup entendu parler de vous.

— Pas en mal, j'espère.

— Je... »

Son mari l'interrompit. « Le sénateur Davis ne tarit pas d'éloges à votre sujet. »

Oliver regarda Sylva et dit : « Vous m'en voyez flatté. »

Le sénateur Davis entraîna le couple un peu plus loin. Lorsqu'il revint vers Oliver, il dit : « Bas les pattes, monsieur le Gouverneur. C'est le fruit défendu. Mordez-y ne serait-ce qu'une fois et vous pourrez dire adieu à vos projets d'avenir.

— Doucement, Todd. Je ne songeais nullement à...

— Je parle sérieusement. Vous n'allez tout de même pas jeter comme ça la bisbille entre deux pays. »

A la fin de la soirée, alors que Sylva et son mari prenaient congé, l'ambassadeur italien dit à Oliver : « Nous avons été ravis de faire votre connaissance.

— Tout le plaisir a été pour moi. »

Sylva prit la main d'Oliver et lui dit d'une voix suave : « Nous avons hâte de vous revoir. »

Leurs regards se croisèrent. « Oui. »

Et Oliver pensa : *Il faut que je sois prudent.*

Deux semaines plus tard, Oliver était à Frankfort, la capitale, en train de travailler dans son bureau lorsque sa secrétaire l'appela sur la ligne intérieure.

« Monsieur le Gouverneur, le sénateur Davis est ici. Il voudrait vous voir.

— Le sénateur Davis ici ?

— Oui, monsieur.

— Faites-le entrer. » Oliver, qui savait son beau-père engagé dans une rude bataille législative à Washington, se demanda ce qu'il venait faire à Frankfort. La porte s'ouvrit et le sénateur entra, accompagné de Peter Tager.

Le sénateur Davis, tout sourire, entoura de son bras les épaules d'Oliver.

« Monsieur le Gouverneur, ça me fait plaisir de vous voir.

— C'est merveilleux que vous soyez ici, Todd. » Il se tourna vers Peter Tager. « Bonjour, Peter.

— Bonjour, Oliver.

— J'espère que je ne vous dérange pas, dit le Sénateur.

— Non, pas du tout. Qu'y a-t-il ? Quelque chose ne va pas... ? »

Le Sénateur regarda son gendre en souriant.

« Oh, je ne crois pas que l'on puisse dire ça. Je dirais même en fait que tout va très bien. »

Oliver, intrigué, scruta le visage des deux hommes.

« Je ne comprends pas.

— J'ai de bonnes nouvelles pour vous, mon petit. Pouvons-nous nous asseoir ?

— Oh, excusez-moi. Vous aimeriez boire quelque chose ? Café ? Whisky... ?

— Non. Nous sommes assez stimulés comme ça. »

Oliver se demanda de nouveau ce qui se passait.

« J'arrive tout juste de Washington. Il y a là-bas un groupe d'hommes passablement influents qui sont convaincus que vous serez notre prochain Président. »

Oliver sentit un petit frisson le traverser. « Je... vraiment ?

— Pour tout dire, si j'ai sauté dans l'avion, c'est que le moment est venu de démarrer votre campagne. L'élection présidentielle est dans moins de deux ans.

— Le moment est on ne peut mieux choisi, dit Peter Tager avec enthousiasme. Notre campagne ne sera pas terminée que la planète entière saura qui vous êtes.

— C'est Peter qui assurera la direction de votre campagne, ajouta le sénateur Davis. Il va tout prendre en main. Vous ne trouverez pas mieux que lui, vous le savez. »

Oliver se tourna vers Tager et lui dit d'une voix chaleureuse :

« Je suis d'accord.

— J'en suis ravi. Nous allons bien nous amuser, Oliver. »

Celui-ci se tourna vers le sénateur Davis.

« Mais ça va coûter une fortune ?

— Ne vous en faites pas pour ça. Vous allez rouler en première sur toute la ligne. J'ai convaincu un certain nombre de mes bons amis que vous étiez l'homme sur lequel il fallait miser. » Il se pencha en avant dans son fauteuil. « Ne vous sous-estimez pas, Oliver. Le sondage effectué il y a deux ou trois mois vous classait parmi les trois gouverneurs les plus efficaces du pays. Mais vous avez quelque chose que les deux autres n'ont pas : du charisme. Le charisme est quelque chose qui ne s'achète pas. Les gens vous aiment et ils vont voter pour vous. »

Oliver sentait croître son excitation.

« Quand démarrons-nous ?

— C'est déjà fait, lui dit le sénateur Davis. Nous allons mettre sur pied une solide équipe de campagne et commencer à mobiliser en votre faveur des délégués du parti dans tout le pays en vue des primaires.

— Tout bien pesé, quelles sont mes chances ?

— Lors des primaires, vous allez damer le pion à tout le monde, répondit Tager. Pour ce qui est de l'élection générale, le président Norton a une très forte cote de popularité. Si vous deviez vous présenter contre lui, il vous donnerait du fil à retordre. Ce qu'il y a de bien, évidemment, c'est qu'il achève son deuxième mandat et ne peut donc se représenter. Quant au Vice-Président, il ne fait pas le poids. Il n'y aura qu'à souffler dessus pour l'éliminer. »

La réunion se poursuivit durant quatre heures. Lorsqu'elle fut terminée, le sénateur Davis dit à Peter Tager : « Peter, voulez-vous nous excuser une minute ?

— Certainement, monsieur le Sénateur. »

Celui-ci et Oliver le regardèrent sortir de la pièce.

« J'ai eu une petite conversation avec Jan ce matin », dit le Sénateur.

Oliver sentit passer un petit frisson d'alerte. « Oui ? »

Le sénateur Davis le regarda en souriant. « Elle est très heureuse. »

Oliver poussa un soupir de soulagement. « Ça me fait plaisir.

— Moi aussi, mon petit. Moi aussi. Je me contenterai de veiller sur la paix des foyers. Vous me comprenez ?

— Ne vous en faites pas de ce côté, Todd, je... »

Le sourire du Sénateur s'effaça. « Justement, je m'en fais, Oliver. Je ne peux pas vous reprocher d'être porté sur la chose mais arrangez-vous pour ne pas vous mettre dans de sales draps. »

En s'engageant dans le couloir de l'édifice gouvernemental de l'État en compagnie de Peter Tager, le sénateur Davis dit : « Vous allez réunir une équipe électorale. Ne reculez pas devant la dépense. Je veux pour débuter que nous ayons des bureaux de campagne à New York, Washington, Chicago et San Francisco. Les primaires

128

commencent dans douze mois. La convention du parti a lieu dans dix-huit mois. Après, ça ira tout seul. » Ils arrivèrent à la voiture du Sénateur. « Accompagnez-moi à l'aéroport, Peter.

— Il va faire un merveilleux Président. »

Le sénateur Davis acquiesça. *Et je le tiendrai sous ma coupe,* pensa-t-il. *J'userai de lui comme d'une marionnette. C'est moi qui tirerai les ficelles et ce sera le Président des États-Unis qui parlera.*

Il sortit de sa poche un étui en or.

« Cigare ? »

Les primaires qui se déroulaient un peu partout dans le pays démarrèrent bien. Le sénateur Davis avait vu juste pour Peter Tager. C'était l'un des meilleurs directeurs de campagne qui fût et il avait su mettre sur pied une superbe organisation. Tager, ardent apôtre des valeurs familiales et fervent pratiquant, exerçait une séduction sur la droite. Mais connaissant aussi les rouages de la politique, il avait réussi à convaincre le centre-gauche de mettre fin à ses divisions internes et de collaborer. Peter Tager était une bête politique, et son bandeau noir sur l'œil, qui lui donnait un petit air canaille, était désormais une image familière sur toutes les chaînes de télévision.

Tager savait que pour réussir Oliver devait se présenter à la convention du parti en étant assuré d'au moins deux cents voix de délégués. Et il était bien décidé à les lui faire obtenir.

Tager avait établi pour lui un calendrier qui comprenait des voyages dans chacun des États du pays.

Oliver, en prenant connaissance de ce programme de campagne, s'exclama : « C'est... c'est impossible, Peter !

— Pas de la manière dont nous avons prévu

les choses. On a tout coordonné. Le Sénateur vous prête son avion privé. Quelqu'un sera là pour vous guider à chaque étape du parcours et je serai à vos côtés. »

*

Le sénateur Davis présenta Sime Lombardo à Oliver. Lombardo était une sorte de géant, un homme sombre et massif, tant au physique qu'au moral, un être fermé et taciturne.

« Vous ne trouvez pas qu'il fait un peu bizarre dans le décor? demanda Oliver au Sénateur lorsqu'ils se retrouvèrent seuls.

— Sime est là pour résoudre nos problèmes insolubles, dit le Sénateur. Les gens ont parfois besoin pour collaborer que l'on use avec eux d'une certaine force de persuasion. Sime sait se montrer très convaincant. »

Oliver préféra ne pas poursuivre cette conversation plus avant.

Lorsque la campagne commença à prendre un tour sérieux, Peter Tager informa Oliver de ce qu'il fallait dire, du moment opportun pour le dire et de la manière de le dire. Il veilla à ce qu'Oliver fasse des apparitions publiques dans tous les États où allait se jouer l'élection. Et partout où il passait, Oliver disait aux gens ce qu'ils voulaient entendre.

En Pennsylvanie : « L'entreprise manufacturière est l'âme de ce pays. Nous ne l'oublierons pas. Nous allons relancer l'activité industrielle et ramener l'Amérique dans la compétition! »

On applaudissait.

En Californie : « L'industrie aéronautique est l'un des atouts majeurs de l'Amérique. Il n'y a pas de raison pour qu'une seule de vos usines ferme.

Nous allons relancer la production aéronautique. »

On applaudissait.

A Detroit : « C'est nous qui avons inventé l'automobile et les Japonais nous ont pris notre technologie. Eh bien, nous allons retrouver notre place de leader, et Detroit redeviendra le centre mondial de l'automobile ! »

On applaudissait.

Sur les campus universitaires, il parlait de prêts étudiants qui seraient libéralement accordés par l'État fédéral.

Sur les bases militaires, un peu partout dans le pays, il n'était question que de l'augmentation du budget de la Défense.

Au tout début, lorsque Oliver était encore relativement peu connu, on ne donnait pas cher de sa victoire. Mais, au fur et à mesure du déroulement de la campagne, les sondages enregistrèrent sa progression.

Durant la première semaine de juillet, plus de quatre mille délégués et suppléants, ainsi que des centaines de candidats et de cadres du parti se réunirent à la convention de Cleveland et mirent la ville sens dessus dessous à coups de défilés, de chars allégoriques et de fêtes. Les télévisions du monde entier retransmettaient le spectacle. Peter Tager et Sime Lombardo faisaient en sorte que le gouverneur Oliver Russell se trouve toujours devant l'objectif.

Le parti d'Oliver comptait une demi-douzaine de postulants à la candidature présidentielle, mais le sénateur Davis s'était employé à les éliminer l'un après l'autre. Quitte, dans certains cas, à en appeler sans vergogne à des services rendus vingt ans auparavant.

« Toby, c'est Todd. Comment vont Emma et Suzy ?... Bien. Je voulais te dire un mot au sujet de ton poulain, Andrew. Il m'inquiète, Toby. Tu sais, à mon avis, il est trop à gauche. Le Sud ne voudra jamais de lui. Voici ce que je te propose... »

« Alfred, c'est Todd. Comment Roy se débrouille-t-il?... Ne me remercie pas. J'étais heureux de l'aider. Je voulais te parler de Jerry, ton candidat. A mon avis, il est trop à droite. Si nous le soutenons, nous perdrons le Nord. Voici quant à moi ce que je suggérerais... »

« Kenneth, ici Todd. Je voulais te dire à quel point je suis content que cette transaction immobilière ait marché pour toi. Nous nous sommes tous bien débrouillés. Tu ne trouves pas? A propos, je pense qu'il faut que nous ayons tous les deux une petite conversation au sujet de Slater. Il est battu d'avance. Nous ne pouvons nous permettre de soutenir un perdant, n'est-ce pas?... »

Et ainsi de suite, jusqu'à ce que le seul candidat du parti qui eût pratiquement encore une chance de l'emporter fût le gouverneur Oliver Russell.

La procédure de nomination se passa sans accroc.

Au premier tour de scrutin, Oliver Russell obtint sept cents voix, soit plus de deux cents venant des six États industriels du Nord, cent cinquante des six États de la Nouvelle-Angleterre, quarante des États du Sud, cent cinquante de deux États des Plaines, et le reste des États de la côte Pacifique.

Peter Tager s'employait fébrilement à ce que la machine publicitaire tourne plein régime. Oliver Russell sortit finalement grand gagnant du décompte final. Et dans l'ambiance de cirque soigneusement orchestrée qui régnait dans la convention, il fut nommé par acclamation candidat officiel du parti à l'élection présidentielle.

Restait ensuite à choisir un vice-président. Melvin Wicks représentait le choix idéal. C'était un Californien « politiquement correct », un entrepreneur fortuné et une personnalité attachante du Congrès.

« Ils se compléteront, déclara Tager. C'est maintenant que le vrai travail commence. Il va falloir nous y mettre pour arriver jusqu'au chiffre magique de deux cent soixante-dix. » C'était le nombre de votes du collège électoral requis pour gagner la Présidence.

« Les gens veulent un dirigeant jeune..., dit-il à Oliver. Un dirigeant qui présente bien, qui ait un peu d'humour et une vision de l'avenir... Ils veulent vous entendre dire combien ils sont merveilleux... Et ils veulent le croire... Faites-leur comprendre que vous êtes astucieux mais n'en faites pas trop... Si vous attaquez votre adversaire, que ce ne soit jamais *ad hominem*... Ne le prenez jamais de haut avec les journalistes. Traitez-les comme des amis et ils seront vos amis... Évitez de faire preuve de la moindre mesquinerie. Souvenez-vous que vous êtes un homme d'État. »

La campagne présidentielle se déroula à un train soutenu. L'avion personnel du sénateur Davis transporta Oliver au Texas pour une tournée de trois jours, en Californie pour une journée, dans le Michigan pour une demi-journée, dans le Massachusetts pour six heures. Chaque minute comptait. Certains jours, Oliver visitait jusqu'à dix villes et prononçait autant de discours. On descendait chaque soir dans un hôtel différent, le Drake, à Chicago, le St. Regis à Detroit, le Carlyle à New York, le Place d'Armes à La Nouvelle-Orléans, au point qu'ils finissaient tous à la longue par se confondre. Quel que soit le lieu, le rituel était le même : des voitures de police ouvrant le cortège, de grandes foules, des électeurs enthousiastes.

**
*

Jan accompagna Oliver dans la plupart de ses déplacements, et il dut reconnaître qu'elle représentait pour lui un atout précieux. Elle était séduisante et intelligente, et les journalistes l'aimaient. De temps à autre, Oliver apprenait par la presse les toutes dernières acquisitions de Leslie : un journal à Madrid, une chaîne de télévision au Mexique, une station de radio dans le Kansas. Il se réjouissait de son succès. Il se sentait de la sorte moins coupable de l'avoir traitée comme il l'avait fait.

Partout où il se rendait, les journalistes photographiaient Oliver, l'interviewaient et citaient ses déclarations. Plus d'une centaine de correspondants couvraient sa campagne, certains venant de pays situés aux antipodes. Au plus fort de la campagne, les sondages donnèrent Oliver gagnant. Mais tout à coup, de manière tout à fait inattendue, son adversaire, le vice-président Cannon, commença à le devancer.

Peter Tager se mit à donner des signes d'inquiétude. « Cannon monte dans les sondages. Il faut que nous l'arrêtions. »

On convint de deux débats télévisés entre le vice-président Cannon et Oliver.

« Cannon va amener la discussion sur le terrain de l'économie, dit Tager à Oliver. Et il sera excellent là-dessus. Il faut trouver une parade... Voici mon plan... »

Le soir du premier débat, devant les caméras de télévision, le vice-président Cannon parla en effet d'économie.

« L'Amérique n'a jamais été en aussi bonne

santé économique. Le commerce et l'industrie se portent bien. » Il passa les dix minutes suivantes à broder sur ce thème, étayant ses arguments à l'aide de faits concrets et de données chiffrées.

Lorsque vint son tour de parole, Oliver dit :

« Voilà qui est impressionnant. Nous sommes tous très heureux, à n'en pas douter, d'apprendre que le monde des affaires se porte aussi bien et que les bénéfices des grandes entreprises ont encore augmenté. » Il se tourna vers son adversaire. « Mais vous avez oublié de mentionner l'une des raisons pour lesquelles les grandes entreprises se portent si bien : c'est grâce aux restructurations, euphémisme pour parler de licenciements. Pour dire les choses brutalement, les restructurations signifient que l'on met des gens à pied afin de les remplacer par des machines. Il n'y a jamais eu autant de gens sans emploi. C'est sur cet aspect humain des choses que nous devrions nous pencher. Il se trouve que contrairement à vous, je ne pense pas que la réussite financière des grandes entreprises soit plus importante que les hommes qui les composent... » Et il poursuivit en ce sens.

Là où le vice-président Cannon avait parlé affaires et profits, Oliver Russell adopta une approche directe, abordant les problèmes avec sensibilité et souci de l'avenir. Lorsque leur temps de parole à tous deux fut épuisé, Russell avait réussi à démontrer que Cannon était un politicien impitoyable qui se fichait du peuple américain comme de sa première chemise.

Le lendemain du débat, les sondages enregistrèrent une nette modification en faveur d'Oliver Russell qui n'avait plus que trois points d'écart avec le Vice-Président. Restait une longueur à couvrir : un dernier débat national.

Arthur Cannon avait appris la leçon. Au cours

du débat final, lorsque vint son tour de parole, il dit : « Notre pays est un pays où les chances doivent être égales pour tous. L'Amérique a le bonheur d'être une terre de liberté mais cette liberté à elle seule ne suffit pas. Notre peuple doit jouir de la liberté de travailler, de gagner décemment sa vie... »

Il tirait le tapis sous les pieds d'Oliver Russell en se concentrant uniquement sur les merveilleux projets qu'il avait dans l'esprit pour assurer le bien-être du peuple. Mais Peter Tager avait prévu la chose. Lorsque Cannon eut fini, Oliver Russell prit le relais.

« C'était très émouvant. Nous avons tous été très émus, à n'en pas douter, par ce que vous aviez à dire sur les difficultés des chômeurs et, comme vous les appelez, des "exclus". Ce qui me gêne dans votre discours, c'est que vous ayez omis de dire comment vous allez vous y prendre pour accomplir toutes les merveilles que vous promettez à ces gens. » A partir de ce moment, là où le Vice-Président Cannon avait fait jouer la corde sensible, Oliver Russell tint un langage concret, et parla de ses projets économiques, laissant le Vice-Président Gros-Jean comme devant.

Oliver, Jan et le sénateur Davis étaient à table dans la résidence du Sénateur à Georgetown. Celui-ci sourit à sa fille : « Je viens de voir les tout derniers sondages. Je crois que tu peux commencer à redécorer la Maison-Blanche. »

Le visage de Jan s'éclaira.

« Tu penses vraiment que nous allons gagner, papa ?

— Je me trompe en beaucoup de choses, ma puce, mais jamais en politique. J'ai ça dans le sang. En novembre, nous allons avoir un nou-

veau Président, et il est assis là, juste à côté de
toi. »

10

« Attachez vos ceintures, s'il vous plaît. »
C'est parti! pensa Dana avec enthousiasme.
Elle jeta un coup d'œil du côté de Benn Albertson et de Wally Newman. Benn Albertson, son
producteur, était un quadragénaire barbu et
hyperactif qui avait produit quelques-unes des
émissions d'information les mieux cotées de la
télévision, et était hautement respecté. Wally
Newman, le cameraman, était un jeune quinqua-
génaire. Doué et enthousiaste, il était impatient
d'arriver sur les lieux de sa nouvelle affectation.
Dana quant à elle songeait à l'aventure qui les
attendait. Ils feraient escale à Paris, puis pren-
draient un avion pour Zagreb en Croatie et, de là,
pour Sarajevo.

Durant sa dernière semaine à Washington,
Dana avait été mise au courant de sa mission par
la rédactrice en chef des informations internationales, Shelly McGuire. « Vous aurez besoin d'un
camion à Sarajevo pour transmettre des reportages par satellite, lui dit-elle. Comme nous n'en
possédons pas, nous allons en louer un et acheter
du temps d'antenne à la société yougoslave propriétaire du satellite. Si tout se passe bien, nous
aurons notre propre camion par la suite. Vous
opérerez à deux niveaux. Vous ferez certains
reportages en direct mais la plupart seront enregistrés. Benn Albertson vous dira ce qu'il veut,
vous tournerez sur place, puis vous ferez une

trame sonore en studio là-bas. Je vous ai donné le meilleur réalisateur et le meilleur cameraman de la profession. Vous ne devriez pas avoir de problème. »

Dana devait se rappeler par la suite ces paroles optimistes.

Matt Baker lui avait téléphoné la veille de son départ. « Venez me voir à mon bureau. » Il avait un ton bourru.

« J'arrive. » Dana avait raccroché avec un vif sentiment d'appréhension. *Il a changé d'avis sur ma nouvelle affectation et ne va pas me laisser partir. Comment peut-il me faire ça? Eh bien,* se dit-elle avec détermination, *il va trouver à qui parler.*

Dix minutes plus tard, Dana entrait d'un pas résolu dans le bureau de Matt Baker.

« Je sais ce que vous allez me dire, avait-elle commencé, mais ce sera peine perdue. Je pars! J'en rêve depuis que je suis toute petite. Je pense que je peux faire du bien là-bas. Il faut que vous me donniez ma chance. » Elle avait pris une profonde inspiration. « Alors, avait-elle insisté sur un ton de défi. Que vouliez-vous me dire? »

Matt Baker l'avait regardée et lui avait dit d'un ton aimable : « Bon voyage. »

Dana avait tiqué. « Quoi?

— Bon voyage. Ça veut dire ce que ça veut dire.

— Je sais ce que ça veut dire. Je... Alors vous ne m'avez pas fait venir pour... ?

— Je vous ai fait venir parce que j'ai parlé à quelques-uns de nos correspondants à l'étranger. Ils m'ont demandé de vous transmettre un conseil. »

Ce vieil ours avait pris le temps et la peine de s'entretenir avec des correspondants à l'étranger afin de pouvoir lui venir en aide! « Je... Je ne sais pas comment vous... »

— Dans ce cas, n'en faites rien, avait-il grommelé. Vous allez vous retrouver sous les balles. Rien ne nous garantit que nous pourrons vous protéger à cent pour cent parce que les coups sont tirés à l'aveuglette. Mais lorsqu'on est en pleine action, on a des poussées d'adrénaline. Ça peut vous rendre imprudente et vous faire faire des bêtises que vous ne commettriez pas en temps normal. C'est une chose que vous devez contrôler. Ne prenez pas de risques inutiles. Ne vous promenez pas dans les rues toute seule. Aucun reportage ne mérite que vous y laissiez votre vie. Autre chose... »

Il l'avait ainsi chapitrée durant presque une heure. Finalement, il avait conclu : « Voilà, c'est tout. Faites attention à vous. Si quelque chose vous arrivait, je serais drôlement furieux. »

Dana s'était penchée par-dessus le bureau et l'avait embrassé sur la joue.

« Ne refaites jamais ça », avait-il jeté d'un ton sec. Il s'était levé. « Ça va barder là-bas, Dana. Si jamais vous changiez d'avis en arrivant à Sarajevo et que vous vouliez rentrer, faites-le-moi savoir, j'arrangerais ça.

— Je ne changerai pas d'avis », avait-elle dit, sûre d'elle-même.

L'avenir allait montrer qu'elle se trompait.

Le vol jusqu'à Paris se déroula sans incident. Le trio atterrit à l'aéroport Charles-de-Gaulle et prit un minibus jusqu'à l'avion des Croatia Airlines. Il y avait trois heures d'attente.

Puis l'appareil des Croatia Airlines atterrit à l'aéroport Butmir de Sarajevo à dix heures ce soir-là. On conduisit les passagers dans le bâtiment des contrôles de sécurité, où des gardes en uniforme vérifièrent leurs passeports. Dana se dirigeait vers la sortie lorsqu'un petit homme peu avenant se plaça devant elle, lui barrant le passage.

« Passeport.

— Je viens de le montrer à...

— Je suis le colonel Gordan Divjak. Votre passeport. »

Dana le lui tendit ainsi que sa carte de presse. Le colonel feuilleta le passeport.

« Journaliste ? » Il lui adressa un regard aigu. « De quel côté êtes-vous ?

— Je ne prends le parti de personne, répondit Dana d'une voix égale.

— Faites bien attention aux informations que vous rapportez. Nous ne badinons pas avec l'espionnage. »

Bienvenue à Sarajevo.

Une Land Rover blindée les attendait à l'aéroport. Le chauffeur était un homme basané d'une vingtaine d'années. « Je suis Jovan Tolj, pour votre plaisir. Je serai votre chauffeur à Sarajevo. »

Jovan conduisait vite, prenait les virages sur les chapeaux de roues et filait dans les rues désertes comme s'ils étaient poursuivis.

« Excusez-moi, dit Dana nerveusement. Nous sommes pressés ou quoi ?

— Oui, si voulez arriver vivants à bon port.

— Mais... »

Dana entendit au loin un grondement de tonnerre continu qui semblait se rapprocher.

Et ce n'était pas l'orage.

Dans l'obscurité, elle devina des immeubles aux façades éventrées, des appartements sans toit, des magasins aux vitrines béantes. Devant,

140

elle aperçut le Holiday Inn où ils devaient descendre. La façade de l'hôtel était criblée de balles et un trou profond avait été creusé dans l'allée. La voiture passa à toute vitesse sans s'arrêter.

« Attendez ! C'est notre hôtel ! s'écria Dana. Où allez-vous ?

— L'entrée de devant est trop dangereuse », expliqua Jovan. Il vira au coin de la rue et s'engagea à toute vitesse dans une ruelle. « Tout le monde utilise l'entrée arrière. »

Dana se sentit soudain la bouche sèche. « Oh. »

Le hall du Holiday Inn était rempli de gens qui déambulaient et bavardaient. Un jeune Français plutôt séduisant s'approcha de Dana.

« Ah, nous vous attendions. Vous êtes Dana Evans ?

— Oui.

— Jean-Paul Hubert, M6, Métropole Télévision.

— Ravie de faire votre connaissance. Je vous présente Benn Albertson et Wally Newman. » Les hommes échangèrent des poignées de main.

« Bienvenue dans ce qui reste de cette ville qui est en train de disparaître rapidement. »

D'autres personnes qui s'étaient approchées de leur groupe pour les saluer s'avancèrent à tour de rôle pour se présenter.

« Steffan Mueller, Kabel Network. » « Roderick Munn, BBC 2. » « Marco Benelli, RAI Uno. » « Akihiro Ishahara, TV Tokyo. » « Juan Santos, Canal 6, Guadalajara. » « Chun Qian, Shanghai Television. »

Dana avait l'impression que tous les pays du monde avaient envoyé un journaliste à Sarajevo. Les présentations n'en finissaient pas. Le dernier à se manifester fut un Russe de forte carrure et doté d'une étincelante dent en or. « Nikolai Petrovich, Gorizont 22.

— Combien de journalistes y a-t-il ici? demanda Dana à Jean-Paul Hubert.

« Plus de deux cent cinquante. Nous ne voyons pas souvent de guerres aussi hautes en couleur. Est-ce votre première? »

On eût dit à l'entendre qu'il s'agissait d'une sorte de match de tennis. « Oui.

— Si je peux vous être de quelque utilité, surtout dites-le-moi.

— Merci. » Elle hésita. « Qui est le colonel Gordan Divjak?

— Il est préférable que vous l'ignoriez. Nous pensons tous qu'il appartient à l'équivalent serbe de la Gestapo, mais nous n'en sommes pas sûrs. Si j'étais vous, j'éviterais de me frotter à lui.

— Je m'en souviendrai. »

Plus tard, en se couchant, Dana entendit une forte explosion de l'autre côté de la rue, puis une autre encore, et la chambre trembla. C'était terrifiant, et en même temps exaltant. Cela avait quelque chose d'irréel, comme au cinéma. Dana resta éveillée toute la nuit, à suivre les éclats de lumière qui se reflétaient dans les vitres encrassées de l'hôtel.

Au matin, elle enfila un jean, des bottes et une veste pare-balles. Elle se sentait mal à l'aise, gardant à l'esprit les recommandations de Matt Baker : « *Ne prenez pas de risques inutiles... Aucun reportage ne mérite que vous y laissiez votre vie.* »

Dana, Benn et Wally, assis dans le restaurant du hall de l'hôtel, parlaient de leurs familles respectives.

« J'avais oublié de vous annoncer la bonne nouvelle, dit Wally. Je vais avoir un petit-fils le mois prochain.

— C'est fantastique! » Et Dana pensa : *Et moi,*

est-ce que je serai jamais mère et grand-mère ? Cue
será será.

« J'ai une idée, dit Benn. Faisons d'abord un reportage général sur ce qui se passe ici, et sur la manière dont les gens ont été affectés par les événements. J'irai faire du repérage avec Wally. Pourquoi n'iriez-vous pas nous acheter du temps sur satellite, Dana ?

— D'accord. »

Jovan Tolj était dans la ruelle, assis dans la Land Rover.

« *Dobro jutro.* Bonjour.

— Bonjour, Jovan. Je voudrais aller à l'endroit où on loue du temps sur satellite. »

Durant le trajet, Dana fut pour la première fois en mesure de voir Sarajevo en plein jour. On eût dit qu'aucun immeuble n'avait été épargné. Le bruit des armes à feu était continuel.

« Ils n'arrêtent donc jamais ? demanda-t-elle.

— Ils arrêteront lorsqu'ils seront à court de munitions, répondit Jovan d'une voix amère. Et ils ne seront jamais à court de munitions. »

Les rues étaient désertes, à l'exception de quelques rares passants, et tous les cafés étaient fermés. La chaussée était criblée de cratères d'obus. Ils passèrent devant l'immeuble de l'*Oslobodjenje.*

« C'est notre journal, dit fièrement Jovan. Les Serbes essaient toujours de le détruire sans y parvenir. »

Quelques minutes plus tard, ils arrivèrent aux bureaux de la société propriétaire du satellite.

« Je vous attends », dit Jovan.

Un réceptionniste, qui devait facilement être octogénaire, était assis derrière un bureau dans le hall d'entrée.

« Parlez-vous anglais ? » demanda Dana.

Le réceptionniste la regarda d'un œil las.

« Je parle neuf langues, madame. Que désirez-vous ?

— Je travaille pour WTE. Je voudrais réserver du temps sur satellite et convenir de...

— Deuxième étage. »

Sur la porte, on pouvait lire : YUGOSLAVIA SATELLITE DIVISION. La salle d'accueil était remplie d'hommes assis sur des bancs en bois alignés contre les murs.

Dana se présenta à la jeune femme préposée à l'accueil.

« Je suis Dana Evans de WTE. Je voudrais réserver du temps sur satellite.

— Veuillez vous asseoir et attendre votre tour. »

Dana jeta un coup d'œil autour de la pièce : « Tous ces gens sont ici pour réserver du temps sur satellite ? »

La femme leva les yeux vers elle et dit : « Évidemment. »

Presque deux heures plus tard, on fit entrer Dana dans le bureau du directeur, un petit homme trapu, le cigare vissé à la bouche. Il ressemblait à s'y méprendre à l'image convenue du producteur hollywoodien.

Il avait un fort accent.

« Que puis-je faire pour vous ?

— Je suis Dana Evans de WTE. J'aimerais louer un de vos camions et réserver une demi-heure de satellite. Pour six heures du soir, heure de Washington. Et je voudrais réserver cette même heure tous les jours pour une durée indéfinie. » Voyant l'expression de son interlocuteur, elle demanda :

« Il y a un problème ?

— Il y en a un. Aucun camion de transmission

144

par satellite n'est disponible. Ils ont tous été réservés. Je vous préviendrai si quelqu'un annule sa réservation. »

Dana lui adressa un regard consterné.

« Non...? Mais il me faut du temps sur satellite. Je suis...

— Tout le monde est logé à la même enseigne, madame. Sauf ceux qui ont leur propre camion, bien entendu. »

Lorsque Dana revint dans la salle d'accueil, celle-ci était comble. *Il faut que je fasse quelque chose,* pensa-t-elle.

« J'aimerais que vous me fassiez voir la ville », dit-elle à Jovan en quittant les bureaux de la société de satellite.

Il se retourna pour la regarder puis haussa les épaules. « Comme vous voudrez. » Il démarra et se mit à rouler à tombeau ouvert de par les rues.

« Un peu plus lentement, s'il vous plaît. J'ai besoin de m'imprégner des lieux. »

Sarajevo était une ville assiégée. Ni eau courante ni électricité, et toutes les heures de nouvelles maisons étaient bombardées. Les sirènes d'alarme se déclenchaient si fréquemment que la plupart des gens n'en tenaient pas compte. Des miasmes de fatalisme semblaient flotter sur la ville. Si une balle vous était destinée, vous n'aviez de toute manière aucun endroit où vous cacher pour l'éviter.

Presque à chaque coin de rue, des hommes, des femmes et des enfants bradaient les rares objets qui leur restaient.

« Ce sont des réfugiés de Bosnie et de Croatie qui essaient de se procurer assez d'argent pour manger », expliqua Jovan.

Partout les incendies faisaient rage. On ne voyait de pompiers nulle part.

« Il n'y a pas de pompiers? » demanda Dana.

Jovan haussa les épaules. « Si, mais ils n'osent pas sortir. Ils font une trop belle cible pour les tireurs serbes. »

Au début, la guerre en Bosnie-Herzégovine ne signifiait pas grand-chose pour Dana. Ce n'est qu'après avoir passé une semaine à Sarajevo qu'elle se rendit compte que si cette guerre avait une signification, celle-ci lui échappait complètement. D'ailleurs personne ne parvenait à la lui expliquer. On lui avait parlé d'un professeur d'université, un historien bien connu. Il avait été blessé et restait confiné chez lui. Elle décida d'aller lui rendre visite.

Jovan la conduisit dans l'un des vieux quartiers de la ville où habitait le Professeur.

Celui-ci, Mladic Staka, était un petit homme aux cheveux gris, d'apparence presque éthérée. Atteint à la colonne vertébrale par une balle, il était resté paralysé.

« Merci d'être venue me voir, dit-il. Je n'ai pas beaucoup de visiteurs ces temps-ci. Vous avez dit que vous aviez besoin de me parler.

— Oui. Je suis censée couvrir cette guerre, lui expliqua Dana. Mais pour dire la vérité, j'ai du mal à y comprendre quelque chose.

— La raison en est très simple, ma chère. Cette guerre en Bosnie-Herzégovine dépasse tout simplement l'entendement. Sous Tito, durant des décennies, les Serbes, les Croates, les Bosniaques et les Musulmans ont vécu ensemble en paix. Ils étaient voisins et amis. Ils avaient grandi ensemble, avaient travaillé ensemble, étaient allés à l'école ensemble, s'étaient mariés entre eux.

— Et maintenant ?

— Ces mêmes amis se torturent et se massacrent mutuellement. La haine leur a inspiré des actions si répugnantes que je ne peux même pas en parler.

146

« — J'ai entendu raconter des choses », dit Dana. On lui avait fait des récits presque incroyables : un puits rempli de testicules humains, des bébés violés et étranglés, d'innocents villageois enfermés dans des églises auxquelles on avait ensuite mis le feu.

« Qui a commencé ? » demanda Dana.

Le Professeur hocha la tête.

« Tout dépend à qui vous posez la question. Durant la Seconde Guerre mondiale, des centaines de milliers de Serbes qui s'étaient rangés du côté des Alliés ont été anéantis par les Croates qui avaient pris le parti des Nazis. Les Serbes se vengent maintenant dans le sang. Ils tiennent le pays en otage et sont sans pitié. Plus de deux cent mille obus sont tombés sur la seule ville de Sarajevo. Au moins dix mille personnes ont été tuées et plus de soixante mille blessées. Les Bosniaques et les Musulmans portent eux aussi la responsabilité des tortures et des massacres. Ceux qui ne veulent pas de la guerre y sont engagés malgré eux. La méfiance est générale. Il ne reste que la haine. Nous avons affaire à une conflagration qui se nourrit d'elle-même, et ce sont les corps des innocents qui alimentent le brasier. »

Lorsque Dana revint à l'hôtel, cet après-midi-là, Benn Albertson l'attendait pour lui dire qu'il avait reçu un message lui signifiant qu'un camion et du temps sur satellite leur étaient réservés pour le lendemain à dix-huit heures.

« J'ai trouvé l'endroit idéal pour tourner, lui dit Wally Newman. Un square avec une église catholique, une mosquée, un temple protestant et une synagogue, tous à moins d'une rue les uns des autres. Ils ont tous été bombardés. On peut écrire un reportage sur l'égalité des chances devant la haine, et sur ce que celle-ci a fait aux

147

habitants de cette ville qui ne veulent pas de la guerre mais qui s'y trouvent mêlés à leur corps défendant. »

Dana acquiesça, tout excitée. « Génial. Je te verrai au dîner. Je vais aller me mettre au travail. » Elle se dirigea vers sa chambre.

*
**

A dix-huit heures le lendemain soir, Dana, Wally et Benn étaient réunis devant le square où se trouvaient les églises et la synagogue dévastées par les bombes. La caméra de télévision de Wally avait été installée sur un trépied et Benn attendait de Washington confirmation que le signal satellite était bon. Dana entendait des tirs de snipers à l'arrière-plan, tout près. Elle se félicita soudain d'avoir mis sa veste pare-balles. *Il n'y a rien à craindre. Ce n'est pas sur nous qu'ils tirent. Ils se canardent mutuellement. Ils ont besoin de nous pour que le monde connaisse leur histoire.*

Dana vit le signal que lui adressait Wally. Elle prit une profonde inspiration, regarda l'objectif et se lança.

« Les églises bombardées que vous voyez derrière moi sont le symbole de ce qui se passe dans ce pays. La population n'a plus de murs derrière lesquels s'abriter, plus d'endroits où se mettre en sécurité. Jadis, les gens cherchaient refuge dans les églises. Mais ici, le passé, le présent et l'avenir se confondent et... »

A cet instant, elle entendit un sifflement aigu, leva les yeux et vit la tête de Wally exploser tel un melon rouge. *C'est une illusion d'optique*, pensa-t-elle tout d'abord. Puis elle vit, frappée d'horreur, le corps de Wally violemment projeté sur la chaussée. Elle resta figée sur place, incrédule. Autour d'elle des gens hurlaient.

Les coups de feu rapides provenant d'un tireur isolé se rapprochaient et elle fut prise d'un tremblement incontrôlable. Elle sentit des mains la saisir et l'entraîner à toute vitesse dans la rue. Elle se débattit pour essayer de se libérer.

Non! Nous devons revenir. Nous n'avons pas épuisé nos dix minutes. Il ne faut rien jeter... rien gaspiller. « Finis ta soupe, ma chérie. Il y a des enfants en Chine qui ont faim. » Pour qui te prends-tu? Pour une sorte de dieu assis sur son nuage blanc? Eh bien, laisse-moi te dire une chose. Tu n'es qu'un dieu de pacotille. Un dieu véritable n'aurait jamais laissé la tête de Wally éclater comme ça. Il attendait son premier petit-fils. Tu m'écoutes? Dis, tu m'écoutes? Dis?

En état de choc, elle ne se rendait même pas compte qu'on la conduisait vers la voiture dans une rue transversale.

Lorsqu'elle rouvrit les yeux, elle était dans son lit. Benn Albertson et Jean-Paul Hubert se tenaient à son chevet.

Elle examina leurs visages. « C'est bien arrivé, n'est-ce pas? » Elle referma les yeux.

« Je suis vraiment navré, dit Jean-Paul. C'est un spectacle épouvantable. Vous avez eu de la chance de ne pas être tuée. »

La sonnerie stridente du téléphone troubla le silence de la chambre. Benn décrocha. « Allô! » Il écouta quelques instants. « Oui. Restez en ligne. » Il se tourna vers Dana. « C'est Matt Baker. Es-tu en mesure de lui parler? »

— Oui. » Dana se redressa sur son séant puis après quelques secondes se leva et tangua vers le téléphone. « Allô! » Elle avait la gorge sèche et du mal à parler.

La voix de Matt Baker tonitrua dans l'appareil : « Je veux que vous rentriez, Dana! »

— Oui, je veux rentrer, dit-elle avec un filet de voix.

— Je vais prendre des dispositions pour que vous preniez le premier avion qui décolle de là-bas.

— Merci. » Elle laissa retomber le combiné.

Jean-Paul et Benn l'aidèrent à se recoucher.

« Je suis navré, répéta Jean-Paul. Il n'y a rien... rien à dire. »

Des larmes coulaient sur le visage de Dana. « Pourquoi l'a-t-on tué ? Il n'avait jamais fait de mal à personne. Que s'est-il passé ? On massacre les gens comme des animaux et personne ne s'en préoccupe. Tout le monde s'en fiche !

— Dana, dit Benn, on ne peut rien y faire...

— Il faut faire quelque chose ! » La voix de Dana était remplie de fureur. « Il faut que l'on fasse en sorte que les gens s'en préoccupent. Dans cette guerre, ce ne sont pas des églises, des immeubles ou des rues qui sont bombardés ! Ce sont des êtres humains, des innocents dont on fait éclater la tête ! Voilà les reportages que l'on devrait réaliser. C'est le seul moyen de faire que cette guerre se charge de réalité. »

Elle se tourna vers Benn et reprit son souffle : « Je reste, Benn. Je ne vais pas les laisser me ficher la trouille. »

Benn l'observa, soucieux. « Dana, es-tu bien sûre de vouloir...

— J'en suis sûre. Je sais maintenant ce que j'ai à faire. Tu veux bien appeler Matt et le prévenir ?

— Si c'est ce que tu veux vraiment », dit Benn sans enthousiasme.

Elle acquiesça. « C'est ce que je veux vraiment. » Elle le regarda sortir de la chambre.

« Bon, dit Jean-Paul, je ferais mieux d'y aller moi aussi et de vous laisser...

— Non. » L'espace d'un instant, la vision de la tête de Wally en train d'exploser et de son corps heurtant le sol s'imposa à son esprit. « Non »,

150

répéta-t-elle. Elle leva les yeux vers Jean-Paul.
« Restez, je vous en prie. J'ai besoin de vous. »

Il s'assit sur le lit, Dana le prit dans ses bras et
l'attira contre elle.

*

Le lendemain matin, elle dit à Benn Albertson :
« Peux-tu nous trouver un cameraman ? Jean-
Paul m'a parlé d'un orphelinat dans le Kosovo
qui vient d'être bombardé. Je voudrais y aller et
faire un reportage là-dessus.

— Je vais trouver quelqu'un.

— Merci, Benn. Je vais partir la première et on
se retrouvera là-bas.

— Sois prudente.

— Ne t'en fais pas ! »

Jovan attendait Dana dans la ruelle.

« Nous allons au Kosovo », lui dit-elle.

Il se retourna pour la regarder.

« C'est dangereux, madame. La seule route
passe à travers bois et...

— Nous avons déjà eu notre part de mal-
chance, Jovan. Tout se passera bien.

— Comme vous voulez. »

Ils traversèrent la ville à toute vitesse et quinze
minutes plus tard ils roulaient dans une région
couverte d'épaisses forêts.

« C'est encore loin ? demanda Dana.

— Non. Nous devrions y être dans... »

A cet instant précis, la Land Rover rencontra
une mine.

151

11

A mesure qu'approchait le jour de l'élection, la course à la Présidence devenait trop serrée pour que l'on puisse en prédire l'issue.

« Il faut qu'on gagne l'Ohio, dit Peter Tager. Cet État représente vingt-deux voix au collège électoral. En Alabama, nous sommes bons avec neuf votes et nous avons les vingt-cinq votes de la Floride. » Il désigna un tableau affichant les résultats. « Illinois, vingt-deux voix... New York, trente-trois, et Californie, quarante-quatre. Il est vraiment trop tôt pour faire des prévisions. »

Tout le monde dans l'auditoire se faisait du souci à l'exception du sénateur Davis.

« J'ai le nez creux, dit-il. Je flaire déjà la victoire. »

Miriam Friedland était toujours dans le coma dans un hôpital de Frankfort.

Le jour de l'élection, le premier mardi de novembre, Leslie resta chez elle pour regarder les résultats à la télévision. Oliver Russell l'emporta par plus de deux millions de voix du vote populaire, et par une écrasante majorité de celles du collège électoral. Il était désormais Président : la plus grosse cible du monde.

Personne n'avait suivi la campagne électorale avec plus d'attention que Leslie Stewart Chambers. Elle s'était employée pendant ce temps à étendre son empire et avait acheté une chaîne de journaux, des stations de télévision et de radio un peu partout aux États-Unis ainsi qu'en Grande-Bretagne, en Australie et au Brésil.

« Quand en aurez-vous assez ? demanda son rédacteur en chef, Darin Solana.

— Bientôt, répondit Leslie. Bientôt. »

Il lui restait encore une étape à franchir, et la solution se présenta lors d'un dîner à Scottsdale.

Une convive dit : « J'ai appris de source confidentielle que Margaret Portman demande le divorce. » Margaret Portman était la propriétaire du *Washington Tribune,* un journal de la capitale.

Leslie ne fit aucun commentaire mais s'empressa très tôt le lendemain matin de téléphoner à l'un de ses avocats, Chad Morton. « Je veux que vous essayiez de savoir si le *Washington Tribune* est à vendre. »

La réponse lui parvint dans la journée.

« Je ne sais pas comment vous avez été mise au courant, madame Chambers, mais on dirait que vous avez vu juste. Madame Portman et son mari sont en train de divorcer discrètement et ils partagent leurs biens. Je crois que Washington Tribune Enterprises va être mis en vente.

— Je veux l'acheter.

— C'est un gros morceau, madame Chambers. Washington Tribune Enterprises est propriétaire d'une chaîne de journaux, d'un magazine, d'une chaîne de télévision et...

— Je veux le tout. »

Ce même après-midi, Leslie et Chad Morton se mettaient en route pour Washington.

Leslie téléphona à Margaret Portman, qu'elle avait déjà croisée quelques années auparavant.

« Je suis à Washington, dit Leslie, et je...

— Je sais. »

Les nouvelles vont vite, pensa Leslie. « J'ai entendu dire que vous songiez peut-être à vendre Tribune Enterprises.

— Éventuellement.

— Vous consentiriez peut-être à me faire visiter le journal.

— Vous songez à l'acheter, Leslie ?

— Éventuellement. »

153

Margaret Portman convoqua Matt Baker.

« Vous savez qui est Leslie Chambers ?

— La Reine des Neiges. Bien sûr.

— Elle sera ici dans quelques minutes. J'aimerais que vous lui fassiez visiter les lieux. »

Tout le monde au *Tribune* était au courant de la vente imminente du journal.

« Ce serait une erreur de vendre le *Tribune* à Leslie Chambers, dit Matt Baker d'un ton catégorique.

— Qu'est-ce qui vous fait dire ça ?

— Tout d'abord, je doute qu'elle connaisse la moindre chose au journalisme. Avez-vous vu ce qu'elle a fait des autres journaux qu'elle a achetés ? Elle a transformé des journaux respectables en vulgaires feuilles à sensation. Elle détruira le *Tribune*. Elle est... » Il leva les yeux. Leslie Chambers, sur le seuil de la pièce, écoutait leur conversation.

Margaret Portman fit diversion.

« Leslie ! Quel plaisir de vous voir. Je vous présente Matt Baker, le directeur de la rédaction du *Tribune*. »

Leslie et lui échangèrent des salutations glaciales.

« Matt va vous faire visiter les lieux.

— Je suis impatiente de tout voir. »

Matt Baker prit une profonde inspiration. « D'accord. Allons-y. »

Au début de la visite, Matt Baker dit sur un ton condescendant : « La structure est la suivante : au sommet, vous avez le directeur de la rédaction...

— Vous sans doute, monsieur Baker.

— Exact. Et en dessous de moi, le rédacteur en chef et les rédacteurs. Ceux-ci assurent les rubriques suivantes : affaires municipales, nationales, étrangères, sports, vie économique, vie quotidienne, semainier, livres, immobilier, voyages, gastronomie... Il se peut que j'en oublie.

— Étonnant. Et combien d'employés Washington Tribune Enterprises compte-t-il, monsieur Baker ?

— Plus de mille cinq cents. »

Ils passèrent devant une table de composition.

« C'est ici que le rédacteur prépare la mise en page du journal. C'est lui qui décide où iront les photos et quel article figurera dans telle ou telle page. Le secrétariat de rédaction écrit les manchettes, corrige les articles et établit le "chemin de fer".

— C'est fascinant.

— Avez-vous envie de voir l'imprimerie ?

— Oh, oui. Je veux tout voir. »

Baker grommela quelque chose dans sa barbe.

« Je vous demande pardon ?

— Je disais "Très bien". »

Ils descendirent par l'ascenseur et se dirigèrent vers le bâtiment voisin. L'imprimerie, haute de quatre étages, était de la taille de quatre terrains de football. Tout dans cet espace énorme était automatisé. On pouvait y voir trente chariots robotisés qui transportaient d'énormes rouleaux de papier qu'ils déposaient à divers postes de travail.

« Chaque rouleau de papier pèse plus d'une tonne. Si on en déroulait un, il ferait plus de dix kilomètres de longueur. Le papier passe dans les presses à la vitesse de vingt-cinq kilomètres à l'heure. Certains des chariots les plus gros peuvent transporter seize rouleaux à la fois. »

Il y avait six presses, trois de chaque côté de la salle. Leslie et Matt Baker firent halte pour regarder l'assemblage automatique des journaux que des machines découpaient, pliaient, mettaient en ballots et transportaient jusqu'aux camions qui attendaient pour les livrer.

« Dans le temps, il aurait fallu environ trente hommes pour faire ce qu'une seule personne peut faire aujourd'hui, dit Matt Baker. L'ère de la technologie. »

Leslie le regarda fixement durant quelques instants.

« L'ère des réductions de personnel.

— Les coûts de fonctionnement ne vous intéressent peut-être pas ? demanda Matt Baker d'une voix sèche. Dans ce cas, vous préféreriez peut-être que votre avocat ou votre comptable...

— Je suis très intéressée par les coûts de fonctionnement, monsieur Baker. Votre budget rédactionnel est de quinze millions de dollars. Vous avez un tirage quotidien de 816 000 exemplaires, de 1 140 498 exemplaires le dimanche, et la publicité constitue 68,2 % de votre budget global. »

Baker la regarda d'un œil noir.

« Avec vos autres journaux, cela vous fait un tirage quotidien de plus de deux millions d'exemplaires, de deux millions quatre le dimanche. Ce n'est certes pas le plus fort tirage mondial, monsieur Baker, n'est-ce pas ? Deux des plus importants journaux du monde sont imprimés à Londres. Le *Sun* vient en tête avec quatre millions d'exemplaires par jour. Le *Daily Mirror* en vend plus de trois millions. »

Le malaise s'empara de Baker.

« Excusez-moi. J'ignorais que vous...

— Au Japon, il existe plus de deux cents quotidiens, dont l'*Asahi Shimbun*, le *Mainchi Shimbun* et le *Yomiuri Shimbun*. Vous me suivez ?

— Oui. Je vous demande pardon si j'ai pu vous sembler condescendant.

— J'accepte vos excuses, monsieur Baker. Retournons dans le bureau de madame Portman. »

156

Le lendemain matin, Leslie se trouvait dans la salle de direction du *Washington Tribune* en face de Margaret Portman et d'une demi-douzaine d'hommes de loi.

« Parlons du prix », annonça Leslie.

La négociation dura quatre heures. Lorsqu'elle se termina, Leslie Stewart Chambers était propriétaire de Washington Tribune Enterprises.

Cela lui avait coûté plus cher qu'elle ne le prévoyait. Mais cela ne la gênait pas.

Il y avait plus important.

Le jour où la vente fut conclue de façon définitive, Leslie convoqua Matt Baker.

« Quels sont vos projets ? lui demanda-t-elle.

— Je donne ma démission. »

Elle le regarda avec curiosité.

« Pourquoi ?

— Vous avez une sale réputation. Les gens n'aiment pas travailler pour vous. Je crois que le mot que l'on emploie à votre sujet est "impitoyable". Je n'ai pas besoin de ça. Ce journal est un bon journal que je regrette de quitter mais je croule sous les offres d'emploi.

— Depuis combien de temps travaillez-vous ici ?

— Quinze ans.

— Et vous allez faire une croix sur tout ça ?

— Je ne fais de croix sur rien du tout, je... »

Elle le regarda droit dans les yeux.

« Écoutez-moi. Je trouve moi aussi que le *Tribune* est un bon journal mais je veux en faire un grand journal. Je veux que vous m'y aidiez.

— Non. Je ne...

— Six mois. Essayez six mois. Nous allons commencer par doubler votre salaire. »

Baker l'examina un long moment. Jeune, belle

et intelligente. Et cependant il éprouvait une sensation de malaise à son contact.

« Qui dirigera ici ? »

Elle sourit. « Vous êtes directeur de la rédaction de Washington Tribune Enterprises. Vous le resterez. »

Et il la crut.

12

Six mois s'étaient écoulés depuis que la Land Rover de Dana avait sauté sur une mine. Elle s'en était sortie avec rien de plus qu'une commotion, une côte brisée, un poignet fracturé et de douloureuses contusions. Jovan avait souffert d'une fracture à la jambe, d'écorchures et de meurtrissures.

Matt Baker avait téléphoné à Dana ce soir-là pour lui ordonner de rentrer à Washington, mais l'incident n'avait fait que renforcer sa détermination.

« Ces gens sont désespérés, avait-elle dit à Baker. Je ne peux pas m'en aller comme ça. Si vous m'ordonnez de rentrer, je démissionnerai.

— Seriez-vous en train de me faire chanter ?

— Oui.

— C'est ce que je pensais, avait sèchement déclaré Baker. Je ne laisse personne me faire chanter. Vous m'entendez ? »

Dana avait attendu la suite.

« Que diriez-vous d'un congé prolongé ? avait-il demandé.

— Je n'ai pas besoin de congé prolongé. » Elle l'avait entendu soupirer dans le téléphone.

« D'accord. Restez. Mais, Dana...

— Oui ?

— Promettez-moi d'être prudente. »

Le bruit d'une arme automatique se fit entendre à l'extérieur de l'hôtel. « D'accord. »

La ville s'était fait durement pilonner toute la nuit. Dana avait été incapable de s'endormir. Chaque explosion d'obus signifiait une destruction de plus, une autre famille sans abri, ou pire, rayée des vivants.

Tôt le lendemain matin, Dana et son équipe étaient dans la rue, prêts à tourner. Benn Albertson attendit que meure le fracas d'un obus qui venait de tomber pour adresser à Dana un signe de la tête.

« Dix secondes.

— Prête », dit-elle.

Benn pointa un doigt et elle se détourna des ruines du décor pour faire face à la caméra.

« Voici une ville en train de disparaître lentement de la surface de la terre. Depuis que l'électricité y a été coupée, elle n'a plus d'yeux pour voir... Ses stations de radio et de télévision ont été fermées, elle n'a plus d'oreilles... Tous les transports publics se sont arrêtés de sorte qu'elle a perdu ses jambes... »

La caméra fit un panoramique pour montrer un terrain de jeux désert, dévasté par les bombes, sur lequel on pouvait apercevoir la carcasse rouillée des balançoires et des toboggans.

« Dans une autre vie, des enfants jouaient ici et l'air résonnait de leurs rires. »

On entendait les tirs de mortiers à faible distance. Une sirène d'alarme contre les raids aériens se mit soudain à hurler. Les gens qui marchaient dans la rue derrière Dana continuèrent à avancer comme s'ils n'avaient rien entendu.

« Le bruit que vous entendez est celui d'une autre alerte d'attaque aérienne. A ce signal, les gens sont censés courir se mettre à l'abri. Mais les habitants de Sarajevo ont découvert qu'ils n'avaient nul endroit où se cacher et, par conséquent, ils continuent de marcher, murés dans leur propre silence. Ceux qui le peuvent quittent le pays en abandonnant leur appartement et tout ce qu'ils possèdent. Ceux qui restent sont trop nombreux à y laisser la vie. C'est une décision cruelle à prendre. Des rumeurs de paix circulent. Trop de rumeurs pour une paix qui ne vient jamais. Viendra-t-elle ? Et quand ? Les enfants sortiront-ils des caves pour jouer de nouveau sur ce terrain de jeux ? Personne ne le sait. Ils ne peuvent qu'espérer. Ici Dana Evans en direct de Sarajevo pour WTE. »

Le voyant rouge de la caméra s'éteignit.

« Fichons le camp d'ici », dit Benn.

Andy Casarez, le nouveau cameraman, commença précipitamment à remballer le matériel.

Un petit garçon, debout sur le trottoir, regardait Dana. C'était un gamin des rues attifé de loques crasseuses et chaussé de savates éculées. Ses yeux bruns au regard intense brillaient dans son visage noirci de poussière. Il n'avait qu'un bras, le gauche.

Dana vit qu'il l'examinait. Elle lui sourit. « Bonjour. »

Il ne répondit pas. Elle haussa les épaules et se tourna vers Benn. « Allons-y. »

Quelques minutes plus tard, ils étaient en route pour le Holiday Inn.

L'hôtel était rempli de journalistes de la presse écrite, parlée et télévisée. Ils formaient une famille disparate. Tous rivaux mais, étant donné

160

le danger de la situation, toujours prêts à s'entraider. Ils couvraient l'événement ensemble.

Il y avait une émeute dans le Monténégro...

On avait bombardé Vukovar...

Un obus était tombé sur un hôpital à Petrovo Solo...

Jean-Paul Hubert était parti. Il avait reçu une nouvelle affectation et Dana souffrait terriblement de son absence.

Un matin, en sortant de l'hôtel, Dana aperçut le petit garçon qu'elle avait vu dans la rue.

Jovan ouvrit à Dana la portière de la Land Rover de remplacement. « Bonjour, madame.

— Bonjour. »

Le gamin était là, immobile, qui la regardait. Elle alla vers lui. « Bonjour. »

Pas de réponse. « Comment dit-on "bonjour" en serbo-croate ? demanda-t-elle à Jovan.

— *Dobro jutro* », répondit le gamin.

Dana se tourna vers lui.

« Tu comprends l'anglais ?

— Peut-être.

— Comment t'appelles-tu ?

— Kemal.

— Quel âge as-tu, Kemal ? »

Il fit demi-tour et s'éloigna.

« Il a peur des étrangers », dit Jovan.

Dana le suivit des yeux. « Je ne saurais l'en blâmer. Moi aussi j'ai peur. »

Quatre heures plus tard, lorsque la Land Rover revint dans la ruelle à l'arrière du Holiday Inn, Kemal attendait toujours près de l'entrée.

Dana descendit de voiture et Kemal dit :

« Douze ans.

— Quoi ? » Puis elle se rappela. « Oh. » Il était petit pour son âge. Elle regarda sa manche de chemise vide et ravala sa question. « Où habites-tu, Kemal ? Est-ce que nous pouvons te ramener chez toi ? » Elle le regarda faire demi-tour et s'éloigner.

« Ses manières laissent à désirer, dit Jovan.

— Il a dû oublier les bonnes manières le jour où il a perdu son bras droit », rétorqua calmement Dana.

Ce soir-là, dans la salle à manger de l'hôtel, les journalistes parlaient une fois de plus des rumeurs de paix.

« Les Nations unies ont fini par faire quelque chose, dit Gabriella Orsini.

— Il commençait à être temps.

— Si vous voulez mon avis, il est trop tard.

— Il n'est jamais trop tard », dit tranquillement Dana.

Le lendemain matin, deux informations tombèrent avec les dépêches. La première portait sur un accord de paix négocié par les États-Unis et l'ONU. La seconde était que l'*Oslobodjenje*, le journal de Sarajevo, avait été rasé par un bombardement.

« Nos bureaux de Washington couvrent l'accord de paix, dit Dana à Benn. Faisons un reportage sur l'*Oslobodjenje*. »

Dana était debout devant l'immeuble en ruine qui avait abrité l'*Oslobodjenje*. Le voyant de la caméra était au rouge.

« Ici, des gens meurent tous les jours et des immeubles sont détruits. Mais cet immeuble-ci a bel et bien été assassiné. Il abritait le seul journal libre de Sarajevo, l'*Oslobodjenje*. C'était un journal qui osait dire la vérité. Après qu'on eut bombardé son siège, il avait déménagé dans le sous-sol pour continuer à faire tourner les presses. Lorsqu'il n'y avait plus eu de kiosques pour vendre leur journal, ses journalistes étaient descendus dans la rue pour le vendre eux-mêmes. Et ce qu'ils vendaient était bien plus que des journaux. Ils vendaient la liberté. Avec la mort d'*Oslobodjenje*, c'est un autre morceau de liberté que l'on vient d'arracher ici. »

Matt Baker regardait les informations dans son bureau. « Elle est drôlement bonne ! » Il se tourna vers son assistant. « Je veux qu'elle ait son propre camion de transmission par satellite.
— Oui, monsieur. »

Lorsque Dana revint à sa chambre, un visiteur l'y attendait, vautré dans un fauteuil. Le colonel Gordan Divjak.

Elle s'immobilisa, surprise.

« On ne m'avait pas prévenue que j'avais un visiteur.
— Ce n'est pas une visite mondaine. » Ses yeux noirs étaient posés sur elle. « J'ai regardé votre reportage sur l'*Oslobodjenje*. »

Dana l'examina d'un air las.

« Oui ?
— Vous avez reçu l'autorisation d'entrer dans ce pays pour faire des reportages, pas pour porter des jugements.
— Je n'ai pas porté de...
— Ne m'interrompez pas. L'idée que vous vous faites de la liberté n'est pas nécessairement la nôtre. Vous me comprenez ?
— Non. J'ai bien peur que non.
— Dans ce cas, laissez-moi vous expliquer, mademoiselle Evans. Vous êtes dans mon pays à titre d'invitée. Peut-être espionnez-vous pour votre gouvernement.
— Je ne suis pas une...
— Ne m'interrompez pas. Je vous ai prévenue à l'aéroport. Nous ne sommes pas là pour nous amuser. Nous sommes en guerre. Toute per-

sonne mêlée à une affaire d'espionnage sera exécutée. » Ses paroles donnaient d'autant plus froid dans le dos qu'elles étaient prononcées d'une voix douce.

Il se leva.

« C'est notre dernier avertissement. »

Dana le regarda partir. *Je ne vais pas me laisser effrayer par lui*, pensa-t-elle dans une attitude de défi.

Elle était terrorisée.

**

Un colis lui parvint de la part de Matt Baker. C'était une boîte énorme remplie de bonbons, de biscuits vitaminés, de boîtes de conserve et d'une douzaine d'autres objets non périssables. Dana emporta la boîte dans le hall de l'hôtel pour en partager le contenu avec les autres journalistes. Ils étaient enchantés.

« Ça alors, voilà qui s'appelle un patron ! dit Satomi Asaka.

— Ils embauchent, vous croyez, au *Washington Tribune* ? » demanda Juan Santos en riant.

Kemal se trouvait une fois de plus dans la ruelle en train de l'attendre. La mince veste élimée qu'il avait sur le dos semblait sur le point de tomber en lambeaux.

« Bonjour, Kemal. »

Il resta là, silencieux, l'observant à travers ses paupières mi-closes.

« Je vais faire des courses. Veux-tu m'accompagner ? »

Pas de réponse.

« Tu me forces à employer un autre langage », dit Dana, exaspérée. Elle ouvrit la portière arrière de la Land Rover. « Monte. Allez, ouste ! »

Le gamin resta un moment sans bouger,

164

comme ahuri, puis s'approcha lentement de la voiture.

Dana et Jovan le regardèrent grimper sur le siège arrière.

« Pouvez-vous me trouver un grand magasin ou une boutique de vêtements qui soit ouverte ? demanda Dana à Jovan.

— J'en connais une.

— Allons-y. »

Durant les premières minutes, ils roulèrent en silence.

« As-tu une mère ou un père, Kemal ? »

Il fit un signe négatif de la tête.

« Où habites-tu ? »

Il haussa les épaules.

Dana le sentit qui se rapprochait d'elle comme pour absorber la chaleur de son corps.

La boutique de vêtements se trouvait dans la Bascarsija, le vieux marché de Sarajevo. La façade avait été éventrée par les bombes mais le magasin était ouvert. Dana prit Kemal par la main et l'entraîna à l'intérieur.

« Puis-je faire quelque chose pour vous ? demanda un vendeur.

— Oui. Je veux acheter une veste pour un de mes amis. » Elle regarda Kemal. « Il est à peu près de cette taille.

— Par ici, s'il vous plaît. »

Il y avait un rayon vestes dans la section réservée aux vêtements pour garçonnets. Dana se tourna vers Kemal. « Laquelle aimes-tu ? »

Kemal resta figé, sans parler.

« Nous allons prendre la brune », dit Dana au vendeur. Elle regarda le pantalon de l'enfant. « Et je crois qu'il a besoin d'un pantalon et de chaussures neuves. »

Lorsqu'ils quittèrent le magasin, une heure plus tard, Kemal arborait sa nouvelle tenue. Il se glissa sur le siège arrière de la Land Rover, sans un mot.

« Est-ce que tu sais dire merci ? » demanda Jovan sur un ton irrité.

Kemal fondit en larmes. Dana l'entoura de son bras. « Ça va, dit-elle. Ça va. »

Quel est donc ce monde, capable d'infliger cela à des enfants ?

De retour à l'hôtel, Dana regarda Kemal tourner les talons et s'éloigner.

« Où quelqu'un comme lui peut-il bien vivre ? demanda-t-elle à Jovan.

— Dans la rue, madame. Ils sont des milliers d'orphelins comme lui à Sarajevo. Ils n'ont pas de toit, pas de famille...

— Comment survivent-ils ? »

Il haussa les épaules. « Je ne sais pas. »

Le lendemain, quand Dana sortit de l'hôtel, Kemal l'attendait, dans sa nouvelle tenue. Il s'était lavé le visage.

Ce midi-là, durant le déjeuner, la conversation porta sur l'annonce d'un traité de paix et sur la question de savoir s'il serait appliqué. Dana décida de retourner voir le professeur Mladic Staka pour lui demander son avis à ce sujet.

Le Professeur paraissait encore plus fragile que la fois précédente.

« Je suis heureux de vous voir, mademoiselle Evans. J'ai entendu dire que vous faisiez de magnifiques reportages mais... » Il haussa les épaules. « Malheureusement, mon poste de télévision ne marche pas faute d'électricité. Que puis-je faire pour vous ?

— Je voulais connaître votre avis sur le nouveau traité de paix, Professeur. »

Celui-ci se renversa dans son fauteuil et dit

d'un air pensif : « Je trouve intéressant que ce soit à Dayton, dans l'Ohio, que se décide l'avenir de Sarajevo.

— On est convenu de la création d'une troïka, d'une présidence tripartite composée d'un Musulman, d'un Croate et d'un Serbe. Croyez-vous que ça peut marcher, Professeur ?

— Seulement si l'on croit aux miracles. » Il s'assombrit. « Cela fera dix-huit assemblées légis-latives nationales et cent neuf administrations locales différentes. C'est une tour de Babel poli-tique. C'est ce que vous appelez en Amérique un "shotgun marriage", un mariage forcé, contre nature. Aucune des parties ne veut renoncer à son autonomie. Chacune insiste pour garder son propre drapeau, ses propres plaques d'immatri-culation, sa propre monnaie. » Il hocha la tête. « C'est une paix du matin. Gare au soir. »

Dana Evans avait cessé d'être une simple jour-naliste pour devenir un personnage international légendaire. Ce qui ressortait de ses reportages, c'était la présence de quelqu'un d'intelligent, de compatissant. Et comme Dana était attentive à l'aspect humain des choses, son auditoire faisait de même et partageait ses sentiments.

Matt Baker commençait à recevoir des appels d'autres services d'information qui demandaient à acheter les émissions de Dana. Il en était enchanté pour elle. *Elle est allée là-bas par altruisme*, pensa-t-il, *et cela va finir à son profit*.

Maintenant qu'elle possédait son propre camion de transmission par satellite, Dana était plus active que jamais. Benn et elle choisissaient à leur gré les reportages qu'ils avaient envie de faire, et c'est elle qui les rédigeait et les commen-tait à l'écran. Certains reportages étaient retrans-mis en direct et d'autres enregistrés. Dana, Benn et Andy arpentaient les rues pour photographier le cadre de fond des émissions puis elle enregistrait son commentaire dans une salle de montage et le transmettait à Washington.

Ce jour-là, au déjeuner, dans la salle à manger de l'hôtel, de grandes assiettes de sandwichs étaient disposées au milieu de la table. Les journalistes se servaient eux-mêmes. Roderick Munn, de la BBC, entra dans la pièce, tenant à la main une dépêche d'Associated Press.

« Écoutez ça, tout le monde. » Et il lut à haute voix : « "Les émissions de Dana Evans, une correspondante à l'étranger de WTE, sont désormais retransmises par une douzaine de services d'information. Le nom de Dana Evans a été retenu pour participer à la course du très convoité Peabody Award, le prestigieux prix de journalisme..." »

C'est cela qui fut à l'origine de tout.

« Quelle chance on a de fréquenter quelqu'un d'aussi célèbre, vous ne trouvez pas ? » commenta d'un ton sarcastique l'un des journalistes.

Dana pénétra dans la salle à manger à cet instant même.

« Bonjour, tout le monde. Je n'ai pas le temps de déjeuner aujourd'hui. Je vais emporter quelques sandwichs. » Elle en prit plusieurs qu'elle enveloppa dans des serviettes en papier. « À plus tard. » Les autres la regardèrent partir en silence.

Dehors, Kemal l'attendait.

« Bonjour, Kemal. »

Pas de réponse.

« Monte dans la voiture. »

Kemal se glissa sur le siège arrière. Dana lui tendit un sandwich qu'elle le regarda engloutir en quelques bouchées. Elle lui en tendit un autre auquel il réserva le même sort.

« Lentement, dit-elle.

— Où va-t-on ? » demanda Jovan.

Dana se tourna vers Kemal.

« Où va-t-on ? » Le gamin lui adressa un regard d'incompréhension. « Nous allons te ramener chez toi, Kemal. Où habites-tu ? »

Il hocha la tête.

« Il faut que je le sache. Où habites-tu ? »

Vingt minutes plus tard, la voiture s'arrêtait devant un grand terrain vague près des berges de la Miljacka. Des dizaines de grands cartons étaient dispersés un peu partout sur le terrain jonché de détritus.

Dana descendit de voiture et se tourna vers Kemal.

« C'est ici que tu habites ? »

Il acquiesça d'un signe de tête réticent.

« Et d'autres garçons aussi ? »

Il acquiesça de nouveau.

« Je veux faire un reportage là-dessus, Kemal. »

Il hocha la tête. « Non.

— Et pourquoi ?

— La police va venir nous déloger. Ne faites pas de reportage. »

Dana l'examina quelques secondes.

« D'accord. C'est promis. »

Le lendemain matin, Dana rendit les clés de sa chambre au Holiday Inn. Comme elle ne se montrait pas au petit déjeuner, Gabriella Orsini, de la chaîne italienne Altre Station, demanda :

« Où est Dana ?

— Elle est partie, répondit Roderick Munn. Elle a loué une ferme où elle a décidé de s'installer. Elle a dit qu'elle avait envie d'être seule. »

Nikolai Petrovich, le Russe de Gorizont 22,

dit : « Nous aimerions tous être seuls. Comme ça, on n'est pas assez bien pour elle ? »

Un sentiment de désapprobation parcourut l'assemblée.

Durant la semaine suivante, Dana fit ses reportages mais on ne la revit pas à l'hôtel. Le ressentiment à son égard grandissait de jour en jour. Dana et son prétendu égocentrisme étaient devenus le principal sujet de conversation des journalistes.

Quelques jours plus tard, lorsqu'un nouveau colis, énorme, fut livré à l'hôtel, Nikolai Petrovich se rendit à la réception et demanda :

« Est-ce que mademoiselle Evans va envoyer quelqu'un prendre ce colis ?

— Oui, monsieur. »

Le Russe revint précipitamment à la salle à manger.

« Un autre colis est arrivé, dit-il. Quelqu'un va passer le prendre. Pourquoi ne pas suivre celui ou celle qui viendra et dire à mademoiselle Evans quelle opinion nous avons des journalistes qui se croient trop bien pour fréquenter leurs collègues ? »

Un chœur d'approbations s'éleva.

Lorsque Kemal se présenta pour prendre le colis, Nikolai lui dit :

« Tu portes ce colis à mademoiselle Evans ? »

Kemal acquiesça.

« Elle a demandé à nous voir. Nous allons t'accompagner. »

Kemal l'observa quelques secondes puis haussa les épaules.

« Nous allons te prendre avec nous en voiture, dit Nikolai Petrovich. Indique-nous le chemin. »

Dix minutes plus tard, une caravane de voitures s'enfonçait dans les petites rues latérales. Kemal indiqua une vieille ferme dévastée par les

bombes à la lisière de la ville. Les voitures s'arrêtèrent à sa hauteur.

« Va devant lui porter son colis, dit Nikolai.
Nous allons lui faire une surprise. »

Ils regardèrent Kemal entrer dans la maison,
attendirent quelques instants, puis se dirigèrent
à leur tour vers la bâtisse dans laquelle ils péné-
trèrent brusquement, sans même prendre la
peine de frapper.

Ils s'immobilisèrent, saisis par le spectacle qui
s'offrait à eux. La pièce était pleine d'enfants de
tous âges, de toutes tailles et de toutes couleurs.
La plupart étaient infirmes. Une douzaine de lits
de camp avaient été installés le long des murs.
Dana était en train de distribuer le contenu du
colis lorsque la porte s'était ouverte sans
manière. Elle regarda avec stupéfaction la petite
bande débarquer chez elle.

— Mais... mais qu'est-ce que vous faites ici ? »

Roderick Munn examina les lieux d'un air
embarrassé.

« Pardon, Dana. Nous... nous nous sommes
grossièrement trompés... Nous pensions que... »

Dana se retourna pour faire face au groupe.

« Je vois. Ce sont des orphelins. Ils n'ont nulle
part où aller et personne pour s'occuper d'eux.
La plupart étaient dans un hôpital qui a été bombardé. Si la police les trouve, on les mettra dans
un soi-disant orphelinat où ils mourront. S'ils
restent ici, ils mourront de même. J'ai essayé de
trouver un moyen de les faire sortir du pays mais
ça n'a rien donné jusqu'à présent. » Elle regarda
le groupe de ses collègues d'un air suppliant.
« Avez-vous une idée ? »

« J'en ai peut-être une, dit lentement Roderick
Munn. Un avion de la Croix-Rouge décolle pour
Paris ce soir. Le pilote est un ami.

— Vous voulez bien lui en parler ? demanda-
t-elle d'une voix pleine d'espoir.

— Oui, acquiesça Munn.

— Attendez! fit Nikolaï Petrovich. Nous ne pouvons pas nous mêler d'une histoire pareille. On nous expulsera du pays.

— Vous n'avez pas à vous en mêler, lui dit Munn. Nous nous en occuperons nous-mêmes.

— Je suis contre, s'entêta Nikolaï. Cette affaire nous fait courir de gros risques.

— Et que faites-vous des enfants? demanda Dana. C'est de leur vie que nous sommes en train de parler. »

A la fin de l'après-midi, Roderick Munn revint voir Dana.

« J'ai parlé à mon ami. Il dit qu'il sera heureux d'emmener les enfants à Paris où ils seront en sécurité. Il est lui-même père de deux garçons. »

Dana était tout excitée.

« C'est merveilleux. Merci beaucoup. »

Munn la regarda.

« C'est nous qui devrions vous remercier. »

A huit heures ce soir-là, un minibus aux couleurs de la Croix-Rouge vint se garer devant la ferme. Le chauffeur éteignit les phares et, à la faveur de l'obscurité, fit grimper rapidement Dana et les enfants à bord du véhicule.

Quinze minutes plus tard, ils roulaient vers l'aéroport Butmir. Celui-ci avait été temporairement fermé, excepté pour les avions de la Croix-Rouge qui livraient des approvisionnements et chargeaient les blessés graves. Le trajet parut à Dana une éternité. En apercevant enfin les lumières de l'aéroport, elle dit aux enfants :

« Nous y sommes presque. »

La main de Kemal se referma sur la sienne.

« Tout ira bien, le rassura-t-elle. On s'occupera de vous tous. » Et elle pensa : *Tu vas me manquer.*

172

A l'aéroport, un garde fit signe au minibus de passer et le véhicule se dirigea vers un avion-cargo dont le fuselage portait le sigle de la Croix-Rouge. Le pilote attendait près de l'appareil. A la vue de Dana, il se précipita vers eux.

« Pour l'amour de Dieu, dépêchez-vous! Vous êtes en retard! Faites-les monter à bord, vite. Nous aurions dû décoller il y a déjà vingt minutes. »

Dana conduisit les enfants le long de la rampe d'accès. Kemal fut le dernier à embarquer.

Il se retourna vers Dana, les lèvres tremblantes.

« Est-ce que je vous reverrai?

— Mais oui! Qu'est-ce que tu crois! » lui répondit-elle. Elle l'embrassa, le serra contre elle tout en priant de toute son âme. « Allez, grimpe, maintenant », lui dit-elle.

Quelques instants plus tard, la porte de l'appareil se refermait. Les moteurs grondèrent, l'avion commença à rouler sur la piste de décollage.

Dana et Munn restèrent sur place, à le regarder s'éloigner. Au bout de la piste, l'avion prit les airs, piqua vers l'est, puis mit le cap vers le nord en direction de Paris.

« C'est magnifique, ce que vous avez fait là, dit le chauffeur du minibus. Je tenais à ce que vous sachiez... »

Dans un crissement de pneus, une voiture vint stopper derrière eux. Ils se retournèrent. Le colonel Gordan Divjak sauta du véhicule et leva vivement les yeux vers le ciel où l'avion était en train de disparaître. Nikolai Petrovich, le journaliste russe, se tenait à ses côtés.

Divjak se tourna vers Dana.

« Vous êtes en état d'arrestation. Je vous avais prévenue. La peine encourue pour espionnage est la mort. »

Dana prit une profonde inspiration.

« Colonel, si vous devez me faire un procès pour espionnage... »

Le colonel la regarda droit dans les yeux et, d'une voix doucereuse :

« Qui a parlé d'un procès ? »

13

Les cérémonies d'investiture, les défilés et la prestation du serment présidentiel terminés, Oliver avait hâte d'occuper ses nouvelles fonctions.

Washington était sans doute la seule ville qui se vouât aussi complètement à la politique, au point que cela tournait à l'obsession. La capitale américaine était le point de mire du pouvoir mondial et Oliver Russell en occupait maintenant le centre. On eût dit que tout le monde dans la ville entretenait une relation ou une autre avec le gouvernement fédéral. La région métropolitaine de Washington comptait quinze mille lobbyistes et plus de cinq mille journalistes, tous suspendus aux mamelles gouvernementales. Oliver Russell se rappela la remarque désabusée de John Kennedy : « Washington a l'efficacité du Sud et le charme du Nord. » Autant dire ni l'un ni l'autre.

Le premier jour de son entrée en fonction en tant que Président, Oliver fit le tour de la Maison-Blanche avec Jan. Ils la connaissaient déjà « statistiquement », pour ainsi dire : 132 pièces, 32 salles de bains, 29 cheminées, 3 ascenseurs, une piscine, un green pour la pratique des « puttings » (les coups rapprochés au golf), une piste de jogging, une salle de gymnastique, un jeu de fer à cheval (lequel consiste à lancer un fer à cheval d'une certaine distance de manière à ce qu'il s'enroule autour d'une tige plantée dans un bac de sable), une piste de bowling, une salle de cinéma et dix-huit arpents de pelouses superbement entretenus. Mais le fait d'habiter vraiment cet endroit, d'en être les occupants, avait quelque chose d'enivrant.

« On dirait un rêve, tu ne trouves pas ? » soupira Jan.

Oliver lui prit la main.

« Je suis content que nous vivions ça ensemble, ma chérie. » Il le pensait. Jan était devenue pour lui la plus merveilleuse des compagnes. Elle était toujours disponible, toujours là pour l'encourager, toujours aux petits soins. Il se plaisait de plus en plus en sa compagnie.

Lorsqu'il revint au Bureau ovale après sa promenade avec Jan, Peter Tager l'y attendait. La première nomination à laquelle Oliver avait procédé en prenant ses fonctions avait été celle de Tager au poste de *chief of staff*, l'équivalent de secrétaire général de la Maison-Blanche.

« Je n'arrive pas à y croire, Peter », dit Oliver.

Peter Tager sourit.

« Le peuple, lui, y croit. Il vous a élu à la Présidence, monsieur le Président. »

Oliver posa un regard appuyé sur Tager.

« Je suis toujours Oliver.

— D'accord. Lorsque nous sommes seuls. Mais il faut que vous ayez présent à l'esprit que le moindre de vos faits et gestes peut désormais avoir des incidences sur la planète tout entière. Tout ce que vous direz pourra ébranler l'économie ou avoir un impact sur des dizaines d'autres pays du monde. Vous êtes l'homme le plus puissant de la Terre. »

La sonnerie de la ligne intérieure se fit entendre.

« Monsieur le Président, le sénateur Davis est ici.

— Faites-le entrer, Heather. »

Tager soupira.

« Je devrais me mettre au travail. Mon bureau ressemble à une montagne de paperasses. »

La porte s'ouvrit et Todd Davis entra dans la pièce.

« Peter...

— Monsieur le Sénateur... » Les deux hommes échangèrent une poignée de main.

« A tout à l'heure, monsieur le Président », dit Peter Tager.

Le sénateur Davis s'approcha du bureau d'Oliver et hocha la tête.

« Ce bureau vous convient parfaitement, Oliver. Je ne saurais vous dire ce que ça me fait de vous y voir assis.

— Merci, Todd. J'essaie encore de m'y faire. John Quincy Adams s'est assis ici... et Lincoln... et Roosevelt... »

Le sénateur Davis se mit à rire.

« Ne vous laissez pas intimider par ça. Avant d'appartenir à l'Histoire, ces hommes étaient des hommes comme vous qui, assis là, essayaient de remplir correctement leurs fonctions. Poser le cul dans ce fauteuil, derrière ce bureau, leur a foutu la pétoche à tous, au début. Je viens de quitter Jan. Elle est au septième ciel. Elle fera une remarquable Première Dame.

— Je le sais.

— A propos, j'ai ici une petite liste dont j'aimerais discuter avec vous, monsieur le Président. » L'accent mis sur le mot « Président » avait dans sa bouche quelque chose de jovial.

« Bien sûr, Todd. »

Le sénateur Davis fit glisser la liste sur le bureau.

« Qu'est-ce que c'est ?

— Oh, quelques suggestions que j'aimerais vous faire pour la formation de votre cabinet.

— Oh. Mais enfin, j'ai déjà décidé...

— J'ai pensé que vous voudriez jeter un œil sur ces noms.

— Mais je ne vois pas l'utilité de...

— Jetez-y un coup d'œil, Oliver. » Le Sénateur avait pris une voix glaciale.

Le regard d'Oliver se durcit. « Todd... »

Le sénateur Davis leva une main.

« Oliver, je ne voudrais pas que vous pensiez un seul instant que j'essaie de vous imposer ma volonté ou mes désirs. Vous vous tromperiez. J'ai dressé cette liste parce que je crois qu'elle contient les noms des hommes les plus aptes à vous aider à servir le pays. J'ai la fibre patriotique, Oliver, et je n'en rougis pas. Le pays est tout pour moi. » Il avait des trémolos dans la voix. « Tout. Si vous croyez que je vous ai aidé à obtenir la Présidence uniquement parce que vous êtes mon gendre, vous vous méprenez gravement. Je me suis battu pour que vous accédiez à ces fonctions parce que je pensais que vous étiez le plus apte à les assumer. C'est ce qui m'importe avant tout. » Il tapota d'un doigt la feuille de papier posée sur le bureau. « Et ces hommes peuvent vous y aider. »

Oliver était sans voix.

« Je pratique cette ville depuis des années, Oliver, reprit le Sénateur. Et savez-vous ce que j'y ai appris ? Qu'il n'y a rien de plus triste qu'un Président qui n'est pas réélu pour un second mandat. Et savez-vous pourquoi ? Parce que les quatre années du premier mandat lui permettent tout juste de se faire une idée de ce qu'il pourrait faire pour le bien du pays. Il voit tous les rêves qu'il pourrait réaliser. Et, au moment où il y est prêt, au moment même où il est vraiment prêt à laisser sa marque dans l'Histoire — le Sénateur fit du regard le tour de la pièce —, quelqu'un d'autre s'assoit dans ce fauteuil et c'en est fait de ses rêves. Triste perspective, vous ne trouvez pas ? Tous ces hommes habités d'un grand rêve et qui n'ont rempli qu'un mandat. Saviez-vous que depuis que McKinley a été élu Président en 1897, plus de la moitié de ses successeurs n'ont pas été réélus pour un second mandat ? Mais vous, Oliver, je suis bien décidé à faire en sorte que vous fassiez deux mandats. Je veux que vous puissiez réaliser vos rêves. Je vais m'employer à votre réélection. »

Le sénateur Davis regarda sa montre et se leva.

« Il faut que j'y aille. Nous avons une réunion qui exige le quorum au Sénat. Je vous verrai à dîner ce soir. » Il prit congé.

Oliver le suivit des yeux jusqu'à la porte. Il prit ensuite la liste que le Sénateur avait laissée sur son bureau.

Il rêva que Miriam Friedland revenait à elle et s'asseyait dans son lit d'hôpital. Un policier, debout à son chevet, se penchait vers elle et demandait : « Pouvez-vous nous dire à présent qui vous a mise dans cet état ?

— Oui. »

Il se réveilla, trempé de sueur.

En début de matinée, le lendemain, Oliver téléphona à l'hôpital pour prendre des nouvelles de Miriam.

« Je crains que son état ne soit stationnaire, monsieur le Président, lui dit le chef de service. Franchement, ça n'a pas l'air d'aller très bien pour elle.

— Elle n'a pas de famille, dit Oliver d'une voix hésitante. Si vous croyez qu'elle ne s'en sortira pas, ne pensez-vous pas qu'il est inhumain de vouloir la garder en vie à tout prix ?

— Je crois que nous devrions attendre encore un peu pour voir la suite des événements, dit le médecin. Il arrive que des miracles se produisent. »

*
**

Jay Perkins, le chef du Protocole, était en train d'initier le Président aux arcanes protocolaires.

« Il y a cent quarante-sept missions diplomatiques à Washington, monsieur le Président. Le livre bleu — l'annuaire diplomatique — contient la liste de tous les représentants des pays étrangers et de leurs conjoints. Le livre vert — l'annuaire mondain — contient la liste des principaux diplomates, des membres du Tout-Washington et du Congrès. »

Il tendit plusieurs feuillets à Oliver. « Voici la liste des ambassadeurs que vous recevrez et qui vous remettront leur demande d'accréditation. »

Oliver parcourut la liste et y lut le nom de l'ambassadeur d'Italie et de sa femme : Atilio Picone et Sylva. Il demanda comme en passant : « Est-ce qu'ils viendront accompagnés de leurs épouses ?

— Non. La présentation des épouses a lieu plus tard. Je vous conseillerais de recevoir les candidats à l'accréditation le plus vite possible.

— Très bien.

— Je vais essayer de faire en sorte que samedi prochain tous les ambassadeurs étrangers aient été accrédités, dit Perkins. Vous pourriez peut-être organiser un dîner à la Maison-Blanche en leur honneur.

— Bonne idée. » Oliver jeta de nouveau un coup d'œil sur la liste posée sur son bureau. Atilio et Sylva Picone.

Ce samedi soir-là, la State Dining Room, la salle à manger réservée aux dîners officiels, était décorée des drapeaux des pays représentés par les divers ambassadeurs étrangers. Deux jours auparavant, Oliver s'était entretenu avec Atilio Picone lorsque celui-ci lui avait présenté ses lettres de créance.

« Comment va madame Picone ? » s'était enquis Oliver.

L'ambassadeur avait marqué un bref silence.

« Ma femme va bien. Merci, monsieur le Président. »

Le dîner se déroulait à merveille. Oliver allait de table en table, trouvant un mot personnel à dire à chacun de ses invités qui tous étaient sous le charme. Certaines des personnalités les plus importantes du monde étaient réunies dans la pièce.

Oliver Russell s'approcha de trois dames en vue du Tout-Washington, mariées à des hommes haut placés et elles-mêmes fort influentes dans leur propre champ d'activité. « Leonore... Dolores... Carol... »

Oliver se déplaçait ainsi dans la salle à manger lorsque Sylva Picone vint vers lui la main tendue.

« Voici un instant que j'attendais avec impatience. » Elle avait les yeux brillants.

« Moi aussi, murmura-t-il.

— Je savais que vous seriez élu. » Son chuchotement n'était qu'un souffle.

« Pouvons-nous nous entretenir plus tard ?

— Bien sûr », répondit-elle sans la moindre hésitation.

Après le dîner, on dansa dans la grande salle

de bal, au son de l'orchestre de la Marine. Oliver se dit en regardant Jan danser : *Ce qu'elle est belle ! Elle a décidément un corps superbe.*

Une soirée parfaitement réussie.

***

La semaine suivante, la une du *Washington Tribune* titra : LE PRÉSIDENT ACCUSÉ DE MALVERSATIONS DURANT SA CAMPAGNE.

Oliver regarda la manchette. Il n'en croyait pas ses yeux. Cela ne pouvait plus mal tomber. Comment était-ce possible ? Puis, tout à coup, il comprit. La réponse se trouvait en toutes lettres devant lui dans l'« ours » du journal : DIRECTRICE DE LA PUBLICATION : LESLIE STEWART.

Une semaine plus tard, l'article de la une du *Washington Tribune* parut sous le titre suivant : LE PRÉSIDENT BIENTÔT INTERROGÉ SUR UNE FAUSSE DÉCLARATION FISCALE FAITE DANS L'ÉTAT DU KENTUCKY.

Deux semaines passèrent, puis un autre article, toujours à la une du *Washington Tribune,* titrait cette fois : UNE ANCIENNE COLLABORATRICE DU PRÉSIDENT RUSSELL PROJETTE DE DÉPOSER UNE PLAINTE CONTRE CELUI-CI POUR HARCÈLEMENT SEXUEL.

La porte du Bureau ovale s'ouvrit et Jan entra dans la pièce.

« Tu as vu le journal ce matin ?

— Oui, je...

— Comment as-tu pu nous faire une chose pareille, Oliver ? Tu...

— Attends un peu ! Tu ne vois donc pas ce qui se passe, Jan ? C'est Leslie Stewart qui est derrière tout ça. Je suis sûr qu'elle a suborné cette femme pour qu'elle engage ces poursuites judiciaires. Elle veut se venger parce que je l'ai laissée tomber pour toi. Parfait. Elle a ce qu'elle voulait. On n'en parle plus. »

Le sénateur Davis lui téléphona.

« Oliver. J'aimerais vous voir dans une heure.

— Je serai ici, Todd. »

Oliver se trouvait dans la petite bibliothèque attenante au Bureau ovale lorsque Todd Davis entra. Le Président se leva pour l'accueillir.

« Bonjour.

— Bonjour, mon œil. » Le sénateur Davis était hors de lui. « Cette femme va nous démolir.

— Mais non. Elle ne fait que...

— Tout le monde lit ces saletés de ragots et les gens croient ce qu'ils lisent dans les journaux.

— Todd, ça va faire long feu et...

— Ça ne va pas faire long feu. Avez-vous écouté le commentaire politique sur WTE ce matin ? On s'y demandait qui allait être le prochain Président. Vous veniez en queue de liste. Leslie Stewart veut votre peau. Vous devez l'arrêter. Comment dit-on, déjà ? "Aux grands maux les grands remèdes..."

— Vous savez aussi, Todd, ce que l'on dit de la liberté de la presse. Il n'y a rien à faire. »

Le sénateur Davis posa sur Oliver un regard perplexe. « Mais si.

— C'est-à-dire ?

— Asseyez-vous. » Ils s'assirent l'un et l'autre. « Cette femme est manifestement amoureuse de vous, Oliver. C'est la manière qu'elle a trouvée de vous faire payer ce que vous lui avez fait. N'essayez jamais d'avoir gain de cause avec ces plumitifs de journalistes. Je vous conseillerais de faire la paix.

— Et comment ? »

Le sénateur Davis regarda la braguette d'Oliver.

« Servez-vous de votre tête.

— Holà, un instant, Todd! Seriez-vous en train de me conseiller de...

— Ce que je vous conseille, c'est de la ramener à la raison. Faites-lui comprendre que vous regrettez ce qui est arrivé. Je vous dis, moi, qu'elle vous aime toujours. Sinon, elle ne ferait pas ça.

— Qu'attendez-vous exactement de moi?

— Que vous la preniez par les sentiments, mon petit. Vous l'avez fait une fois, vous pouvez le refaire. Amadouez-la. Vous donnez un dîner du Département d'État, vendredi. Invitez-la. Vous devez la convaincre de mettre fin à ses manigances.

— Je ne vois pas très bien comment...

— Débrouillez-vous, je m'en fiche. Vous pourriez l'emmener quelque part, là où vous pourriez vous entretenir tranquillement en tête à tête. J'ai une maison de campagne en Virginie. Tout ce qu'il y a de plus discret. Je passe le week-end en Floride et j'ai tout arrangé avec Jan pour qu'elle m'accompagne. » Il prit dans sa poche un bout de papier et des clés qu'il tendit à Oliver. « Voici l'adresse et les clés de la maison. »

Oliver le regardait d'un air éberlué.

« Bon Dieu! Vous aviez donc tout prévu? Et si Leslie ne veut pas? Si ça ne lui dit pas? Supposons qu'elle refuse? »

Le sénateur Davis se leva.

« Elle marchera. A lundi, Oliver. Bonne chance. »

Oliver resta un bon moment sans bouger, sidéré. Puis il se dit : *Non. Je ne peux pas lui faire ça encore. Pas question.*

Ce soir-là, tandis qu'ils s'apprêtaient pour le dîner, Jan lui dit : « Oliver, papa m'a demandé de l'accompagner en Floride pour le week-end. On lui remet une distinction honorifique et je crois

183

qu'il aimerait s'exhiber en compagnie de l'épouse du Président. Ça t'ennuierait beaucoup que j'y aille ? Je sais qu'il y a un dîner du Département d'État vendredi, alors si tu tiens à ce que je reste, je...

— Non, non. Vas-y. Tu vas me manquer. » *Et c'est vrai en plus*, pensa-t-il. *Dès que j'aurai réglé cette histoire avec Leslie, je vais lui consacrer plus de temps.*

Leslie était au téléphone lorsque sa secrétaire entra précipitamment dans son bureau.

« Mademoiselle Stewart...

— Vous ne voyez pas que je suis en...

— Le président Russell est sur la trois. »

Leslie regarda sa secrétaire quelques instants puis sourit. « Bien. » Elle dit dans le combiné : « Je vous rappellerai. » Puis appuya sur le bouton de la ligne trois.

« Allô ?

— Leslie ?

— Allô, Oliver. Ou dois-je t'appeler monsieur le Président ?

— Tu peux m'appeler comme bon te semble. » Il ajouta sur un ton léger : « Comme autrefois. » Il y eut un silence. « Leslie, j'aimerais te voir.

— Es-tu sûr que ce soit bien indiqué ?

— Tout à fait sûr.

— Tu es le Président des États-Unis. Je ne saurais rien te refuser, n'est-ce pas ?

— Non, si tu as le sens de tes devoirs patriotiques. Il y a un dîner du Département d'État vendredi soir. Viens, je t'en prie.

— A quelle heure ?

— Huit heures.

— D'accord. J'y serai. »

184

Elle était resplendissante dans sa robe moulante à col mao, fermée sur le devant par des boutons en or vingt-deux carats et fendue de quarante centimètres sur le côté gauche.

Dès qu'il la vit, Oliver fut assailli par un flot de souvenirs. « Leslie...

— Monsieur le Président. »

Elle lui offrit une main moite. *C'est un signe, pensa-t-il. Mais de quoi ? De nervosité ? De colère ? De nostalgie ?*

« Je suis vraiment très heureux que tu sois venue, Leslie.

— Oui. Moi aussi.

— Nous parlerons tout à l'heure. »

Elle le gratifia d'un sourire chaleureux.

« Oui. »

Des diplomates arabes étaient assis deux tables plus loin. L'un d'eux, un homme basané aux traits anguleux, ne quittait pas Oliver des yeux.

Le Président se pencha vers Peter Tager en désignant l'Arabe d'un signe de tête. « Qui est-ce ? »

Tager jeta un coup d'œil rapide.

« Ali al-Fulani. Secrétaire d'État de l'un des Émirats arabes. Pourquoi me demandez-vous ça ?

— Comme ça. » Oliver regarda l'homme de nouveau. Celui-ci avait toujours les yeux braqués sur lui.

Oliver, en hôte attentionné, passa la soirée à s'occuper de ses invités. Sylva et Leslie étaient assises à des tables différentes. La soirée était presque terminée lorsque Oliver réussit enfin à prendre Leslie à part.

« Il faut que je te parle. J'ai un tas de choses à te raconter. Est-ce qu'on peut se retrouver quelque part ? »

La voix de Leslie trahit une légère hésitation.

« Oliver, peut-être vaudrait-il mieux que nous ne...

— J'ai une maison à Manassas, en Virginie, à une heure de Washington environ. Tu veux m'y retrouver ? »

Elle le regarda droit dans les yeux. Et ne marqua aucune hésitation cette fois. « Si tu veux. »

Il lui indiqua comment s'y rendre.

« Demain soir à huit heures ?

— J'y serai », répondit Leslie d'une voix rauque.

Durant la réunion du Conseil national de Sécurité, le lendemain matin, le directeur de la CIA, James Frish, annonça une nouvelle explosive :

« Monsieur le Président, nous avons appris ce matin que la Libye achète des armes atomiques à l'Iran et à la Chine. Il est fortement question que la Libye veuille se servir de ces armes pour attaquer Israël. Il nous faudra un jour ou deux pour avoir confirmation.

— Je pense que nous devrions protester sans attendre. Faisons-le dès maintenant dans les termes les plus énergiques, déclara Lou Werner, le Secrétaire d'État.

— Voyons quelles informations supplémentaires nous pouvons obtenir », dit Oliver à Werner.

La réunion dura toute la matinée et Oliver ne put s'empêcher de penser de temps à autre à son rendez-vous avec Leslie. « *Amadouez-la, mon petit... Vous réussirez à lui faire entendre raison.* »

Le samedi soir, à bord de l'une des voitures

officielles de la Maison-Blanche conduite par un homme de confiance des Services secrets, Oliver se dirigeait vers Manassas en Virginie. Il avait été fortement tenté d'annuler le rendez-vous mais il était trop tard. *Je m'inquiète pour rien. Elle ne viendra probablement pas.*

A vingt heures, Oliver regarda par la fenêtre et vit la voiture de Leslie s'engager dans l'allée conduisant à la maison du Sénateur.

Il observa la jeune femme qui descendait de voiture et se dirigeait vers l'entrée.

Il alla lui ouvrir. Tous deux restèrent sur le seuil à se dévisager en silence, et ce fut comme si le temps était aboli, comme s'ils ne s'étaient jamais quittés.

Oliver fut le premier à recouvrer la parole.

« Hier soir, quand je t'ai vue... J'avais presque oublié à quel point tu es belle. » Il lui prit la main et ils entrèrent dans le living. « Tu veux boire quelque chose ?

— Non, je n'ai envie de rien. Je te remercie. »

Il s'assit près d'elle sur le canapé. « Il faut d'abord que je sache une chose, Leslie. Me hais-tu ? »

Elle hocha lentement la tête. « Non. Je l'ai cru. » Elle eut un sourire espiègle. « C'est sans doute ce qui explique ma réussite.

— Je ne comprends pas.

— Je voulais me venger, Oliver. J'ai acheté des journaux et des chaînes de télévision pour t'attaquer. Tu es le seul homme que j'aie jamais aimé. Et quand... et quand tu m'as quittée... j'ai cru que je ne le supporterais pas. » Elle refoula ses larmes.

Olivier l'enlaça.

« Leslie... » Leurs lèvres se rejoignirent et ils s'embrassèrent passionnément.

« Oh, mon Dieu, dit-elle. Je ne m'attendais pas

à ça. » Ils s'étreignirent de plus belle et Oliver, la prenant par la main, l'entraîna vers la chambre. Ils commencèrent à se dévêtir mutuellement.

« Vite, mon chéri, dit Leslie. Vite. »

Et ils se retrouvèrent dans le lit, enlacés, corps contre corps, retrouvant la mémoire de leurs gestes d'autrefois. Ils firent l'amour avec tendresse, éperdument, comme pour la première fois. Et ce fut comme un nouveau commencement. Puis ils restèrent tous deux immobiles, comblés, épuisés.

« C'est vraiment amusant, dit Leslie.

— Quoi ?

— Toutes ces choses horribles que j'ai publiées sur ton compte. J'ai fait ça pour attirer ton attention. » Elle se pelotonna contre lui. « Ça a marché, non ? »

Il sourit : « On dirait. »

Leslie s'assit et le regarda. « Si tu savais comme je suis fière de toi, Oliver. Président des États-Unis.

— J'essaie d'être à la hauteur, tu peux me croire. Je m'y donne à fond. Je veux laisser ma marque dans l'Histoire. » Il regarda sa montre. « Hélas, je crois que je vais devoir rentrer.

— Bien sûr. Je vais te laisser partir le premier.

— Quand te reverrai-je, Leslie ?

— Quand tu veux.

— Il nous faudra être prudents.

— Je sais. Nous le serons. »

Elle resta étendue sur le lit à regarder d'un air rêveur Oliver se rhabiller.

Lorsqu'il fut sur le point de partir, elle se pencha vers lui et dit :

« Tu es mon miracle.

— Toi aussi. Tu l'as toujours été. »

Il l'embrassa.

« Je t'appellerai demain. »

Il se hâta vers la voiture qui le ramena à Washington. *Plus ça change, plus c'est pareil*, pensa-t-il. *Il faut que je fasse attention à ne plus la faire souffrir*. Il décrocha le téléphone de la voiture et composa le numéro que le sénateur Davis lui avait donné en Floride.

Le Sénateur répondit lui-même :

« Allô !

— C'est Oliver.

— Où êtes-vous ?

— Je rentre à Washington. Je vous appelais uniquement pour vous transmettre une bonne nouvelle. Nous n'avons plus de souci à nous faire. Tout est rentré dans l'ordre.

— Vous ne pouvez pas savoir combien je suis heureux de l'apprendre. » Le soulagement perçait dans la voix du sénateur Davis.

« Je savais que ça vous ferait plaisir, Todd. »

Le lendemain matin, tout en s'habillant, Oliver jeta un coup d'œil sur le *Washington Tribune*. On pouvait y voir une photo de la maison de campagne du sénateur Davis à Manassas accompagnée de la légende suivante : LES SECRETS D'ALCÔVE DU PRÉSIDENT RUSSELL.

14

Oliver resta un bon moment figé, à contempler le journal d'un air incrédule. Comment avait-il pu se mettre dans un tel pétrin ? Il songea à la passion que lui avait témoignée Leslie la veille au soir. Il s'était complètement mépris. C'était une passion dictée par la haine et non par l'amour. *Je ne pourrai jamais l'arrêter,* pensa-t-il désespérément.

Le sénateur Davis parcourut l'article du *Washington Tribune,* atterré. Il connaissait la puissance de la presse et n'ignorait pas ce que ce règlement de comptes risquait de lui coûter. *Il va falloir que j'arrête cette femme moi-même,* conclut-il.

Arrivé à son bureau du Sénat, il téléphona à Leslie.

« Il y a longtemps que nous nous sommes parlé. Trop longtemps. Je pense beaucoup à vous, mademoiselle Stewart.

— Je ne vous oublie pas non plus, monsieur le Sénateur. D'autant que je vous dois tout en un sens. »

Il eut un petit rire.

« Pas du tout. C'est moi qui ai été heureux de vous venir en aide lorsque vous avez eu des ennuis.

— Puis-je faire quelque chose pour vous, monsieur le Sénateur ?

— Non, mademoiselle Stewart. C'est moi qui aimerais vous rendre service. Je suis l'un de vos fidèles lecteurs, comme vous le savez, et je trouve que le *Washington Tribune* est vraiment un bon journal. Je découvre tout à coup que nous n'y avons jamais passé d'annonces et je voudrais y remédier. J'ai des intérêts dans un grand nombre d'entreprises importantes qui font beaucoup de publicité. Quand je dis *beaucoup,* je parle sérieusement. Je crois qu'une bonne partie de cette publicité devrait aller à un journal de la qualité du *Tribune.*

— Voilà une nouvelle qui m'enchante, monsieur le Sénateur. Nous ne disons jamais non à plus de publicité. A qui notre directeur de la publicité doit-il s'adresser ?

190

— Avant d'en venir là, je pense que nous avons un petit problème à régler.

— Ah oui, lequel?

— Un problème concernant le président Russell.

— Oui?

— C'est une affaire plutôt délicate, mademoiselle Stewart. Vous avez dit tout à l'heure que vous me deviez tout. Alors j'ai un petit service à vous demander.

— Je serai heureuse de vous être utile si je le peux.

— J'ai eu ma modeste part dans l'élection du Président.

— Je sais.

— Et il fait du bon boulot. Il va de soi que les attaques dont ses faits et gestes font les frais de la part d'un journal aussi puissant que le *Washington Tribune* ne lui facilitent pas la tâche.

— Où voulez-vous en venir, monsieur le Sénateur?

— Pour tout dire, je vous serais grandement reconnaissant si les attaques du *Washington Tribune* cessaient.

— En échange de quoi je pourrais compter sur la publicité de vos entreprises?

— Beaucoup de publicité, mademoiselle Stewart.

— Merci, monsieur le Sénateur. Rappelez-moi lorsque vous aurez des propositions sérieuses à me faire. »

On raccrocha.

Matt Baker, dans son bureau du *Washington Tribune*, était en train de lire l'article sur les secrets d'alcôve du président Russell.

« Mais qui donc a autorisé la publication de cet article? demanda-t-il d'un ton sec à son adjoint.

— La grande patronne.

— Bon Dieu de Bon Dieu, ce n'est pas elle qui dirige le journal, c'est moi. » *Pourquoi est-ce que je supporte cette bonne femme ?* se demanda-t-il une fois de plus. *Pour trois cent cinquante mille dollars par an, sans compter les primes et les actions en bourse,* pensa-t-il, désabusé. Chaque fois qu'il était sur le point de démissionner, elle le récupérait à coups d'augmentations de salaire et de pouvoirs accrus. En outre il n'était pas insensible au fait de travailler pour l'une des femmes les plus puissantes du monde. Quelque chose en elle lui échapperait toujours.

Lorsqu'elle avait acheté le *Tribune,* Leslie lui avait dit : « Je voudrais que vous engagiez un astrologue. Il s'appelle Zoltaire.

— Il travaille avec nos concurrents.

— Je m'en fiche. Engagez-le. »

Plus tard dans la journée, Baker lui avait dit : « J'ai pris des renseignements sur Zoltaire. L'avoir en exclusivité nous coûterait trop cher.

— Mettez le prix qu'il faut. »

La semaine suivante, Zoltaire, dont le vrai nom était David Hayworth, venait travailler pour le *Washington Tribune.* C'était un petit homme brun d'une cinquantaine d'années, l'air concentré.

Leslie n'était pas le genre de femme à s'enticher d'astrologues. Et le fait intriguait Baker. Il ne voyait pas ce qui pouvait la lier à un homme comme David Hayworth.

Ce qu'il ignorait, c'est que Leslie convoquait Hayworth chez elle chaque fois qu'elle avait une décision importante à prendre.

Le premier jour, Baker avait fait inscrire le nom de Leslie dans l'« ours » : LESLIE CHAMBERS, DIRECTRICE DE LA PUBLICATION. Elle y avait jeté un regard et dit : « Changez ça. Mettez Leslie Stewart. »

Elle fait cela par narcissisme puéril, avait pensé Baker. Mais il se trompait. Leslie avait décidé de reprendre son nom de jeune fille parce qu'elle voulait qu'Oliver Russell sache exactement qui était responsable de ce qui allait lui arriver.

Le lendemain du jour où elle était devenue propriétaire du journal, elle avait déclaré : « Nous allons acheter un magazine consacré aux questions de santé. »

Baker l'avait regardée avec curiosité. « Pourquoi ?

— Parce que le secteur santé est en pleine expansion. »

Elle avait vu juste. Le magazine connut une réussite immédiate.

« Nous allons commencer à nous développer, dit-elle à Baker. Mettez du monde à la recherche de publications à vendre à l'étranger.

— D'accord.

— Et nous avons du personnel en surnombre ici. Débarrassez-vous des journalistes qui ne s'investissent pas assez.

— Leslie...

— Je veux des journalistes jeunes et qui en veulent. »

Lorsqu'un poste d'encadrement se libérait, Leslie insistait pour assister à l'entretien avec les postulants. Elle les écoutait puis ne posait qu'une seule question :

« Quelle est votre moyenne au golf ? » Et l'obtention du poste dépendait souvent de la réponse.

« Qu'est-ce que c'est que cette question ? demanda Matt Baker la première fois qu'il entendit Leslie la poser. Qu'est-ce que la moyenne au golf vient faire ici ?

— Je ne veux pas engager de gens qui ont la passion du golf. Lorsqu'on travaille ici, je veux

193

que l'on se consacre uniquement au *Washington Tribune*. »

**
*

La vie privée de Leslie Stewart faisait l'objet de discussions sans fin au *Tribune*. C'était une belle femme, sans attaches, et qui, pour ce que l'on en savait, ne fréquentait aucun homme sérieusement et n'avait pas de vie personnelle. C'était l'une des hôtesses les plus en vue de la capitale et les personnalités les plus importantes se flattaient d'être invitées à ses soirées. Mais on s'interrogeait sur sa façon d'employer son temps une fois ses invités partis et lorsqu'elle se retrouvait seule. On racontait que c'était une insomniaque qui passait ses nuits à travailler et à concocter de nouveaux projets destinés à étendre l'empire Stewart.

D'autres rumeurs couraient également, plus affriolantes, mais que rien ne permettait de confirmer.

Leslie se mêlait de tout : des éditoriaux, des reportages, de la publicité. Un jour, elle dit au directeur de la publicité : « Pourquoi n'avons-nous pas de pub de chez Gleason ? » Gleason était un grand magasin chic de Georgetown, près de Washington.

« J'ai essayé mais...

— Je connais le propriétaire. Je vais lui passer un coup de fil. »

Elle avait téléphoné séance tenante :

« Allan, vous ne passez aucune annonce dans le *Tribune*. Pourquoi ? »

Son interlocuteur s'était mis à rire et avait répondu :

« Parce que vos lecteurs pratiquent le vol à l'étalage. »

194

Avant d'assister à une réunion, elle se renseignait auparavant sur chacun des participants. Elle connaissait ainsi les faiblesses et les points forts de chacun, ce qui faisait d'elle une négociatrice coriace.

« Vous êtes parfois trop dure, la prévint un jour Matt Baker. Il faut que vous leur laissiez un os à ronger.

— Pas question. Je crois à la politique de la terre brûlée. »

Au cours de l'année suivante, Washington Tribune Enterprises se porta acquéreur d'un journal et d'une station de radio en Australie, d'une chaîne de télévision à Denver et d'un journal à Hammond, dans l'Indiana. A chaque nouvelle acquisition, les employés de l'entreprise ainsi intégrée au groupe Stewart étaient terrifiés par la perspective de ce qui les attendait. La réputation de dirigeante impitoyable que l'on faisait à Leslie allait croissant.

Une Leslie qui éprouvait une vive jalousie à l'égard de Katharine Graham, la propriétaire du *Washington Post*.

« Elle a de la chance, c'est tout, disait-elle. Et en plus elle a une réputation de fichue garce. »

Matt Baker avait failli lui demander ce qu'elle pensait de sa réputation à elle mais s'était ravisé à temps.

Un matin, en arrivant au journal, elle avait découvert sur son bureau un petit bloc de bois supporté par deux boules en cuivre. Quelqu'un s'était amusé à une allusion sexuelle évidente.

Matt Baker était fort ennuyé.

« Je suis navré. Je vais le...

— Non. Laissez-le là.

— Mais...

— Laissez-le là. »

Matt Baker était en réunion dans son bureau lorsque la voix de Leslie se fit entendre dans l'interphone. « Matt, montez dans mon bureau. »

Pas de « bonjour » ni de « s'il vous plaît ». *La journée s'annonce mal,* pensa Baker. La Princesse de Glace était encore mal lunée.

« Ce sera tout pour l'instant », dit Baker à ses collaborateurs.

Il s'engagea dans les couloirs où des centaines d'employés étaient en plein travail. Il prit l'ascenseur jusqu'au sommet de l'immeuble baptisé White Tower et pénétra dans l'antre somptueux de la directrice de publication. Une demi-douzaine de rédacteurs s'y trouvaient déjà réunis.

Leslie Stewart trônait derrière son énorme bureau. Elle leva les yeux à l'arrivée de Baker et dit : « Commençons. »

Ainsi elle avait convoqué une réunion de rédaction sans le consulter. Au mépris de sa fonction et de ce qu'elle lui avait promis : « C'est vous qui dirigerez le journal. Je ne me mêlerai de rien. » Il aurait dû s'en douter. Mais comment lutter ? elle était directrice de publication et propriétaire du *Washington Tribune.* A ce titre, elle pouvait n'en faire qu'à sa tête.

« Je voudrais vous dire un mot sur cet article à propos des secrets d'alcôve du président Russell en Virginie, commença Baker.

— Il n'y a rien à en dire », trancha Leslie. Elle prit sur son bureau un exemplaire du *Washington Post,* leur rival. « Avez-vous vu ça ? »

Baker avait lu l'article. « Oui, ce n'est que...

— C'est ce qu'on appelait autrefois un *scoop.* Où étiez-vous, vous et vos journalistes, pendant que le *Post* recueillait l'information ? » Elle lut la manchette à haute voix : « "Un deuxième lobbyiste mis en accusation pour avoir donné des pots-de-vin au Secrétaire à la Défense." » Comment se fait-il que nous n'ayons rien fait là-dessus ?

— Parce que ce n'est pas encore officiel. J'ai vérifié. Ce n'est que...

— Je n'aime pas me faire damer le pion. »

Matt Baker soupira et s'appuya contre le dossier de sa chaise. Il y avait de l'orage dans l'air.

« Nous sommes numéro un ou nous ne sommes rien, annonça Leslie Stewart au groupe réuni devant elle. Et si nous ne sommes rien, chacun peut faire une croix sur son job, n'est-ce pas ? »

Elle se tourna vers Amie Cohn, le rédacteur en chef du magazine du dimanche. « Ce que nous voulons, c'est que les gens lisent le supplément magazine en se réveillant le dimanche matin. Ce que nous ne voulons pas, c'est que nos lecteurs, au lieu de ça, se rendorment. Les articles que nous avons publiés dimanche dernier étaient soporifiques. »

Cohn pensa : *Toi, si tu étais un homme, je t'en...* « Je regrette, dit-il. J'essaierai de faire mieux la prochaine fois. »

Leslie se tourna vers Jeff Connors, le rédacteur en chef des pages sportives. Connors, un bel homme blond d'une trentaine d'années, était grand, athlétique, et son œil gris pétillait d'intelligence. Il possédait l'aisance de celui qui sait qu'il exerce son métier avec compétence. Baker avait entendu dire que Leslie lui avait fait des avances mais qu'il les avait repoussées.

« Vous avez écrit que Fielding allait faire l'objet d'une transaction avec les Pirates de Pittsburgh.

— On m'a dit...

— On vous a mal informé ! Le *Tribune* s'est rendu coupable de désinformation.

— Je tiens cette information du manager du

club, dit Jeff Connors, imperturbable. Il m'a dit que...

— La prochaine fois, vérifiez vos sources et recoupez-les. »

Leslie se tourna vers une coupure de journal jaunie, encadrée et accrochée au mur. C'était la une du *Chicago Tribune* du 3 novembre 1948. La manchette titrait : DEWEY DÉFAIT TRUMAN.

« La pire chose que puisse faire un journaliste, dit Leslie en désignant le document, est de diffuser de fausses informations. Notre métier ne tolère pas l'erreur. »

Elle jeta un coup d'œil à sa montre.

« Ce sera tout pour le moment. J'attends beaucoup mieux de vous tous. » Lorsque tout le monde se leva pour partir, elle dit à Matt Baker :

« Vous, restez.

— Très bien. » Il se rassit et regarda sortir les autres.

« Vous trouvez que j'y suis allée un peu fort avec eux ? demanda-t-elle.

— Vous avez ce que vous vouliez. Ils sont tous au bord du suicide.

— On n'est pas ici pour faire du sentiment, mais pour publier un journal. » Elle leva de nouveau les yeux en direction de la une encadrée.

« Vous imaginez ce que le directeur de publication a dû éprouver quand cette information a été diffusée alors que c'est Truman qui avait été élu Président ? Je ne veux pas éprouver cela, Matt. Jamais.

— A propos de fausses informations, dit Baker, cet article sur le président Russell aurait été plus à sa place dans la presse à sensation de bas étage. Pourquoi êtes-vous toujours sur son dos ? Donnez-lui une chance.

— Je lui en ai déjà donné une, rétorqua Leslie de manière énigmatique. J'ai appris de source sûre que Russell allait opposer son veto à la loi sur les communications. Cela veut dire que nous allons devoir retirer nos offres d'achat des chaînes de télévision de San Diego et d'Omaha.

— On n'y peut rien, c'est comme ça.

— Oh si, on y peut quelque chose. Je ne veux pas qu'il soit réélu, Matt. Nous allons travailler à mettre quelqu'un d'autre à la Maison-Blanche, quelqu'un de compétent. »

Baker n'avait nullement l'intention d'avoir une prise de bec avec Leslie Stewart au sujet du Président. Dès que l'on abordait la question, elle devenait fanatique.

« Ce n'est pas du tout la personne qui convient à un tel poste et je vais m'employer par tous les moyens à le faire battre à la prochaine élection. »

Philip Cole, le chef des correspondants à l'étranger de WTE, entra précipitamment dans le bureau de Baker au moment où celui-ci allait partir. Il avait l'air préoccupé. « Nous avons un problème, Matt.

— Est-ce que ça peut attendre demain ? Je suis en retard pour un...

— Il s'agit de Dana Evans.

— Et alors ? demanda Baker d'un ton cassant.

— Elle a été arrêtée.

— Arrêtée ? demanda Baker d'un ton incrédule. Pour quelle raison ?

— Espionnage. Voulez-vous que je...

— Non. Je vais m'en occuper. »

Baker revint vivement vers son bureau et composa le numéro du Département d'État.

15

On la sortait de sa cellule et on la traînait, nue, dans une cour froide et sombre. Elle se débattait sauvagement contre les deux hommes qui la tenaient mais elle n'était pas de taille à leur résister. A l'extérieur, six soldats armés de fusils l'attendaient, et elle hurlait tandis qu'on la tirait vers un poteau en bois planté dans le sol. Le colonel Gordan Divjak regardait ses hommes l'attacher au poteau.

« Vous ne pouvez pas me faire ça ! Je ne suis pas une espionne ! » hurlait-elle. Mais elle ne réussissait pas à se faire entendre dans le bruit des tirs de mortiers qui éclataient à faible distance.

Le colonel Divjak s'éloignait d'elle et faisait un signe de tête à l'adresse du peloton d'exécution : « Prêts ? En joue... »

« Arrêtez ces hurlements ! »

On la secouait d'une poigne brutale. Dana ouvrit les yeux, le cœur affolé. Elle était étendue sur son lit de camp dans la petite cellule sombre. Le colonel Divjak, debout près du lit, la dominait de toute sa hauteur.

Elle s'assit, en sueur, clignant des yeux pour essayer de chasser son cauchemar. « Qu'est-ce... qu'est-ce que vous allez me faire ?

— S'il existait une justice, on vous fusillerait, répondit froidement le colonel. Malheureusement, j'ai reçu l'ordre de vous relâcher. »

Dana eut l'impression que son cœur suspendait ses battements.

« On va vous coller à bord du premier avion en partance. » Le colonel Divjak la regarda droit dans les yeux : « Ne revenez jamais. »

Il avait fallu toutes les pressions conjuguées du

Département d'État et du Président lui-même pour que Dana soit relâchée. Lorsqu'il avait appris l'arrestation, Tager était aussitôt allé voir Oliver.

« Je viens de recevoir un appel. Dana Evans a été arrêtée pour espionnage. On menace de l'exécuter.

— Bon Dieu ! C'est terrible. On ne peut laisser une chose pareille se produire.

— En effet. Je voudrais que vous m'autorisiez à intervenir en votre nom.

— Autorisation accordée. Faites le maximum.

— Je vais travailler en collaboration avec le Département d'État. Si nous parvenons à dénouer cette affaire, peut-être que le *Tribune* cessera un peu de vous chercher des poux. »

Oliver hocha la tête.

« Si j'étais vous, je ne compterais pas trop là-dessus. Contentons-nous seulement de la tirer de là. »

Après d'innombrables appels téléphoniques, tractations et pressions de toute nature exercées par le Bureau ovale, le Secrétaire d'État et le Secrétaire général des Nations unies, les ravisseurs de Dana consentirent enfin à la relâcher.

A l'annonce de cette nouvelle, Peter Tager s'empressa d'en informer Oliver.

« Elle est libre. Elle est en route pour les États-Unis.

— Parfait. »

En se rendant à une réunion ce matin-là, il pensa à Dana Evans. *Je suis heureux que nous ayons réussi à la sauver.*

Il ne se doutait pas que cette action allait lui coûter la vie.

Lorsque l'avion qui transportait Dana atterrit à l'aéroport international Dulles, Matt Baker et deux douzaines de journalistes de la presse écrite et parlée l'attendaient pour l'accueillir.

Dana jeta un regard incrédule sur la petite foule rassemblée au pied de l'avion. « Mais qu'est-ce que c'est que... » « Par ici, Dana. Souriez ! » « Comment avez-vous été traitée ? Vous a-t-on brutalisée ? » « Quel effet cela vous fait-il de rentrer ? » « Laissez-nous vous photographier. » « Avez-vous l'intention de retourner là-bas ? »

Ils parlaient tous en même temps. Dana resta sur place, interloquée.

Matt Baker la fit enfin monter à bord d'une limousine qui les attendait et qui s'éloigna à toute vitesse.

« Qu'est-ce... qu'est-ce qui se passe ? demanda-t-elle.

— Vous êtes une célébrité. »

Elle hocha la tête. « Je m'en passerais bien, Matt. » Elle ferma les yeux quelques instants. « Merci de m'avoir sortie de là.

— Vous pouvez remercier le Président et Peter Tager. Ils ont mis tout en œuvre pour vous faire libérer. Vous devez aussi une fière chandelle à Leslie Stewart. »

Lorsque Baker avait appris à Leslie la nouvelle de l'arrestation de Dana, celle-ci avait dit : « Les salopards ! Ils ne peuvent pas faire ça au *Tribune*. Je veux que vous la fassiez libérer. Faites jouer toutes les ficelles et sortez-la de là. »

Dana regarda la rue par la vitre de la limousine. Les passants marchaient, parlaient et riaient. On n'entendait ni bruit d'armes automatiques ni explosions de mortiers. C'en était inquiétant.

« Le rédacteur de nos pages immobilières vous a trouvé un appartement. Je veux que vous preniez un congé. Aussi long que vous le désirez. Quand vous serez prête, nous aurons du travail pour vous. » Il examina attentivement Dana. « Ça va ? Vous vous sentez bien ? Si vous voulez voir un médecin, je veillerai à ce...

— Ça va. Les gens de notre bureau à Paris m'ont conduite chez un médecin là-bas. »

L'appartement, meublé avec goût, était situé dans Calvert Street. Il comportait un salon, une chambre, une cuisine, une salle de bains et un petit cabinet de travail.

« Ça fera l'affaire ? demanda Baker.

— Il est parfait. Merci, Matt.

— J'ai fait remplir le réfrigérateur, dit Baker. Vous voudrez sans doute faire quelques courses pour renouveler votre garde-robe demain, quand vous aurez pris un peu de repos. Vous mettrez tout sur le compte du journal.

— Merci, Matt. Merci pour tout.

— On vous interrogera plus tard pour connaître le détail de ce qui s'est passé. Je vais vous organiser ça. »

Elle était sur un pont d'où elle entendait des coups de feu et voyait des cadavres flotter au fil de l'eau. Elle se réveilla en sanglotant. C'était un rêve mais un rêve atrocement réaliste. En effet, ce dont elle avait rêvé se produisait réellement : à cet instant même on massacrait absurdement et brutalement des victimes innocentes, hommes, femmes et enfants. Elle repensa aux paroles du professeur Staka : « *Cette guerre en Bosnie-Herzégovine dépasse l'entendement.* » Ce qui lui semblait le plus incroyable, c'était que le reste de la planète parût s'en désintéresser. Elle craignit de se rendormir et de revivre tous les cauchemars qui hantaient son cerveau. Elle se leva, alla à la fenêtre, et contempla la ville. Tout était calme, pas d'armes à feu, pas de gens en train de courir dans les rues en hurlant. Cette paix avait quelque chose d'irréel. Elle se demanda comment allait Kemal et si elle le reverrait. *Il m'a sans doute oubliée à l'heure qu'il est.*

Dana consacra une partie de la matinée à des achats vestimentaires. Partout où elle allait, on s'arrêtait pour la dévisager. Elle entendait murmurer sur son passage : « C'est Dana Evans ! » Toutes les vendeuses la reconnaissaient. Elle était célèbre. Et cela ne lui plaisait pas du tout.

Elle n'avait pris ni petit déjeuner ni déjeuner. La faim la tenaillait mais elle ne pouvait rien avaler. Trop tendue. Comme si elle s'attendait à quelque catastrophe imminente. Dans la rue, elle évitait le regard des inconnus, se méfiait de tout le monde. Elle entendait toujours au loin le bruit des armes automatiques. *Ça ne peut pas continuer comme ça,* pensa-t-elle.

A midi, elle pénétra dans le bureau de Matt Baker.

« Que faites-vous ici ? Vous êtes censée prendre des vacances.

— Il faut que je reprenne le travail, Matt. »

Il la regarda et pensa à la jeune fille qui était venue le voir quelques années auparavant. *« Je cherche du travail. Évidemment, j'en ai déjà un ici. Il s'agit plutôt d'une nouvelle affectation, si vous voulez... Je puis commencer dès maintenant... »* Et elle avait plus que rempli son contrat. *Si j'avais eu une fille...*

« La patronne veut vous voir », dit-il à Dana.

Ils se dirigèrent ensemble vers le bureau de Leslie Stewart.

Les deux femmes restèrent un moment face à face à se toiser.

« Soyez de nouveau la bienvenue parmi nous, Dana.

— Merci.

— Asseyez-vous. » Dana et Baker prirent chacun un siège devant le bureau de Leslie.

« Je tiens à vous remercier de m'avoir tirée de là, dit Dana.

— Ça a dû être l'enfer. » Leslie regarda Baker. « Qu'allons-nous faire d'elle, maintenant, Matt ? »

Celui-ci regarda Dana.

« Nous devons bientôt nommer un nouveau correspondant à la Maison-Blanche. Ce poste vous plairait ? » Ce poste était l'un des plus prestigieux qui fût dans le monde de la télévision.

Le visage de Dana s'éclaira. « Oui. »

Leslie acquiesça d'un signe de tête.

« Le poste est à vous. »

Dana se leva.

« Eh bien... Merci. Je le pense vraiment : merci.

— Bonne chance. »

Dana et Baker sortirent du bureau.

« On va vous installer », lui dit-il. Il l'emmena jusqu'au bâtiment de la télévision où tout le personnel attendait pour l'accueillir. Il fallut à Dana quinze bonnes minutes pour traverser la cohue de tous ceux qui voulaient lui adresser leurs vœux de réussite.

« Je vous présente notre nouvelle correspondante à la Maison-Blanche, dit Baker à Philip Cole.

— Parfait. Je vais vous montrer votre bureau.

— Vous avez déjeuné ? demanda Baker à Dana.

— Non, je...

— Pourquoi n'irions-nous pas grignoter un morceau ? »

La salle à manger des cadres se trouvait au

quatrième étage. C'était une pièce spacieuse et aérée contenant une vingtaine de tables. Baker conduisit Dana vers un coin tranquille où ils s'assirent.

« Mademoiselle Stewart a l'air très gentille », dit Dana.

Baker parut sur le point de réagir mais se ravisa.

« Ouais. Commandons.

— Je n'ai pas faim.

— Vous n'avez pas déjeuné?

— Non.

— Avez-vous pris un petit déjeuner?

— Non.

— Dana, quand avez-vous mangé pour la dernière fois? »

Elle secoua la tête.

« Je ne me souviens pas. Aucune importance.

— Vous vous trompez. Je ne veux pas voir notre nouvelle correspondante à la Maison-Blanche mourir de faim. »

Le garçon s'approcha de leur table.

« Êtes-vous prêt à commander, monsieur Baker?

— Oui. » Baker parcourut le menu. « Nous allons commencer par quelque chose de léger. Pour mademoiselle Evans ce sera un sandwich bacon, laitue, tomate. » Il leva les yeux en direction de Dana. » Et en dessert? Glace ou pâtisserie?

— Rien...

— Une tarte maison. Et pour moi ce sera un sandwich au rosbif.

— Oui, monsieur. »

Dana jeta un regard à la ronde.

« Tout cela semble tellement irréel. La vie, c'est ce qui se passe là-bas, Matt. C'est horrible. Ici, on dirait que personne ne s'en soucie.

— Ne dites pas cela. Bien sûr que nous nous soucions de ce qui se passe là-bas. Mais nous ne pouvons pas être les gendarmes du monde et y imposer notre loi. Nous faisons de notre mieux.

— Ce n'est pas assez.

— Dana... » Il s'interrompit. Elle était ailleurs, tendant l'oreille à des bruits lointains qu'il ne pouvait entendre, témoin de spectacles sinistres qu'il ne pouvait voir. Ils gardèrent le silence jusqu'à ce que le garçon revienne avec leur commande.

— Voici.

— Matt, je n'ai pas vraiment faim...

— Vous allez manger », lui dit-il d'un ton sans appel.

Jeff Connors s'approcha de leur table.

« Salut, Matt. » Il regarda Dana. « Bonjour.

— Dana, je vous présente Jeff Connors, dit Baker. C'est le rédacteur en chef des pages sportives du *Tribune*. »

Dana fit un vague signe de tête.

« Je suis un de vos grands admirateurs, mademoiselle Evans. Je suis heureux que vous vous en soyez sortie saine et sauve. »

Dana hocha de nouveau la tête.

« Tu veux te joindre à nous, Jeff ?

— Avec plaisir. » Il s'assit et dit à Dana :

« J'essayais de ne rater aucun de vos reportages. Je les trouvais excellents.

— Merci, bredouilla-t-elle.

— Jeff que voici est un de nos grands sportifs. Il a été désigné comme l'un des meilleurs joueurs de l'histoire du base-ball. »

Elle acquiesça cette fois encore d'un léger signe de tête.

« Si par hasard vous êtes libre, reprit Jeff, vendredi les Orioles jouent contre les Yankees à Baltimore. C'est... »

Dana eut alors un premier regard pour lui. « Ça a l'air passionnant. Il s'agit, si je comprends bien, de frapper la balle et de courir autour du terrain pendant que l'autre équipe essaie de vous arrêter, c'est ça? »

Jeff Connors la regarda d'un œil méfiant.

« Enfin, c'est... »

Dana se leva et dit d'une voix tremblante :

« J'ai vu des gens courir autour d'un terrain mais c'était pour sauver leur vie parce qu'on leur tirait dessus! » Elle était au bord de la crise de nerfs. « Ce n'était pas un jeu et ce n'était pas... ce n'était pas ce base-ball stupide. »

Les autres personnes présentes dans la salle à manger se retournèrent pour la dévisager.

« Vous pouvez aller au diable », ajouta-t-elle en sanglotant. Et elle se précipita hors de la pièce.

Jeff Connors se tourna vers Baker.

« Je suis terriblement navré. Je ne voulais pas...

— Ce n'est pas ta faute. Elle n'est pas encore vraiment rentrée de là-bas. Et Dieu sait qu'elle a le droit de craquer. »

Dana courut vers son bureau dont elle claqua la porte. Elle alla s'asseoir à sa table de travail pour tenter de retrouver ses esprits. *Oh, mon Dieu, je me suis ridiculisée. On va me licencier et je l'aurai mérité. Pourquoi ai-je agressé cet homme? Comment ai-je pu me comporter de façon aussi affreuse? Je ne suis plus chez moi ici. Je ne suis plus chez moi nulle part.* Elle resta là, la tête sur son bureau, à sangloter.

Quelques minutes plus tard, la porte s'ouvrit et quelqu'un entra. Elle leva les yeux. C'était Jeff Connors. Il portait un plateau sur lequel il y avait un sandwich bacon, laitue, tomate, ainsi qu'une tarte maison.

« Vous avez oublié votre déjeuner », dit-il d'une voix posée.

Dana, humiliée, essuya ses larmes.

« Je... je voudrais m'excuser. Je regrette vraiment. Je n'avais pas le droit de...

— Vous aviez tous les droits, dit-il d'une voix calme. De toute façon, a-t-on besoin d'assister à ces stupides matchs de base-ball ? » Il posa le plateau sur le bureau. « Vous permettez que je vous tienne compagnie pendant que vous déjeunez ? » Il s'assit.

« Je n'ai pas faim. Merci. »

Il soupira. « Vous me mettez dans une situation très délicate, mademoiselle Evans. Matt dit que vous devez manger. Vous ne voudriez pas qu'on me licencie, n'est-ce pas ? »

Dana s'efforça de sourire. « Non. » Elle prit une moitié du sandwich qu'elle mordilla.

« Prenez une bouchée plus grosse que ça. »

Elle mordit encore un peu dans le sandwich.

« Plus grosse. »

Elle leva les yeux sur lui. « Vous avez vraiment décidé de me faire manger ce truc, on dirait ?

— En effet. » Il la regarda mordre plus largement dans le sandwich. « C'est mieux. A propos, si vous êtes libre vendredi soir, je ne sais pas si je vous en ai parlé, mais il y a un match entre les Orioles de Baltimore et les Yankees. Ça vous dirait ? »

Elle le regarda et acquiesça. « Oui. »

Lorsque Dana se présenta à l'entrée de la Maison-Blanche à quinze heures, cet après-midi-là, le garde de faction lui dit :

« Monsieur Tager voudrait vous voir, mademoiselle Evans. Je vais vous faire conduire à son bureau. »

Quelques minutes plus tard, un huissier la conduisait au bureau de Peter Tager au bout d'un long couloir. Tager l'attendait.

« Monsieur Tager...

— Je ne m'attendais pas à vous voir si tôt, mademoiselle Evans. Votre chaîne de télévision ne vous a pas accordé quelques jours de repos ?

— Je n'en ai pas voulu, dit Dana. Je... J'ai besoin de travailler.

— Asseyez-vous, je vous en prie. » Elle prit place devant lui. « Puis-je vous offrir quelque chose ?

— Non, merci. Je viens de déjeuner. » Elle sourit intérieurement en repensant à Jeff Connors.

« Monsieur Tager, je tenais à vous remercier pour ce que vous et le Président avez fait pour venir à mon secours. » Elle hésita. « Je sais que le *Tribune* n'a pas été très tendre avec le Président et je... »

Peter Tager leva une main.

« Il s'agissait là de quelque chose qui allait au-delà de la politique. Le Président n'allait tout de même pas les laisser s'en tirer comme ça. Vous connaissez l'histoire d'Hélène de Troie ?

— Oui. »

Il sourit.

« Nous avons risqué une guerre pour défendre votre personne. Vous êtes quelqu'un de très important.

— Ce n'est pas mon sentiment.

— Je tiens à ce que vous sachiez que le Président et moi-même sommes ravis que l'on vous ait nommée correspondante de votre journal à la Maison-Blanche.

— Merci. »

Il resta quelques instants silencieux.

« Il est seulement regrettable que le *Tribune* n'aime pas le président Russell, mais vous n'y pouvez rien. Malgré cela, sur un plan tout à fait personnel, si nous pouvons vous être utiles, le

Président et moi-même en serions heureux. Nous avons, lui et moi, énormément de respect pour vous.

— Merci. Je vous en sais gré. »

La porte s'ouvrit et Oliver entra dans la pièce. Dana et Peter se levèrent.

« Asseyez-vous », dit Oliver. Il alla vers Dana et lui dit : « Bienvenue parmi nous.

— Merci, monsieur le Président, dit-elle. Merci sincèrement. »

Oliver sourit.

« Si on est impuissant à sauver des vies, à quoi bon être Président ? Je tiens à être franc avec vous, mademoiselle Evans. Personne ici ne porte votre journal dans son cœur. Mais nous comptons tous parmi vos admirateurs.

— Merci.

— Peter va vous faire visiter la Maison-Blanche. Si vous avez le moindre problème, nous sommes à votre disposition.

— C'est très aimable à vous.

— Si ça ne vous ennuie pas, je voudrais que vous fassiez la connaissance de monsieur Werner, le Secrétaire d'État. J'aimerais que vous le renseigniez de vive voix sur la situation en Bosnie-Herzégovine.

— Avec plaisir », dit Dana.

Une douzaine d'hommes, assis dans la salle de réunion personnelle du Secrétaire d'État, écoutaient le récit que Dana leur faisait de son expérience bosniaque.

« La plupart des immeubles de Sarajevo sont endommagés ou détruits... il n'y a pas d'électricité et les gens qui ont encore une voiture en démontent la batterie le soir pour faire marcher leur poste de télévision...

« Les rues de la ville sont obstruées par les débris de voitures, de charrettes, de bicyclettes touchées par les bombardements. On se déplace surtout à pied...

« Lorsqu'il y a un orage, les gens recueillent l'eau des caniveaux dans des seaux...

« Là-bas, on n'a aucun respect pour la Croix-Rouge ou les journalistes. Plus de quarante correspondants ont été tués en couvrant la guerre en Bosnie et des douzaines d'autres ont été blessés... Que la révolte actuelle contre Slobodan Milosevic réussisse ou non, le sentiment général là-bas est que son régime sort gravement affaibli de ce soulèvement populaire... »

La réunion dura deux heures. Pour Dana, cette rencontre fut à la fois traumatisante et cathartique, car décrire ainsi la réalité des faits lui permit de revivre une fois de plus les scènes terribles dont elle avait été témoin ; ce lui fut par ailleurs un soulagement d'en être capable. Lorsqu'elle eut fini, elle se sentit vidée.

« Je tiens à vous remercier, mademoiselle Evans, dit le Secrétaire d'État. Ces informations nous ont été très précieuses. » Il sourit. « Je suis heureux que vous soyez rentrée indemne.

— Moi aussi, monsieur. »

Le vendredi soir, Dana était assise à côté de Jeff Connors dans la tribune réservée à la presse au stade de Camden Yards, en train d'assister au match de base-ball. Et pour la première fois depuis son retour, elle parvint à penser à autre chose qu'à la guerre. Tout en regardant les joueurs sur le terrain, elle écouta l'annonceur qui commentait la partie.

« ... Et nous sommes dans la première moitié de la sixième manche et c'est Nelson qui lance. Alomar frappe un coup droit au champ centre et cela lui permet d'arriver jusqu'à la deuxième base. C'est maintenant au tour de Palmeiro de venir à la batte. On en est à deux balles et un *strike*. Nelson lance une balle rapide bien centrée et Palmeiro s'élance pour la frapper. Quel coup ! On dirait bien que la balle va passer par-dessus le mur du champ droit. Elle passe par-dessus ! Palmeiro fait le tour des bases avec un *home-run* qui vaut pour deux buts et permet aux Orioles de prendre les devants... »

A la fin de la septième manche, Jeff se leva et regarda Dana. « Ça vous plaît ? »

Dana lui rendit son regard et répondit :

« Oui. »

De retour à Washington après le match, ils allèrent souper dans un endroit appelé le Bistro Twenty Fifteen.

« Je voudrais m'excuser de la manière dont je me suis comportée l'autre jour, dit Dana. C'est que j'ai vécu dans un monde... » Elle marqua une pause, ne sachant trop comment formuler la chose. « Où tout était une question de vie ou de mort. Tout. C'est affreux. Ces gens n'ont aucun espoir, à moins que l'on ne mette fin à cette guerre.

— Dana, dit doucement Jeff, vous ne pouvez pas vous interdire de vivre à cause de ce qui se passe là-bas. Il faut que vous recommenciez à vivre. Ici.

— Je sais. Seulement... ce n'est pas facile.

— Évidemment. J'aimerais vous aider. Me laisserez-vous vous aider ? »

Dana le regarda un long moment.

« Je vous en prie. »

Le lendemain, Dana avait rendez-vous avec Jeff Connors pour le déjeuner.

« Vous pouvez passer me prendre ? » lui demanda-t-il. Il lui donna une adresse.

« D'accord. » Dana se demanda ce que Jeff faisait dans ce quartier, l'un des plus peuplés et des plus agités de la capitale. Elle découvrit la réponse à sa question en arrivant sur place.

Jeff était entouré de deux équipes de joueurs de base-ball âgés de neuf à treize ans, vêtus de tenues de base-ball plus fantaisistes les unes que les autres. Dana se gara au bord du trottoir pour les regarder.

« Et n'oublie pas, disait Jeff. Ne te précipite pas. Lorsque le lanceur lance la balle, imagine qu'elle vient vers toi très lentement, de manière à avoir amplement le temps de la frapper. Sens le contact de la batte contre la balle. Laisse ton esprit guider la main afin de... »

Levant les yeux, il aperçut Dana. Il lui fit signe de la main.

« Voilà, les mecs. Ce sera tout pour aujourd'hui.

— C'est ta copine, Jeff ? demanda l'un des garçons.

— Ça se pourrait, si j'ai un peu de chance. » Jeff sourit. « Au revoir. » Il se dirigea vers la voiture de Dana.

« Une sacrée équipe de base-ball, dit Dana.

— Ce sont de braves gosses. Je les entraîne une fois par semaine. »

Elle sourit.

« Voilà qui me plaît. » Et elle pensa à Kemal, se demandant ce qu'il devenait.

À mesure que les jours passaient, Dana prenait conscience qu'elle commençait à s'attacher à Jeff. Il était sensible, intelligent et amusant. Elle se plaisait en sa compagnie. Les horribles souvenirs de Sarajevo s'effaçaient lentement. Vint enfin un matin où elle se réveilla sans avoir fait de cauchemars.

Lorsqu'elle en parla à Jeff, celui-ci lui prit la main et lui dit : « C'est ainsi que je vous aime. »

Elle se demanda comment interpréter ces

paroles et s'il fallait y entendre une signification plus profonde.

Une lettre écrite à la main attendait Dana à son bureau : « mademoiselle Evans, ne vous faites pas de souci pour moi. je suis heureux, je ne me sens pas seul. je ne m'ennuie de personne, et je vais vous renvoyer les vêtements que vous m'avez achetés parce que je n'en ai plus besoin, j'en ai maintenant qui sont à moi. au revoir. » C'était signé « kemal ».

L'enveloppe portait le cachet de Paris et le papier était à l'en-tête d'un foyer pour garçons du nom de Xavier. Dana relut la lettre puis décrocha le téléphone. Il lui fallut quatre heures pour joindre Kemal.

Elle entendit enfin sa voix, un « Bonjour » timide.

« Kemal, c'est Dana Evans. » Il n'y eut pas de réponse. « J'ai reçu ta lettre. » Silence. « Je voulais seulement te dire que je suis contente de te savoir heureux et de voir que tout va bien pour toi. » Elle marqua une pause puis continua. « Je voudrais bien être aussi heureuse que toi. Sais-tu pourquoi je ne suis pas heureuse ? Parce que tu me manques. Je pense beaucoup à toi.

— Non, vous ne pensez pas à moi, dit Kemal. Vous ne vous souciez pas de moi.

— Tu te trompes. Ça te dirait de venir à Washington et de vivre avec moi ? »

Il se fit un long silence. « Vous... vous parlez sérieusement ?

— Oui, crois-moi. Dis, ça te plairait ?

— Je... » Il se mit à pleurer.

« Tu veux bien, Kemal ?

— Oui... oui, madame.

— Je vais faire le nécessaire.

— Mademoiselle Evans ?

— Oui ?

215

— Je vous aime. »

Dana et Jeff Connors se promenaient dans West Potomac Park, un grand jardin public de Washington.

« Je crois que je vais bientôt vivre avec quelqu'un, dit Dana. Il devrait être ici dans quelques semaines. »

Jeff la regarda, surpris. « Il ? »

Sa réaction fit plaisir à Dana. « Oui. Il s'appelle Kemal. Il a douze ans. » Elle lui raconta toute l'histoire.

« Il m'a tout l'air d'un gosse épatant.

— Oui. Il a vécu l'enfer, Jeff. Je veux l'aider à oublier. »

Il regarda Dana et dit :

« Moi aussi j'aimerais l'y aider. »

Ce soir-là, ils firent l'amour pour la première fois.

16

Il y a deux Washington. L'un est une ville d'une beauté hors du commun : architecture imposante, musées d'une richesse extraordinaire, statues, monuments dédiés aux géants du passé, Lincoln, Jefferson, Washington... une ville de parcs verdoyants, de cerisiers en fleur, et dont l'air est d'une douceur de velours.

L'autre Washington est une citadelle de sans-abri, une ville qui possède l'un des taux de criminalité les plus élevés du pays, un labyrinthique coupe-gorge où l'on agresse et tue.

Le Monroe Arms est un élégant hôtel discrètement en retrait, presque à l'angle de la 27ᵉ Rue et de K Street. Cet hôtel ainsi que la boutique attenante ne font pas de publicité et touchent surtout une clientèle d'habitués. L'hôtel fut construit il y a un certain nombre d'années par Lara Cameron, alors jeune directrice d'une société de promotion immobilière.

Une expression de perplexité se peignit sur le visage de Jeremy Robinson, le directeur général de l'hôtel, qui venait de prendre son travail du soir et étudiait le registre des clients. Il était en train de vérifier le nom des occupants des suites avec terrasse, réservées à l'élite de la clientèle, pour s'assurer une fois de plus que personne n'avait commis d'erreur.

Dans la suite 225, une actrice sur le retour répétait une pièce qui allait être donnée au National Theater. A en croire l'article du *Washington Post,* elle espérait ainsi renouer avec le succès.

La 325, la suite au-dessus de la sienne, était occupée par un marchand d'armes bien connu qui venait régulièrement à Washington. Il figurait sur le registre sous le nom de J.L. Smith mais, à en juger par son apparence, il venait plus probablement d'un pays du Moyen-Orient. Ses pourboires étaient d'une générosité inhabituelle.

La suite 425 était attribuée à William Quint, un membre du Congrès qui présidait la puissante commission d'enquête sur la drogue.

Au-dessus, la suite 525 était occupée par un vendeur de logiciels qui venait à Washington une fois par mois.

Pat Murphy, un lobbyiste international, était enregistré dans la suite 625.

Jusque-là, tout va bien, se dit Jeremy Robinson. Il connaissait très bien ces clients. C'était la suite 725, la Suite impériale, à l'étage supérieur, qui le laissait songeur. La suite la plus élégante de l'hôtel, que l'on réservait aux personnalités de marque. Elle occupait l'étage tout entier et était décorée, avec un goût exquis, de tableaux et de meubles anciens de grande valeur. Elle possédait son ascenseur privé, de manière à ce que les clients désireux de conserver l'anonymat puissent aller et venir en toute discrétion.

Ce qui intriguait Jeremy Robinson, c'était le nom du client : Eugene Grant. Existait-il vraiment quelqu'un qui portait ce nom ou était-ce un admirateur de l'écrivain Thomas Wolfe qui avait choisi le nom d'un de ses personnages comme pseudonyme ?

Carl Gorman, le réceptionniste de jour qui avait enregistré l'éponyme M. Grant, était parti en vacances quelques heures plus tôt, impossible de le joindre. Robinson détestait les mystères. Qui était cet Eugene Grant et pourquoi lui avait-on donné la Suite impériale ?

Dans la suite 225, au deuxième étage, Gisella Barrett était en pleine répétition. C'était une sexagénaire avancée à l'air distingué, une actrice qui avait naguère fasciné le public et les critiques tant du West End londonien que de Broadway. Son visage gardait quelques traces de sa beauté passée, brouillées par l'amertume.

Elle avait lu l'article du *Washington Post*, lequel disait qu'elle était venue à Washington pour effectuer un retour à la scène. *Un retour à la scène !* avait-elle pensé avec indignation. *Comment osent-ils ! Je n'ai jamais quitté les planches !*

Certes, il y avait plus de vingt ans qu'elle n'était pas montée sur une scène mais cela venait de ce qu'une grande actrice a besoin d'un rôle à sa mesure, d'un brillant metteur en scène et d'un producteur compréhensif. Les metteurs en scène actuels étaient trop jeunes pour se confronter à la grandeur du vrai Théâtre, et les grands producteurs britanniques — H.M. Tenant, Binkie Beaumont, C.B. Cochran — n'étaient plus de ce monde. Même les producteurs américains raisonnablement compétents, Helburn, Belasco et Golden, avaient disparu. C'était indiscutable : le théâtre actuel était sous la coupe de parvenus ignorants et sans formation. Le temps jadis avait été tellement merveilleux. Les auteurs dramatiques d'alors trempaient leur plume dans la foudre. Gisella Barrett — anoblie et qui portait désormais le titre de Dame Barrett — avait joué le rôle vedette d'Elie Dunn dans la pièce de George Bernard Shaw *Heartbreak House*.

Avec quel enthousiasme les critiques ne parlaient-ils pas de moi! Pauvre George. Il détestait qu'on l'appelle George. Il préférait Bernard. On le trouvait caustique et amer mais, au fond, c'était vraiment un Irlandais romantique. Il m'envoyait des roses. Je crois qu'il était trop timide pour oser davantage. Peut-être craignait-il que je ne l'éconduise.

Elle allait à présent remonter sur scène dans l'un des rôles les plus puissants jamais écrits pour le théâtre, celui de Lady Macbeth, un rôle qui lui convenait à la perfection.

Dame Barrett disposa une chaise devant un mur nu afin de ne pas être distraite par le spectacle de la rue. Elle s'assit, prit une profonde inspiration, et commença à se couler dans le personnage de Shakespeare.

Come, you spirits
That tend on mortal thoughts! Unsex me here,
And fill me from the crown to the toe top-full
Of direst cruelty; make thick my blood,
Stop up the access and passage to remorse,
That no compunctions visitings of nature

Shake me fell purpose, nor keep the peace between
The effect and it!

Venez, vous, esprits
Qui assistez les pensées meurtrières! Desexez-
　　　　　　　　　　　　　　　　　[moi ici même
Et emplissez-moi de la couronne à la pointe
　　　　　　　　　　　　　　　　　　[des pieds
De la plus atroce cruauté; épaississez mon
　　　　　　　　　　　　　　　　　　　[sang,
Fermez en moi tout accès, tout passage au
　　　　　　　　　　　　　　　　　　[remords,
Afin qu'aucun retour compatissant de la
　　　　　　　　　　　　　　　　　　[nature
N'ébranle ma volonté farouche et ne s'interpose
Entre elle et l'acte!

« ... Pour l'amour de Dieu, comment peuvent-ils être aussi bêtes? Depuis le temps que je descends dans cet hôtel, on s'attendrait à... »

La voix tonitruante qui lui parvenait par la fenêtre ouverte provenait de la suite de l'étage supérieur.

Dans la suite 345, J.L. Smith, le marchand d'armes, était en train d'admonester un garçon d'étage.

« ... On devrait savoir depuis le temps que je ne commande jamais que du caviar Beluga. Du Beluga! » Il désigna une assiette de caviar posée sur le chariot de service. « Ça, c'est un plat tout juste bon pour un paysan.

— Je suis vraiment navré, monsieur Smith. Je vais descendre à la cuisine et...

— Laissez tomber. » J.L. Smith regarda sa Rolex sertie de diamants. « Je n'ai pas le temps. J'ai un rendez-vous important. » Il se leva et se dirigea vers la porte. Il était attendu chez son avocat. La veille, un grand jury fédéral l'avait inculpé sous quinze chefs d'accusation pour avoir donné illégalement des cadeaux au Secrétaire à la Défense. S'il était déclaré coupable, il risquait trois ans de prison et une amende d'un million de dollars.

Dans la suite 425, William Quint, le congressiste, qui appartenait à une vieille famille installée à Washington depuis trois générations, était en réunion avec trois membres de la commission d'enquête qu'il présidait.

« Le problème de la drogue dans cette ville est en train de nous échapper complètement, dit Quint. Il faut que nous reprenions les choses en main. » Il se tourna vers Dalton Isaak. « Quel est votre avis sur la question ?

— Tout vient des gangs de la rue. La bande de Brentwood empiète sur le territoire de la bande de la 14e Rue et celle de Simple City et casse les prix. Cette guerre a fait quatre victimes le mois dernier.

— Cela ne saurait continuer. C'est mauvais pour les affaires. Je ne cesse de recevoir des appels du procureur et du chef de la police qui me demandent ce que je compte faire à cet égard.

— Que leur avez-vous dit ?

— La même chose que d'habitude. Que nous enquêtons. » Il se tourna vers son assistant. « Arrangez-vous pour rencontrer la bande de Brentwood. Dites-leur que s'ils tiennent à notre protection, ils vont devoir aligner leurs prix sur ceux des autres. » Il se tourna vers un autre de ses assistants. « Combien avons-nous fait le mois dernier ?

— Dix millions de dollars ici, dix millions à l'étranger.

— Prenons le taureau par les cornes. La drogue dans cette ville est en train de devenir sacrément trop coûteuse. »

Dans la suite du dessus, la 525, Norman Haff, étendu nu sur son lit, regardait un film porno sur la chaîne en circuit fermé de l'hôtel. C'était un homme à la peau pâle, aux chairs flasques et à l'énorme bedaine pleine de bière. Il tendit le bras pour caresser la poitrine de sa compagne de lit.

« Regarde-les faire, Irma. » Il parlait dans un murmure étranglé. « Tu veux que je te fasse la même chose ? » Il entoura de ses doigts le ventre de sa compagne sans quitter des yeux l'écran où une femme était en train de faire passionnément l'amour à un homme. « Dis, ça t'excite, *baby* ? Moi, ça me fait bander. »

Il glissa deux doigts entre les jambes d'Irma. « Je suis prêt », fit-il dans un grognement. Il saisit la poupée gonflable et la pénétra. Le vagin de la poupée mue par une pile s'ouvrit et se referma sur lui, le serrant de plus en plus fort.

« Oh, mon Dieu ! » s'écria-t-il. Il poussa un grognement satisfait. « Oui ! Oui ! »

Il éteignit la pile et resta étendu, haletant. Il se sentait merveilleusement bien. Il se servirait de nouveau d'Irma au matin avant de la dégonfler et de la mettre dans une valise.

Norman était représentant de commerce, et passait le plus clair de son temps en tournée dans des villes inconnues où il souffrait de la solitude. Il avait découvert Irma plusieurs années auparavant et n'avait plus besoin depuis d'autre compagnie féminine. Ses amis de la profession, qui voyageaient comme lui dans tout le pays, levaient comme des idiots des traînées et des putes professionnelles, mais lui, Norman, était plus malin.

Irma ne lui refilerait jamais de maladies.

A l'étage au-dessus, dans la suite 625, la famille de Pat Murphy revenait tout juste de dîner à l'extérieur. Tim Murphy, âgé de douze ans, se tenait sur le balcon qui dominait le parc.

« Demain, est-ce qu'on pourra grimper au sommet du monument, papa ? demanda-t-il d'une voix suppliante. S'il te plaît ?

— Non, dit son frère cadet. Moi, je veux aller au Smithsonian Institute.

— A la Smithsonian Institution, le corrigea son père.

— Peu importe. Je veux y aller. »

C'était la première visite des enfants dans la capitale, alors même que leur père y passait une bonne moitié de l'année. Pat Murphy était un lobbyiste qui réussissait bien et qui côtoyait certaines personnalités parmi les plus importantes de Washington.

Son père avait été maire d'une petite ville de l'Ohio, et Pat avait développé en grandissant une véritable fascination pour la politique. Son meilleur ami d'enfance avait été un garçon du nom de Joey. Ils étaient allés à l'école ensemble, avaient passé l'été dans les mêmes colonies de vacances et tout partagé. Une amitié véritable les liait. Tout cela avait changé le jour où les parents de Joey étaient partis en vacances et avaient laissé leur fils chez les Murphy. Au milieu de la nuit, Joey était entré dans la chambre de Pat et avait grimpé sur son lit. « Pat, avait-il chuchoté. Réveille-toi. »

Pat avait brusquement ouvert les yeux. « Quoi ? Qu'est-ce qu'il y a ?

— Je me sens seul, avait murmuré Joey à voix basse. J'ai besoin de toi. »

Pat Murphy était décontenancé. « Pour quoi faire ?

— Mais tu ne comprends donc pas ? Je t'aime.

J'ai envie de toi. » Et il l'avait embrassé sur les lèvres.

C'est alors qu'il avait compris, horrifié, que Joey était homosexuel. Il en avait été révulsé et n'avait plus jamais adressé la parole à Joey par la suite.

Pat Murphy méprisait les homosexuels. C'était des tantes, des pédales, des tapettes, une engeance maudite de Dieu et qui essayait de séduire des enfants innocents. Cette haine et ce dégoût s'étaient transformés chez lui en une véritable croisade de chaque instant qui le faisait voter pour des candidats antihomosexuels et discourir à tout propos sur les périls et les dangers de l'homosexualité.

Dans le passé, il était toujours venu à Washington seul mais, cette fois, sa femme avait insisté mordicus pour qu'il les y emmène, elle et les enfants.

« Nous voulons voir quelle sorte d'existence tu mènes quand tu es là-bas », avait-elle dit. Et il avait finalement cédé.

A présent, regardant sa femme et ses enfants, il se disait : *C'est l'une des dernières fois que je les vois. Comment ai-je pu faire une telle bêtise ? Mais bientôt tout sera terminé.* Sa famille avait formé des projets pour la journée du lendemain. Mais il n'y aurait pas de lendemain. Au matin, lorsqu'ils se réveilleraient, lui serait déjà en route pour le Brésil.

Alan l'y attendait.

Dans la suite 725, la Suite impériale, régnait un silence total. *Respire*, se dit-il. *Il faut que tu respires... plus lentement, plus lentement...* Il regarda le corps mince et nu de la jeune fille sur le plancher et pensa : *Ce n'était pas ma faute. Elle a glissé.*

Elle s'était fendu la tête en tombant contre le

rebord tranchant de la table en fer forgé, et du sang suintait de son front. Il lui avait tâté le poignet. Son pouls ne battait plus. Incroyable. Elle était bien vivante et voilà que l'instant d'après...

Il faut que je déguerpisse d'ici. Tout de suite ! Il se détourna du corps et commença à enfiler précipitamment ses vêtements. Il allait s'ensuivre un scandale peu ordinaire, un scandale qui allait ébranler le monde. *Personne ne doit jamais savoir que j'ai occupé cette suite.* Lorsqu'il eut fini de s'habiller, il se rendit dans la salle de bains, humecta une serviette et entreprit de frotter la surface de tous les objets qu'il avait touchés.

Après s'être finalement assuré de n'avoir laissé aucune empreinte digitale susceptible de le trahir, il jeta un dernier regard à la ronde. Son sac à main ! Il prit le sac de la fille sur le canapé et se dirigea vers l'autre bout de l'appartement où l'attendait la cage de l'ascenseur privé. Il appuya sur G. Quelques secondes plus tard la porte s'ouvrit et il se retrouva dans le garage. Celui-ci était désert. Il fit un pas en direction de sa voiture puis, se rappelant soudainement quelque chose, revint rapidement sur ses pas. Il sortit son mouchoir et essuya ses empreintes sur les boutons de l'ascenseur. Il resta dans l'ombre et épia les environs pour s'assurer qu'il était toujours seul. Finalement, satisfait de son inspection, il alla vers sa voiture, ouvrit la portière et s'assit au volant. Un moment plus tard, il mettait le contact et sortait du garage.

C'est une femme de ménage philippine qui découvrit, étalé sur le sol, le corps de la défunte. « *O Dios ko, kawawa naman iyong babae !* » Elle se signa et se précipita hors de la pièce en appelant au secours.

Trois minutes plus tard, Jeremy Robinson et Thom Peters, le chef du service de sécurité de l'hôtel, étaient dans la Suite impériale en train de contempler le corps nu de la fille.

« Ça alors, dit Thom. Elle ne doit pas avoir plus de seize, dix-sept ans. » Il se tourna vers le directeur de l'hôtel. « On ferait mieux d'appeler la police.

— Attendez ! » *La police. La presse. La publicité.* Dans un bref instant de folie, Robinson se demanda s'il ne serait pas possible de sortir en catimini le corps. « Oui, sans doute », dit-il finalement à contrecœur.

Thom Peters tira de sa poche un mouchoir dont il se servit pour décrocher le téléphone.

« Qu'est-ce que vous faites ? demanda Robinson d'un ton impératif. Nous ne sommes pas sur le lieu d'un crime. C'était un accident.

— Nous n'en savons encore rien, n'est-ce pas ? »

Il composa un numéro et attendit. « Brigade criminelle. »

L'inspecteur Nick Reese ressemblait au flic de terrain, intelligent et rustre, que l'on rencontre dans les polars de série. Grand et musclé, il avait le nez cassé, souvenir d'une ancienne carrière de boxeur. Il avait commencé comme simple agent dans les services de police du Washington Metropolitan pour monter lentement en grade : chef de patrouille, sergent, lieutenant. Promu ensuite inspecteur principal, il avait, durant les dix dernières années écoulées, résolu plus d'affaires que quiconque parmi ses collègues.

L'inspecteur Reese, immobile, examina calmement les lieux. Une demi-douzaine d'hommes se trouvaient dans la suite avec lui. « Est-ce qu'on l'a touchée ?

— Non, répondit Robinson avec un haussement d'épaules.

— Qui est-ce ?

226

« — Je ne sais pas. »

Reese se tourna pour regarder le directeur de l'hôtel. « Une jeune fille est trouvée morte dans votre Suite impériale et vous ignorez qui elle est ? L'hôtel ne tient pas de registre de la clientèle ?

— Bien sûr que si, Inspecteur, mais dans le cas présent... » Il hésita.

« Dans le cas présent... ?

— La suite était au nom d'un certain Eugene Grant.

— Qui est cet Eugene Grant ?

— Je l'ignore. »

L'inspecteur Reese commençait à s'impatienter.

« Écoutez. Si quelqu'un a réservé cette suite, il a bien fallu qu'il la paie... en liquide, avec une carte de crédit, en nature, je ne sais pas, moi. La personne qui a remis les clés de la suite à ce Grant a bien dû le voir. Qui lui a remis les clés ?

— Notre réceptionniste de jour, Gorman.

— Je veux lui parler.

— Je... je crains que ce ne soit impossible.

— Oh ? Pourquoi ?

— Il est parti en vacances aujourd'hui.

— Appelez-le. »

Robinson soupira. « Il n'a pas dit où il allait.

— Quand revient-il ?

— Dans deux semaines.

— Je vais vous confier un petit secret. Je n'ai pas l'intention d'attendre deux semaines. Je veux des renseignements tout de suite. On a bien dû voir quelqu'un entrer ou sortir de cette suite.

— Pas nécessairement, dit Robinson pour s'excuser. Outre la sortie normale, cette suite a un ascenseur privé qui descend directement au garage du sous-sol... Je ne sais pas pourquoi on fait tant d'histoires. Il... il s'agit manifestement d'un accident. Elle s'était sans doute droguée.

Elle aura fait une overdose, aura trébuché et sera tombée. »

Un autre inspecteur s'approcha de Reese. « J'ai vérifié dans les placards. Sa robe vient de chez Gap, ses chaussures sont des Wild Pair. Rien à espérer de ce côté-là.

— On n'a rien du tout pour l'identifier ?

— Non. Si elle avait un sac à main, il a disparu. »

L'inspecteur Reese examina de nouveau le corps. Il se tourna vers un agent de police qui se trouvait là. « Apportez-moi une savonnette. Mouillez-la. »

L'agent resta là à le dévisager. « Je vous demande pardon ?

— Une savonnette mouillée.

— Oui, monsieur. » L'agent s'éloigna rapidement.

L'inspecteur Reese s'agenouilla auprès du corps de la fille et examina la bague qu'elle avait au doigt. « On dirait une bague de *high school*. »

Une minute plus tard, l'agent de police revint et tendit à Reese une savonnette mouillée.

Reese enduisit doucement le doigt de la fille de savon et retira avec soin la bague qu'il examina sous tous les angles.

« C'est une bague portée par les élèves d'une classe du Denver High School. Il y a des initiales dessus, P.Y. » Il se tourna vers son collègue. « Vérifie ça. Appelle l'école et découvre de qui il s'agit. Il faut l'identifier au plus vite. »

L'inspecteur Ed Nelson, l'un des préposés au relèvement d'empreintes, s'approcha de l'inspecteur Reese.

« Il y a un truc vraiment bizarre, Nick. Nous avons relevé les empreintes partout mais quelqu'un a pris la peine de les effacer sur toutes les poignées de portes.

228

« — Il y avait quelqu'un avec elle quand elle est morte. Pourquoi cette personne n'a-t-elle pas appelé un médecin ? Pourquoi a-t-elle pris la peine d'essuyer ses empreintes ? Et puis, que faisait donc une gamine dans une suite aussi coûteuse que celle-ci ? »

Il se tourna vers Robinson.

« Comment la suite a-t-elle été payée ?

— Nos livres indiquent qu'elle a été payée en espèces. C'est un coursier qui a livré l'enveloppe dans laquelle se trouvait l'argent. La réservation avait été faite par téléphone. »

Le médecin légiste prit la parole.

« Pouvons-nous déplacer le corps à présent, Nick ?

— J'en ai encore pour une minute. Avez-vous découvert des marques de violence ?

— Non, sauf le traumatisme à la tête. Mais nous allons naturellement faire une autopsie.

— Des traces d'aiguilles ?

— Non, elle n'a rien ni sur les bras ni sur les jambes.

— Violée ?

— Ça, il faut voir. »

L'inspecteur Reese soupira. « Nous avons donc affaire à une étudiante de Denver qui vient à Washington et qui se fait tuer dans l'un des hôtels les plus coûteux de la ville. Quelqu'un essuie ses empreintes et disparaît. Toute cette histoire est louche. Je veux savoir qui a loué cette suite. »

Il se tourna vers le médecin légiste. « Vous pouvez emmener le corps maintenant. » Il s'adressa ensuite à l'inspecteur Nelson : « Avez-vous vérifié les empreintes dans l'ascenseur privé ?

— Oui. L'ascenseur va directement de cette suite au sous-sol. Il n'y a que deux boutons. Ils ont été soigneusement essuyés tous les deux.

229

— Vous avez vérifié dans le garage ?

— Oui. Rien à signaler de ce côté.

— Celui qui a fait ça s'est donné un mal fou pour effacer sa piste. Il s'agit soit de quelqu'un qui est fiché, soit d'une personnalité connue qui s'amuse à faire les sorties d'écoles. » Il se tourna vers Robinson. « Qui loue habituellement cette suite ?

— Elle est réservée à nos clients les plus importants, répondit Robinson avec réticence. Des rois, des Premiers ministres... » Il hésita. « Des Présidents.

— A-t-on passé des appels téléphoniques depuis cet endroit durant les dernières vingt-quatre heures ?

— Je ne sais pas. »

L'inspecteur Reese sentait monter l'agacement. « Mais si c'était le cas, cela figurerait dans vos registres, n'est-ce pas ?

Évidemment. »

L'inspecteur Reese décrocha le téléphone.

« Le standard ? Ici l'inspecteur Nick Reese. Je voudrais savoir si on a téléphoné de la Suite impériale durant les dernières vingt-quatre heures... J'attends. »

Il regarda les hommes en blouse blanche du service médico-légal recouvrir la fille nue et la déposer sur un brancard. *Bon Dieu,* pensa Reese. *Elle avait encore toute la vie devant elle.*

Il entendit la voix de la standardiste.

« Inspecteur Reese ?

— Oui.

— On a téléphoné de la suite hier. Un seul appel. Un appel local. »

Reese sortit un carnet et un crayon. « Quel numéro ?... Quatre-cinq-six-sept-zéro-quatre-un ? » Il commença à noter les chiffres puis s'interrompit brusquement. Il regardait fixement son carnet.

« Oh, merde !

— Qu'est-ce qu'il y a ? » demanda l'inspecteur Nelson.

Reese leva les yeux.

« C'est le numéro de téléphone de la Maison-Blanche. »

17

Le lendemain matin, au petit déjeuner, Jan demanda : « Où étais-tu hier soir, Oliver ? »

Oliver crut que son cœur s'arrêtait de battre. Il était pourtant impossible qu'elle sache ce qui était arrivé. Personne ne le pouvait. « J'avais une réunion avec... »

Jan le coupa net. « La réunion a été annulée. Mais tu n'es pas rentré avant trois heures du matin. J'ai essayé de te joindre. Où étais-tu ?

— Bah, un imprévu, c'est tout. Pourquoi ? Avais-tu besoin de... ? C'était grave ?

— Ça n'a plus d'importance maintenant, dit-elle d'une voix lasse. Oliver, tu ne me fais pas seulement du mal, tu t'en fais aussi à toi-même. Tu as parcouru un tel chemin. Je ne voudrais pas te voir tout perdre à cause... parce que tu ne peux pas... » Elle était en larmes.

Oliver se leva et s'approcha d'elle. Il la prit dans ses bras. « Ça va, Jan. Tout va bien. Je t'aime beaucoup. »

Et c'est vrai, pensa-t-il. *Je l'aime à ma façon. Ce qui est arrivé hier n'était pas ma faute. C'est elle qui a appelé. Je n'aurais jamais dû aller la rejoindre.* Il avait pris toutes les précautions possibles et imaginables pour qu'on ne le voie pas. *Je ne risque rien*, conclut-il.

Peter Tager se faisait du souci pour Oliver. Ayant fini par comprendre que la libido du président Russell était incontrôlable, il était convenu d'un pis-aller avec lui. Certains soirs, Tager organisait des réunions fictives auxquelles le président était prétendument tenu d'assister à l'extérieur de la Maison-Blanche, et il prenait des dispositions pour que l'escorte des agents des Services secrets chargés normalement de l'accompagner s'absentent durant quelques heures.

Lorsque Tager était allé voir le sénateur Davis pour se plaindre de ce qui se passait, celui-ci lui avait dit calmement : « Mais enfin, après tout, Oliver est un homme au sang chaud, très chaud, Peter. Il est parfois impossible de maîtriser des pulsions comme celles-là. J'ai une profonde admiration pour vos principes moraux, Peter. Je sais ce que représente votre famille pour vous et combien la conduite du président doit vous sembler répréhensible. Mais faisons preuve d'un peu de tolérance. Continuez seulement à faire en sorte que tout se passe le plus discrètement possible. »

L'inspecteur Nick Reese détestait entrer dans la salle d'autopsie, une pièce menaçante aux murs tout blancs. Elle sentait le formol et la mort. Lorsqu'il y pénétra, le médecin légiste, Helen Chuan, une petite femme séduisante, l'y attendait.

« Bonjour, dit Reese. Avez-vous terminé l'autopsie ? — Je vous ai préparé un rapport préliminaire, Nick. La jeune fille n'est pas morte de sa blessure à la tête. Son cœur s'était arrêté avant qu'elle ne heurte la table. Elle est morte

d'une overdose de méthylènedioxyméthamphétamine. »

Il soupira.

« Épargnez-moi ce jargon, Helen.

— Pardon. Dans la rue, on appelle ça de
l'ecstasy. » Elle lui tendit le rapport. « Voilà où
nous en sommes pour le moment. »

PROTOCOLE D'AUTOPSIE

NOM DE LA PERSONNE DÉCÉDÉE : INCONNU.
SUJET DE SEXE FÉMININ.

DOSSIER N° : C-L961

RÉSUMÉ ANATOMIQUE

I. CARDIOMYOPATHIE DILATÉE ET HYPERTROPHIÉE

    A. CARDIOMÉGALIE (750 GM)
    B. HYPERTHOPHIE DU VENTRICULE GAUCHE (CŒUR)
       (2,3 CM)
    C. HÉPATOMÉGALIE CONGESTIVE (2750 GM)
    D. SPLÉNOMÉGALIE CONGESTIVE (350 MG)

II. INTOXICATION OPIACÉE AIGUË

    A. CONGESTION PASSIVE AIGUË, TOUS VISCÈRES

III. TOXICOLOGIE (CF. RAPPORT SÉPARÉ)

CONCLUSION (CAUSE DE LA MORT) : CARDIOMYOPATHIE
DILATÉE ET HYPERTROPHIÉE. INTOXICATION OPIACÉE
AIGUË.

Nick leva les yeux du rapport.

« Donc, si on traduit tout cela en langage clair,
elle est morte d'une overdose d'ecstasy ?

— Oui.

— Avait-elle été agressée sexuellement ? »

Helen Chuan marqua un moment d'hésitation
avant de répondre. « L'hymen était brisé et il y

233

avait des traces de sperme et un peu de sang sur les cuisses.

— Elle a donc été violée ?

— Je ne crois pas. »

Reese fronça les sourcils.

« Que voulez-vous dire par "je ne crois pas" ?

— Il n'y avait pas trace de violence. »

L'inspecteur Reese la regarda, perplexe.

« C'est-à-dire ?

— Je pense que le sujet était vierge. C'était sa première expérience sexuelle. »

L'Inspecteur garda le silence, le temps de digérer l'information. Quelqu'un avait été en mesure de convaincre une vierge de monter dans la Suite impériale et d'avoir des rapports sexuels avec lui. Ce devait être quelqu'un qu'elle connaissait. Ou quelqu'un de célèbre ou de puissant.

Le téléphone sonna. Helen Chuan décrocha.

« Bureau du médecin légiste. » Elle écouta quelques instants puis tendit le combiné à l'Inspecteur. « C'est pour vous. »

Nick Reese prit le téléphone.

« Reese. » Son visage s'éclaira. « Oh, oui, madame Holbrook. Merci de me rappeler. C'est une bague de votre école sur laquelle figurent les initiales P.Y. Avez-vous une étudiante avec ces initiales ?... Je vous en saurais gré. Merci, j'attends. »

Il regarda le médecin légiste. « Vous êtes sûre qu'il est impossible qu'elle ait été violée ?

— Je n'ai trouvé aucun signe de violence. Aucun.

— On aurait pu la déflorer après sa mort ?

— Non, je ne pense pas. »

La voix de Mme Holbrook se fit de nouveau entendre sur la ligne. « Inspecteur Reese ?

— Oui.

— Selon notre ordinateur, nous avons une

étudiante qui a les initiales P.Y. Elle s'appelle Pauline Young.

— Pouvez-vous me la décrire, madame Holbrook?

— Oui. Pauline a dix-huit ans. Elle est petite et courtaude, les cheveux noirs...

— Je vois. » *Ce n'est pas la bonne.* « Et c'est la seule?

— La seule étudiante, oui. »

La nuance n'échappa pas à l'Inspecteur. « Vous voulez dire que vous avez un étudiant qui a les mêmes initiales?

— Oui. Paul Yerby. Il est en Terminale. Le fait est qu'il se trouve justement à Washington actuellement. »

Les battements de cœur de l'inspecteur Reese s'accélérèrent. « Il est ici?

— Oui. Une classe d'étudiants du Denver High School est en voyage à Washington pour visiter la Maison-Blanche, le Congrès et...

— Et ils sont tous ici, en ville, à cette heure même?

— Exact.

— Savez-vous par hasard où ils logent?

— A l'hôtel Lombardy. On nous y a fait un prix de groupe. J'avais contacté plusieurs hôtels mais ailleurs ils ne voulaient...

— Merci beaucoup, madame Holbrook. Je vous suis reconnaissant de votre aide. »

Nick Reese raccrocha et se tourna vers le médecin légiste.

« Prévenez-moi lorsque l'autopsie sera complète, voulez-vous, Helen?

— Bien sûr. Bonne chance, Nick. »

Il acquiesça. « Je crois que je viens d'en avoir. »

L'hôtel Lombardy se trouve dans Pennsylvania Avenue, à une encablure de Washington Circle et à deux pas de la Maison-Blanche, de certains monuments et d'une station de métro. L'inspecteur Reese entra dans le hall démodé de l'hôtel et s'approcha d'un réceptionniste assis derrière un comptoir.

« Avez-vous un certain Paul Yerby parmi vos clients ?

— Je regrette. Nous ne donnons pas... »

Reese exhiba son insigne.

« Je suis très pressé, mon ami.

— Oui, monsieur. » Le réceptionniste consulta le registre de l'hôtel.

« Il y a un monsieur Yerby chambre 215. Dois-je...

— Non. Je vais lui faire une surprise. Restez loin du téléphone. »

Reese prit l'ascenseur, sortit au deuxième étage et s'engagea dans le couloir. Il s'arrêta devant la porte 215. Des voix lui parvenaient de l'intérieur. Il déboutonna son veston et frappa à la porte. Un jeune homme vint ouvrir.

« Bonjour.

— Paul Yerby ?

— Non. » Il se tourna vers quelqu'un dans la pièce. « Paul, quelqu'un pour toi. »

Nick Reese entra d'office dans la chambre. Un garçon mince, échevelé et en jean sortait de la salle de bains.

« Paul Yerby ?

— Oui. Qui êtes-vous ? »

Reese sortit son insigne. « Inspecteur Nick Reese. Police criminelle. »

Le garçon pâlit. « Je... En quoi puis-je vous être utile ? »

Nick Reese flaira la peur. Il prit la bague de la fille dans sa poche et la montra au garçon.

« As-tu déjà vu cette bague auparavant, Paul ?

— Non, répondit vivement Yerby. Je...

— Il y a tes initiales dessus.

236

— Ah oui? Oh, bien sûr. » Il hésita. « Ça doit être la mienne. J'ai dû la perdre quelque part.

— A moins que tu ne l'aies donnée à quelqu'un? »

Le garçon s'humecta les lèvres.

« Heu, oui, c'est ça, j'ai dû la donner.

— Tu vas m'accompagner au poste, Paul. »

Celui-ci le regarda nerveusement. « Je suis en état d'arrestation?

— Pourquoi le serais-tu? demanda l'Inspecteur. As-tu commis un crime?

— Bien sûr que non! Je... » Il n'acheva pas sa phrase.

« Alors pourquoi est-ce que je t'arrêterais?

— Je... je ne sais pas. Je ne sais pas pourquoi vous voulez m'emmener au poste. »

Il lorgnait en direction de la porte. L'inspecteur Reese l'attrapa par le bras.

« Allons-y tranquillement. »

Son compagnon de chambre demanda :

« Veux-tu que j'appelle ta mère ou quelqu'un d'autre, Paul? »

Il hocha la tête, pitoyable. « Non. N'appelle personne. » Il parlait d'une manière à peine audible.

Le Henry I. Daly Building, sis au 300 Indiana Avenue, dans le centre-ville de Washington, est un immeuble de cinq étages qui ne paie pas de mine et qui abrite le commissariat central du district fédéral. La brigade criminelle se trouve au deuxième étage. Tandis que l'on photographiait Paul Yerby et que l'on prenait ses empreintes digitales, l'inspecteur Reese alla voir le capitaine Otto Miller.

« Je pense qu'on a du nouveau dans l'affaire du Monroe Arms. »

Miller s'appuya au dossier de sa chaise.

« Je vous écoute.

— J'ai embarqué le petit ami de la fille. Il a une trouille du diable. Nous allons maintenant l'interroger. Voulez-vous assister à l'interrogatoire ? »

Le capitaine Miller fit un signe de tête en direction de la pile de dossiers entassés sur son bureau. « J'ai des mois de travail devant moi. Faites-moi un rapport.

— D'accord. »

L'inspecteur Reese se dirigea vers la porte.

« Nick, veillez à bien lui faire la lecture de ses droits. »

On emmena Paul Yerby dans la salle d'interrogatoire, une pièce exiguë de trois mètres sur quatre, meublée d'un bureau en piteux état et de quatre chaises, et équipée d'une caméra vidéo. Un miroir sans tain permettait aux policiers de suivre les interrogatoires depuis la pièce attenante.

Paul Yerby faisait face à Nick Reese et à deux autres inspecteurs, Doug Hogan et Edgar Bernstein.

« Tu n'ignores pas que cette conversation est enregistrée par une caméra vidéo ? demanda l'inspecteur Reese.

— Oui, monsieur.

— Tu as droit à un avocat. Si tu n'as pas les moyens de t'en offrir un, nous t'en commettrons un d'office.

— Désires-tu la présence d'un avocat ? demanda l'inspecteur Bernstein.

— Je n'ai pas besoin d'avocat.

— Parfait. Tu as le droit de te taire. Si tu renonces à ce droit, tout ce que tu diras pourra être retenu contre toi devant un tribunal. C'est clair ?

— Oui, monsieur.

238

— Comment t'appelles-tu légalement ?

— Paul Yerby.

— Ton adresse ?

— 23 Marion Street, Denver, Colorado. Écoutez, je n'ai rien fait de mal. Je...

— Personne ne dit que tu as fait quelque chose de mal. Nous essayons d'obtenir des informations, Paul. Tu veux bien nous aider, n'est-ce pas ?

— Bien sûr, mais je... je ne sais pas à quoi rime toute cette histoire.

— Tu n'en as pas la moindre idée ?

— Non, monsieur.

— Est-ce que tu as des petites amies, Paul ?

— Ben, vous savez....

— Non, nous ne savons pas. Si tu nous le disais ?

— Enfin, bien sûr. Je vois des filles...

— Tu veux dire que tu fréquentes des filles ? Que tu les sors ?

— Ouais.

— Tu sors avec une en particulier ? »

Il se fit un silence.

« As-tu une petite amie, Paul ?

— Oui.

— Comment s'appelle-t-elle ? demanda l'inspecteur Bernstein.

— Chloe.

— Chloe quoi ? fit l'inspecteur Reese.

— Chloe Houston. »

Reese nota la chose.

« Son adresse, Paul ?

— 602 Oak Street, Denver.

— Quel est le nom de ses parents ?

— Elle vit avec sa mère.

— Et le nom de celle-ci ?

— Jackie Houston. Elle est Gouverneur du Colorado. »

Les inspecteurs se regardèrent. *Merde! Il ne manquait plus que ça!*

Reese prit une bague et la montra au garçon.

« Est-ce que cette bague t'appartient, Paul? »

Il examina l'objet quelques instants puis dit avec réticence :

« Ouais.

— Avais-tu donné cette bague à Chloe? »

Le garçon déglutit nerveusement.

« Je... sans doute.

— Tu n'en es pas sûr?

— Je me souviens maintenant. Oui, je la lui ai donnée.

— Tu es venu à Washington avec des camarades de classe, c'est ça? Un genre de sortie scolaire?

— C'est ça.

— Chloe faisait-elle partie du groupe?

— Oui, monsieur.

— Où est-elle actuellement, Paul? demanda l'inspecteur Hogan.

— Je... je ne sais pas.

— Quand l'as-tu vue pour la dernière fois? continua Hogan.

— Ça doit faire deux jours.

— Deux jours? s'étonna Reese.

— Ouais.

— Et où était-ce? intervint Bernstein.

— A la Maison-Blanche. »

Les inspecteurs échangèrent un regard étonné.

« Elle était à la Maison-Blanche? demanda Reese.

— Oui, monsieur. Nous y étions tous invités pour une visite privée. C'est la mère de Chloe qui avait tout arrangé.

— Et Chloe était avec toi? reprit l'inspecteur Hogan.

— Oui.

— Est-ce que quelque chose d'inhabituel s'est produit durant la visite ? demanda Bernstein.

— Que voulez-vous dire ?

— Eh bien, avez-vous rencontré quelqu'un ou parlé avec quelqu'un durant la visite ?

— Ben, le guide évidemment.

— Et c'est tout ? insista Reese.

— Oui.

— Chloe est restée tout le temps avec le groupe ? s'enquit Hogan.

— Oui... » Yerby hésita. « Non. Elle nous a faussé compagnie pour aller aux toilettes des dames. Elle s'est absentée une quinzaine de minutes. A son retour, elle... » Il s'interrompit.

« Elle quoi ?

— Rien. Elle est revenue, c'est tout. »

Manifestement, il mentait.

« Mon petit, demanda l'inspecteur Reese, est-ce que tu sais que Chloe Houston est morte ? »

Ils le surveillaient attentivement. « Non ! Mon Dieu ! Comment ? » La réaction d'étonnement qui se peignit sur son visage eût pu être feinte.

« Tu ne le sais donc pas ? appuya l'inspecteur Bernstein.

— Non ! Je... je n'arrive pas à le croire.

— Tu n'es donc pour rien dans sa mort, n'est-ce pas ? dit Hogan.

— Bien sûr que non ! Je l'aime... je l'aimais.

— As-tu déjà couché avec elle ? demanda l'inspecteur Bernstein.

— Non. Nous... nous attendions. Nous allions nous marier.

— Mais il vous arrivait parfois de consommer des drogues tous les deux ? dit Reese.

— Non ! Nous ne prenions jamais de drogue. »

La porte s'ouvrit et un inspecteur solidement bâti, Harry Carter, entra dans la pièce. Il s'approcha de Reese à qui il murmura quelque chose à l'oreille. Reese acquiesça. Il resta quelques instants silencieux à dévisager Paul Yerby. Puis :

« Quand as-tu vu Chloe Houston pour la dernière fois ?

— Je vous l'ai dit, à la Maison-Blanche. » Il s'agita sur sa chaise.

L'inspecteur Reese se pencha vers lui.

« Tu es dans de sales draps, Paul. On a trouvé tes empreintes partout dans la Suite impériale de l'hôtel Monroe Arms. Comment se fait-il ? »

Paul Yerby demeura silencieux, le visage blême.

« Tu peux cesser de mentir à présent. On te tient.

— Je... je n'ai rien fait.

— Est-ce toi qui as loué la suite au Monroe Arms ? demanda l'inspecteur Bernstein.

— Non, ce n'est pas moi. » Il avait insisté sur le « moi ».

Le détail n'échappa pas à l'inspecteur Reese.

« Mais tu sais qui l'a louée ?

— Non ! » La réponse était venue trop vite.

« Tu reconnais t'être trouvé dans la suite ? confirma Hogan.

— Oui, mais Chloe était vivante lorsque j'en suis parti.

— Pourquoi es-tu parti ? poursuivit Hogan.

— C'est elle qui me l'a demandé. Elle... elle attendait quelqu'un.

— Allons, Paul. Nous savons que c'est toi qui l'as tuée, intervint l'inspecteur Bernstein.

— Non ! » Le garçon tremblait. « Je vous jure que je n'y suis pour rien. Je... je n'ai fait que l'accompagner dans la suite. Je n'y suis resté qu'un petit moment.

— Parce qu'elle attendait quelqu'un ? répéta l'inspecteur Reese.

242

— Oui. Elle... elle était comme excitée.

— T'a-t-elle dit qui elle devait rencontrer ? » demanda Hogan.

Paul s'humectait les lèvres.

« Non.

— Tu mens. Elle te l'a dit.

— Tu dis qu'elle était excitée. Par quoi ? » le bouscula Reese.

Paul se mordillait les lèvres.

« Par... par la perspective de voir cet homme avec qui elle avait rendez-vous pour dîner.

— Qui était-ce, Paul ? insista Bernstein.

— Je ne peux pas vous le dire.

— Pourquoi ? gronda Hogan.

— J'ai promis à Chloe de ne jamais en parler à personne.

— Chloe est morte. »

Les yeux de Paul Yerby se remplirent de larmes.

« Je ne peux pas le croire.

— Donne-nous le nom de l'homme qu'elle attendait, répéta Reese.

— Je ne peux pas. J'ai promis.

— Voici ce qui va t'arriver, dit calmement l'inspecteur Reese : tu vas passer la nuit en prison. Demain matin, si tu nous donnes le nom de l'homme qu'elle devait rencontrer, nous te laissons partir. Sinon, nous te bouclons pour meurtre au premier degré. »

Ils attendirent qu'il se décide.

Silence.

Nick Reese fit alors un signe de tête en direction de Bernstein. « Emmenez-le. »

*

L'inspecteur Reese revint dans le bureau du capitaine Miller.

« J'ai deux nouvelles, une mauvaise et une plus mauvaise encore.

— Je n'ai pas le temps de m'occuper de ça, Nick.

— La mauvaise nouvelle est que je ne suis pas sûr que ce soit le gosse qui lui ait donné la drogue. L'autre nouvelle, la plus mauvaise, est que la mère de la fille est le Gouverneur du Colorado.

— Oh, ça alors! La presse va se délecter. » Le capitaine Miller inspira profondément. « Qu'est-ce qui vous fait croire que le gosse n'est pas coupable?

— Il reconnaît s'être trouvé avec la fille dans la suite de l'hôtel mais affirme qu'elle lui a demandé de partir parce qu'elle attendait quelqu'un. Je pense que ce garçon n'est pas assez stupide pour inventer une histoire pareille. Je crois qu'il sait qui Chloe Houston attendait. Il refuse de le dire.

— Vous avez une idée?

— C'était la première fois qu'elle venait à Washington et ils visitaient la Maison-Blanche. Elle ne connaissait personne ici. Elle a dit qu'elle allait aux toilettes des dames. Il n'y a pas de toilettes publiques à la Maison-Blanche. Il aurait fallu qu'elle aille au Pavillon des Visiteurs dans l'Ellipse, au coin de la 15e Rue et de E Street, au bureau d'accueil des visiteurs de la Maison-Blanche. Or elle s'est absentée une quinzaine de minutes. Je crois que ce qui s'est passé, c'est que pendant qu'elle essayait de trouver les toilettes, elle a rencontré par hasard quelqu'un à la Maison-Blanche, quelqu'un qu'elle a peut-être reconnu. Quelqu'un qu'elle avait peut-être vu à la télévision. Quoi qu'il en soit, ce devait être quelqu'un d'important. Il l'aura conduite dans des toilettes privées et aura fait assez forte

244

impression sur elle pour qu'elle accepte de le retrouver au Monroe Arms. »

Le capitaine Miller était songeur.

« Je ferais mieux d'appeler la Maison-Blanche. On a demandé là-bas à être tenu au courant de cette affaire heure par heure. Ne lâchez pas le gosse. Je veux le nom de cet homme.

— D'accord. »

L'inspecteur Reese sortait à peine du bureau que le capitaine Miller décrochait le téléphone et composait un numéro. Quelques minutes plus tard, il disait : « Oui, monsieur. Nous retenons un témoin directement impliqué dans l'affaire. Il est dans une cellule de détention au poste de police d'Indiana Avenue... Non, monsieur. Je pense que ce garçon nous donnera le nom de l'homme demain... Oui, monsieur, je comprends. » On raccrocha.

Le capitaine Miller soupira, et retourna à la pile de paperasses qui l'attendait sur son bureau.

18

UNE JEUNE FILLE DE SEIZE ANS TROUVÉE
MORTE ET IDENTIFIÉE COMME ÉTANT LA FILLE
DU GOUVERNEUR DU COLORADO.
LE PETIT AMI DE LA JEUNE FILLE SE PEND
DANS SA CELLULE.
LA POLICE RECHERCHE LE TÉMOIN MYSTÈRE.

Il fixa longuement la manchette et crut qu'il allait se trouver mal. Seize ans. Elle lui avait paru plus âgée. De quoi s'était-il rendu coupable? De meurtre? D'homicide involontaire, peut-être... Et de viol sur une mineure.

Il l'avait regardée sortir de la salle de bains de la suite, nue comme Ève, le visage empreint d'un sourire timide. *Je ne l'ai jamais fait, c'est la première fois.*

Il l'avait prise dans ses bras et l'avait caressée. « *Je suis heureux que ce soit avec moi que tu le fasses, mon chou.* » Auparavant, il avait partagé un verre d'ecstasy avec elle. « Bois ça. Tu te sentiras bien. » Ils avaient fait l'amour et ensuite elle s'était plainte d'un malaise. Elle était sortie du lit et s'était cogné la tête contre la table. Un accident. Évidemment, la police ne verrait pas les choses de cet œil. *Mais rien ne permet d'établir le moindre lien entre elle et moi. Rien.*

Il y avait dans toute cette histoire quelque chose d'irréel. On eût dit un mauvais rêve vécu par quelqu'un d'autre. Mais de voir la chose imprimée lui conférait une réalité incontournable.

Les bruits de Pennsylvania Avenue, qui lui parvenaient à travers les murs du bureau de la Maison-Blanche, le ramenèrent à la réalité. Une réunion de cabinet était prévue dans quelques minutes. Il inspira profondément. *Reprends-toi.*

Le vice-président Melvin Wicks, Sime Lombardo et Peter Tager attendaient dans le Bureau ovale.

Oliver entra et prit place derrière son bureau.

« Bonjour, messieurs. »

On échangea les salutations d'usage.

« Avez-vous vu le *Tribune*, monsieur le Président? demanda Peter Tager.

— Non.

— On a identifié la fille qui est morte au Monroe Arms. Une mauvaise nouvelle, je le crains fort. »

Oliver se raidit involontairement dans son fauteuil.

« Oui ?

— Elle s'appelle Chloe Houston. C'est la fille de Jackie Houston.

— Oh, mon Dieu ! » Les lèvres présidentielles laissèrent échapper ces paroles d'une voix à peine audible.

Ils le dévisagèrent, étonnés de sa réaction. Il se reprit rapidement.

« Je... je connais Jackie Houston... depuis longtemps. C'est... c'est une nouvelle terrible. Terrible.

— Même si nous ne sommes pas responsables de la criminalité à Washington, le *Tribune* va nous enfoncer là-dessus, dit Sime Lombardo.

— Y a-t-il un moyen de faire taire Leslie Stewart ? » demanda Melvin Wicks.

Oliver pensa à la soirée torride qu'il avait passée avec elle.

« Non, dit-il. La liberté de la presse, messieurs. »

Peter Tager se tourna vers le Président.

« Et le Gouverneur...

— Je m'en occupe. » Oliver actionna une touche de l'interphone. « Passez-moi le gouverneur Houston à Denver.

— Nous allons devoir veiller au grain, disait Peter Tager. Je vais monter en épingle les statistiques sur la baisse de la criminalité dans le pays, montrer que vous avez demandé au Congrès une rallonge budgétaire pour les forces de police et ainsi de suite. » Mais il avait l'impression de parler dans le vide.

« Ça tombe on ne peut plus mal », dit Mervin Wicks.

L'interphone sonna. Oliver décrocha. « Oui ? » Il écouta un moment puis raccrocha. « Le Gouverneur est en route pour Washington. » Il regarda Peter Tager. « Voyez quel vol elle a pris, Peter. Allez l'accueillir et conduisez-la ici.

— D'accord. Le *Tribune* nous a encore gâtés ce matin », dit Tager en tendant à Oliver la page éditoriale titrée : LE PRÉSIDENT EST INCAPABLE DE VENIR À BOUT DE LA CRIMINALITÉ DANS LA CAPITALE. « Et ça continue sur ce ton.

— Leslie Stewart est une garce, articula tranquillement Sime Lombardo. Il faudrait que quelqu'un ait une petite conversation avec elle. »

Dans son bureau du *Washington Tribune*, Matt Baker était en train de lire le même éditorial qui accusait le Président de manquer de fermeté dans la lutte contre la criminalité lorsque Frank Lonergan entra. Lonergan, la belle quarantaine, était un brillant journaliste formé sur le tas et qui avait naguère travaillé dans la police. L'un des meilleurs journalistes d'investigation de la profession.

« C'est vous qui avez écrit cet édito, Frank ?

— Oui.

— Ce passage au sujet d'une baisse de vingt-cinq pour cent de la criminalité dans le Minnesota me gêne aux entournures. Pourquoi n'avez-vous parlé que du Minnesota ?

— C'était une idée de la Princesse de Glace.

— C'est ridicule, dit sèchement Matt Baker. Je vais lui en toucher un mot. »

Leslie Stewart était au téléphone lorsque Matt Baker entra dans son bureau.

« ... A vous de voir pour les détails, mais je tiens à ce que l'on recueille le maximum d'argent pour lui. A propos, le sénateur Embry du Minnesota s'arrêtera ici pour déjeuner aujourd'hui, et j'aurai une liste de noms à lui soumettre. Merci. » Elle raccrocha.

« Matt ? »

Celui-ci s'approcha du bureau.

« Je voulais vous dire un mot au sujet de cet édito.

— Il est bon, vous ne trouvez pas ?

— Il est dégueulasse, Leslie. C'est de la propagande. Le Président n'a pas pour fonction de venir à bout de la criminalité à Washington. Cela relève du maire et de la police municipale. Et qu'est-ce que c'est que ces conneries sur la criminalité qui aurait diminué de vingt-cinq pour cent dans le Minnesota ? Où avez-vous dégoté ces statistiques ? »

Leslie Stewart se renversa sur son siège et dit calmement :

« Matt, ce journal m'appartient. J'y dirai tout ce qui me plaît. Oliver Russell est un Président nul, et Gregory Embry serait parfait dans cette fonction. Nous allons l'aider à entrer à la Maison-Blanche. »

Voyant l'expression qui se peignait sur le visage de Baker, elle se radoucit.

« Allons, Matt. Le *Tribune* va prendre le parti du gagnant. Embry servira nos intérêts. Il sera ici incessamment. Vous voulez déjeuner avec nous ?

— Non. Je n'aime pas les pique-assiette. »

Il fit demi-tour et sortit du bureau.

Dans le couloir, il tomba sur le sénateur Embry. Celui-ci, qui allait sur la soixantaine, était un politicien imbu de lui-même.

« Oh, monsieur le Sénateur ! Mes félicitations. »

Le sénateur Embry le regarda, intrigué.

« Merci. Heu... Pourquoi ?

— Pour avoir abaissé de vingt-cinq pour cent le taux de criminalité dans votre État. »

Et Matt Baker s'éloigna, laissant le sénateur le suivre des yeux, le visage inexpressif.

Le déjeuner avait lieu dans la salle à manger de Leslie, une pièce meublée à l'ancienne.

Un cuisinier préparait le repas dans la cuisine lorsqu'elle entra en compagnie du sénateur Embry. Le maître d'hôtel, empressé, vint à leur rencontre.

« Le déjeuner est prêt, mademoiselle Stewart. Quand vous voudrez. Vous voulez boire quelque chose ?

— Pas pour moi, dit Leslie. Monsieur le Sénateur ?

— Bien, je ne bois généralement pas durant la journée mais je prendrais bien un Martini. »

Leslie Stewart savait pertinemment que le sénateur Embry buvait beaucoup, et durant toute la journée. Elle possédait un dossier complet sur lui. Marié et père de cinq enfants, il entretenait une maîtresse japonaise. De plus et toujours pour le plaisir, il finançait un groupe paramilitaire. Mais Leslie avait décidé de fermer les yeux. Il lui importait uniquement que le Sénateur soit un ardent défenseur de la grande entreprise, et Washington Tribune Enterprises était une grande entreprise. Qui deviendrait plus grande encore lorsque Embry serait président. Leslie y était bien décidée.

Ils étaient maintenant à table. Le sénateur Embry but une gorgée de son deuxième Martini. « Je tiens à vous remercier de m'avoir trouvé ce collecteur de fonds pour ma campagne, Leslie. C'est un beau geste. »

Elle lui adressa un sourire chaleureux.

« Je vous en prie. Je ferai tout pour vous aider à battre Oliver Russell.

« Je pense que j'ai mes chances.

— Je le pense aussi. Les gens en ont assez de lui et de ses scandales. Je suis presque certaine qu'il suffira d'un autre scandale d'ici les élections pour le chasser de la Maison-Blanche. »

Le Sénateur l'observa durant quelques instants.

« Vous y croyez ? »

Leslie acquiesça et dit d'une voix doucereuse :

« Ça ne me surprendrait pas. »

Le déjeuner fut délicieux.

L'appel vint d'Antonio Valdez, un adjoint du médecin légiste.

« Mademoiselle Stewart, vous m'aviez dit de vous tenir au courant de l'affaire Chloe Houston ?

— En effet...

— Les flics nous ont demandé de ne rien laisser filtrer mais comme vous êtes une bonne amie, j'ai jugé...

— Ne vous en faites pas. On vous protégera. Dites-moi pour l'autopsie.

— Oui, madame. La cause de la mort est une drogue appelée ecstasy.

— Quoi ?

— Ecstasy. Elle l'a ingurgitée sous forme liquide. »

« *J'ai une petite surprise pour toi. J'aimerais que tu l'essaies... C'est de l'ecstasy liquide... C'est un ami qui me l'a donnée...* »

Et la femme que l'on avait retrouvée dans la rivière Kentucky était morte d'une overdose d'ecstasy liquide.

Leslie resta figée, le cœur battant.

Il y a un Dieu.

Leslie convoqua Frank Lonergan.

« Je veux que vous vous mettiez toutes affaires cessantes sur l'enquête Chloe Houston. Je pense que le Président y est pour quelque chose. »

Lonergan la dévisagea d'un air incrédule.

« Le Président ?

— On essaie d'étouffer l'affaire. Je suis convaincue qu'il est mêlé à ça. Ce garçon qu'on a arrêté et qui s'est suicidé fort à propos... Cherchez de ce côté-là. Et je veux que vous vérifiiez tous les faits et gestes du Président l'après-midi et le soir de la mort. Je tiens à ce que vous meniez une enquête confidentielle. Très confidentielle. Vous n'en ferez rapport qu'à moi. »

Lonergan dut reprendre son souffle.

« Vous savez ce que ça signifie ?

— Allez-y. Frank... ?

— Oui ?

— Cherchez aussi sur Internet tout ce qui concerne une certaine drogue appelée ecstasy. Et vérifiez tout ce qui pourrait avoir un lien avec Oliver Russell. »

Sur un site Internet consacré à ce qui avait trait à la drogue, Lonergan trouva la piste de Miriam Friedland, l'ex-secrétaire d'Oliver Russell. Elle était hospitalisée à Frankfort, dans le Kentucky. Il téléphona pour prendre de ses nouvelles. Un médecin lui dit : « Mademoiselle Friedland est décédée il y a deux jours. Elle est restée jusqu'à la fin dans le coma. »

Frank Lonergan téléphona au bureau du gouverneur Houston.

« Je regrette, lui dit la secrétaire du Gouverneur. Madame Houston est en route pour Washington. »

Dix minutes plus tard, Frank Lonergan se mettait en route pour l'aéroport national de Washington. Mais trop tard.

Tandis que les passagers descendaient de l'avion, Lonergan vit Peter Tager s'approcher d'une jolie blonde d'une quarantaine d'années et la saluer. Ils échangèrent quelques mots et Tager l'entraîna vers une limousine qui les attendait.

Lonergan, qui épiait la scène de loin, se dit : *Il faut que je parle à cette femme.* En revenant en ville, il commença à téléphoner depuis sa voiture. Au troisième appel, il apprit que le gouverneur Houston était attendue à l'hôtel Four Seasons.

Lorsqu'on fit entrer Jackie Houston dans le cabinet particulier attenant au Bureau ovale, Oliver Russell l'y attendait.

Il prit ses mains dans les siennes et dit :

« Je suis terriblement navré, Jackie. Je suis sans voix. »

Il ne l'avait pas revue depuis dix-sept ans. Depuis ce congrès juridique de Chicago. Elle finissait alors ses études de droit. Elle était jeune, séduisante et ambitieuse, et leur liaison avait été brève et torride.

Dix-sept ans.

Et Chloe avait seize ans.

Il n'osa pas lui poser la question qu'il avait à l'esprit. *Je ne veux pas savoir.* Ils s'observèrent en silence et Oliver crut un instant qu'elle allait évoquer le passé. Il détourna les yeux.

« La police pense que Paul Yerby est pour quelque chose dans la mort de Chloe, dit-elle.

— C'est vrai.

— Non.

— Non ?

— Paul était amoureux de Chloe. Il ne lui aurait jamais fait de mal. » Elle ajouta d'une voix brisée : « Ils... ils devaient se marier.

— Si j'en crois les renseignements que je possède, Jackie, on a trouvé les empreintes digitales de ce garçon dans la chambre d'hôtel où elle a été tuée.

— Les journaux disent que c'est... que c'est arrivé dans la Suite impériale du Monroe Arms ?

— Oui.

— Oliver, Chloe n'avait pas un sou. Son père est un employé à la retraite. Où aurait-elle trouvé l'argent pour payer la Suite impériale ?

— Je... je ne sais pas.

— Il faut qu'on le sache. Je ne partirai pas d'ici tant qu'on n'aura pas découvert qui est responsable de la mort de ma fille. » Elle s'assombrit. « Chloe avait rendez-vous avec toi cet après-midi-là. L'as-tu vue ? »

Oliver marqua une brève hésitation.

« Non. Je le regrette. Malheureusement, j'ai eu un imprévu et j'ai dû annuler notre rendez-vous. »

Ils étaient dans un appartement à l'autre bout de la ville, au lit, leurs corps nus enlacés. Il la sentait tendue.

« Ça va, JoAnn ?

— Ça va, Alex.

— Tu as l'air ailleurs, mon chou. A quoi penses-tu ?

— A rien.

— A rien ?

— Bien, si tu veux savoir, je pensais à cette pauvre fille que l'on a assassinée à l'hôtel.

— Ouais, j'ai vu ça dans le journal. C'était la fille d'un gouverneur ou quelque chose comme ça.

— Oui.

— Est-ce que la police sait avec qui elle était ?

— Non. Ils n'arrêtent pas d'interroger tout le monde à l'hôtel.

— Toi aussi ?

— Oui. J'aurais pu leur parler du coup de fil.

— Quel coup de fil ?

— Celui que la personne qui occupait la suite a donné à la Maison-Blanche. »

Il parut se désintéresser soudainement de l'affaire. Il dit sur un ton nonchalant :

« Ça ne veut rien dire. Des tas de gens prennent leur pied en téléphonant à la Maison-Blanche. Refais-moi ce que tu m'as fait tout à l'heure, ma chatte. Il te reste du sirop d'érable ? »

*

Frank Lonergan, qui revenait de l'aéroport, entrait dans son bureau lorsque le téléphone sonna.

« Lonergan.

— Bonjour, monsieur Lonergan. Ici Gorge peu profonde. » C'était Alex Cooper, un parasite sans envergure qui se prenait pour un informateur de la classe de cette « Gorge Profonde » qui avait fait les beaux jours du Watergate. Il trouvait ça drôle. « Êtes-vous toujours preneur pour des tuyaux de première ?

— Tout dépend de ce que vous entendez par là.

— Celui-ci vaut son pesant d'or. Je vous le fais à cinq mille dollars.

— Au revoir.

— Attendez. Ne raccrochez pas. C'est à propos de la fille qui a été tuée au Monroe Arms. »

Lonergan fut soudain intéressé.

« Et alors ?

— On peut se rencontrer quelque part ?

— Je vous retrouve Chez Ricco dans une demi-heure. »

A deux heures, Frank Lonergan et Alex Cooper étaient assis dans un box, Chez Ricco. Maigrichon, Cooper avait quelque chose de la fouine et Lonergan détestait faire affaire avec lui. Il ne savait pas trop d'où Cooper tenait ses informations, mais il lui avait été très utile dans le passé.

« J'espère que vous ne me faites pas perdre mon temps, dit Lonergan.

— Oh, je ne crois pas que ce soit du temps perdu. Que diriez-vous si je vous apprenais qu'il y a un lien entre la Maison-Blanche et le meurtre de la fille ? » Un sourire suffisant se dessina sur son visage.

Frank Lonergan réussit à ne rien laisser paraître de son excitation.

« Allez-y, je vous écoute.

— Cinq mille dollars.

— Mille.

— Deux mille.

— Marché conclu. Parlez.

— Ma copine est standardiste au Monroe Arms.

— Comment s'appelle-t-elle ?

— JoAnn McGrath. »

Lonergan nota l'information.

« Et alors ?

— Quelqu'un qui occupait la Suite impériale a passé un coup de fil à la Maison-Blanche pendant que la fille était là. »

« *Je crois que le Président est mêlé à ça* », avait dit Leslie Stewart.

« Vous en êtes certain ?

— Je le tiens de source sûre.

— Je vérifierai. Si c'est vrai, vous aurez votre argent. Avez-vous parlé de cela à quelqu'un d'autre ?

— Non.

— Bon. Gardez-le pour vous. » Lonergan se leva. « On reste en contact.

— Encore une chose », dit Cooper.

Lonergan s'immobilisa.

« Oui ?

— Je veux que vous me teniez à l'écart de cette affaire. JoAnn ne doit pas savoir que j'en ai parlé à quelqu'un.

— Pas de problème. »

Et, demeuré seul, Alex Cooper songea à la manière dont il allait dépenser les deux mille dollars. A l'insu de JoAnn.

**

Le standard du Monroe Arms se trouvait dans une alcôve derrière la réception. Lorsque Lonergan y pénétra, tenant à la main une tablette à laquelle étaient fixées des feuilles retenues par une pince, JoAnn McGrath était à son poste. Elle disait dans le combiné : « Je vous passe la communication. »

Elle brancha l'appel et se tourna vers Lonergan.

« Puis-je vous être utile ?

— Compagnie du téléphone », dit-il. Il exhiba brièvement une vague pièce d'identité. « Nous avons un problème avec vos lignes. »

JoAnn McGrath le regarda, l'air étonné.

« Quelle sorte de problème ?

— Certains de vos clients se sont plaints d'avoir été facturés pour des appels qu'ils n'avaient pas effectués. » Il fit mine de consulter sa tablette. « 15 octobre. Ces gens se sont vu facturer un appel en Allemagne alors qu'ils ne connaissent personne dans ce pays. Ils sont drôlement embêtés.

— Mais enfin, je ne comprends rien à toute cette histoire, dit JoAnn d'un ton indigné. Je ne me rappelle même pas avoir appelé l'Allemagne le mois dernier.

— Vous avez gardé trace des appels du 15 ?

— Évidemment.

— J'aimerais les voir.

— Très bien. » Elle extirpa une chemise d'une pile de paperasses et la lui tendit. Des appels clignotaient sur le standard. Pendant qu'elle y répondait, Lonergan parcourut rapidement la chemise. 12 octobre... 13... 14... 16...

Il manquait la page du 15.

Frank Lonergan attendait dans le hall des Four Seasons lorsque Jackie Houston revint de la Maison-Blanche.

« Madame Houston ? »

Elle se retourna.

« Oui ?

— Frank Lonergan du *Washington Tribune.* Je tiens à vous dire à quel point nous sommes tous profondément navrés, madame.

— Merci.

— Accepteriez-vous de m'accorder quelques instants ?

— Je ne suis vraiment pas en...

— Il se pourrait que je puisse vous être utile. » Il lui désigna d'un geste le bar jouxtant le hall principal. « Puis-je vous offrir quelque chose, juste un petit moment ? »

Elle soupira profondément.

« D'accord. »

Ils entrèrent dans le bar et s'installèrent.

« Si je comprends bien, votre fille était allée visiter la Maison-Blanche le jour où...

— Oui. En voyage organisé avec ses camarades d'école. Elle était très excitée à l'idée de rencontrer le Président. »

Lonergan s'efforça de parler d'une voix détachée.

« Elle devait voir le président Russell ?

— Oui. C'est moi qui avais obtenu ce rendez-vous. Nous sommes de vieux amis, le Président et moi.

— Et l'a-t-elle rencontré, madame Houston ?

— Non. Il a eu un empêchement. » Sa voix s'étrangla. « Mais il y a une chose dont je suis sûre.

— Oui, madame ?

— Ce n'est pas Paul Yerby qui l'a tuée. Ils étaient amoureux l'un de l'autre.

— Pourtant la police dit...

— Je me fiche de ce que dit la police. Elle a arrêté un garçon innocent et il... il était si perturbé qu'il s'est pendu. C'est affreux. »

Lonergan l'observa un instant.

« Si ce n'est pas Paul Yerby qui a tué votre fille, avez-vous une idée de l'identité de l'assassin ? Avait-elle fait allusion à une éventuelle rencontre avec quelqu'un ici, à Washington ?

— Non. Elle ne connaissait personne ici. Elle avait tellement hâte de... de... » Ses yeux se mouillèrent de larmes. « Je suis navrée. Vous allez devoir m'excuser.

— Bien sûr. Merci de m'avoir accordé ces quelques minutes, madame. »

Lonergan passa ensuite par la morgue. Helen Chuan revenait tout juste de la salle d'autopsie.

« Ça alors, qui est-ce que je vois ?

— Bonjour, docteur.

— Quel bon vent vous amène, Frank ?

— Je voulais vous parler de Paul Yerby. »

Helen Chuan soupira.

« C'est une vraie honte. C'étaient des gosses, tous les deux.

— Pourquoi un garçon comme ça se serait-il suicidé ? »

Elle haussa les épaules.

« Allez savoir.

— Mais enfin, êtes-vous sûre que c'est un suicide ?

— S'il ne s'est pas suicidé, c'est une sacrée bonne imitation. Il avait sa ceinture enroulée autour du cou, si serrée qu'on a dû la couper en deux pour le décrocher.

— Il n'y avait rien d'autre sur son corps, une marque, quelque chose qui fasse penser à un meurtre ? »

Elle le regarda avec curiosité. « Non. »

Lonergan hocha lentement la tête.

« OK, docteur. Merci. Vous ne voulez sûrement pas faire attendre vos patients.

— Très drôle. »

Il y avait une cabine téléphonique dans le couloir, à l'extérieur du bureau d'Helen Chuan. Lonergan obtint auprès des renseignements de Denver le numéro de téléphone des parents de Paul Yerby. Une voix de femme répondit. Une voix lasse.

« Allô.

— Madame Yerby ?

— Oui.

— Je regrette de vous importuner. Ici Frank Lonergan du *Washington Tribune*. Je voulais vous...

— Je ne peux pas... »

Un instant plus tard, M. Yerby prenait le combiné. « Désolé. Ma femme est... Les journalistes nous ont dérangés toute la matinée. Nous refusons de...

— Je n'en ai que pour une minute, monsieur Yerby. Certaines personnes à Washington ne croient pas que votre fils ait tué Chloe Houston.

— Évidemment que ce n'est pas lui ! » Il haussa le ton tout à coup. « Paul n'aurait jamais, au grand jamais, fait une chose pareille.

260

« — Avait-il des amis à Washington, monsieur Yerby ?

— Non. Il ne connaissait personne là-bas.

— Je vois. Enfin, si je peux vous être utile en quoi que ce soit...

— Il y a une chose que vous pouvez faire pour nous, monsieur Lonergan. Nous avons pris des dispositions pour que le corps de Paul nous soit rendu, mais je ne sais pas comment récupérer ses effets personnels.

— Je vais m'en occuper.

— Nous vous en serions reconnaissants. Merci. »

Dans le bureau de la brigade criminelle, le sergent de service ouvrit le carton contenant les effets personnels de Paul Yerby.

« Il n'y a pas grand-chose, dit-il. Ses vêtements et un appareil photo. C'est tout. »

Lonergan glissa la main au fond du carton et en retira une ceinture en cuir noir. Intacte.

Elle n'avait pas été coupée.

A l'heure du déjeuner, Frank Lonergan entra dans le bureau de Deborah Kanner, la secrétaire du président Russell chargée de planifier ses rendez-vous. Elle s'apprêtait à sortir.

« Que puis-je faire pour vous, Frank ?

— J'ai un problème, Deborah.

— Ce n'est pas très nouveau. »

Frank Lonergan feignit de consulter des notes. « J'ai ici une information selon laquelle le 15 octobre dernier le Président s'est entretenu en secret avec un émissaire chinois au sujet du Tibet.

— Je ne suis pas au courant d'une telle rencontre.

— Vous ne pourriez pas vérifier, je vous prie.

— Quelle date avez-vous dit ?

— Le 15 octobre. »

Lonergan la regarda prendre l'agenda dans un tiroir et le parcourir rapidement.

« A quelle heure cette rencontre aurait-elle eu lieu ?

— A vingt-deux heures. Ici, dans le Bureau ovale. »

Elle secoua la tête.

« Non. A vingt-deux heures ce soir-là, le Président était en réunion avec le général Whitman. »

Lonergan fronça les sourcils.

« Ce n'est pas ce que j'ai entendu dire. Puis-je jeter un œil ?

— Je regrette mais c'est confidentiel, Frank.

— On m'a peut-être mis sur une fausse piste. Merci, Deborah. » Il s'en alla.

Trente minutes plus tard, Frank Lonergan s'entretenait avec le général Steve Whitman.

« Mon Général, le *Tribune* aimerait faire un papier sur votre rencontre avec le Président, le 15 octobre dernier. Si j'ai bien compris, des questions importantes ont été abordées. »

Le Général haussa les épaules.

« J'ignore d'où vous tenez cette information, monsieur Lonergan, mais elle est fausse. Cette réunion a été annulée. Le Président avait un autre rendez-vous.

— Vous en êtes sûr ?

— Oui. Cette réunion est repoussée à une date ultérieure.

— Merci, mon Général. »

Frank Lonergan retourna à la Maison-Blanche. Il entra de nouveau dans le bureau de Deborah Kanner.

« Qu'y a-t-il cette fois, Frank ?

262

— Même chose, dit Lonergan d'un air piteux. Mon informateur me jure qu'à vingt-deux heures, le soir du 15 octobre, le Président était ici en réunion avec un émissaire chinois pour discuter du Tibet. »

Elle lui jeta un regard exaspéré.

« Combien de fois vais-je devoir vous répéter que cette réunion n'a jamais eu lieu ! »

Lonergan soupira.

« Franchement, je ne sais pas quoi faire. Mon patron insiste pour que je fasse un papier là-dessus. C'est une nouvelle importante. Nous allons sans doute devoir nous débrouiller comme ça. » Il se dirigea vers la porte.

« Attendez une minute ! »

Il se retourna. « Oui ?

— Vous ne pouvez pas imprimer cette nouvelle, voyons. Elle est fausse. Le Président sera furieux.

— Ce n'est pas moi qui décide. »

Deborah hésita.

« Si je réussis à vous apporter la preuve qu'il était en réunion avec le général Whitman, abandonnerez-vous cette idée d'article ?

— Bien sûr. Je ne voudrais pas vous créer d'ennuis. » Il regarda Deborah reprendre l'agenda dans le tiroir et le feuilleter.

« Voici la liste des rendez-vous qu'avait le Président à cette date. Regardez. 15 octobre. » La liste faisait deux pages. Deborah lui désigna le rendez-vous inscrit pour vingt-deux heures. « Tenez, c'est écrit noir sur blanc.

— Vous avez raison », dit Lonergan tout en passant rapidement en revue les autres notations de la page. Un rendez-vous était inscrit pour quinze heures.

Chloe Houston.

19

La réunion décidée à la hâte dans le Bureau ovale avait à peine débuté, pourtant l'atmosphère était déjà lourde.

« Si nous attendons trop, insistait le Secrétaire d'État, la situation va nous échapper. Il sera trop tard pour intervenir.

— Dans une affaire comme celle-là, il ne faut rien faire avec précipitation. » Le général Stephen Gossard se tourna vers le directeur de la CIA :

« Jusqu'à quel point vos renseignements sont-ils fiables ?

— Difficile à dire. Nous sommes pratiquement certains que la Libye achète des armes à l'Iran et à la Chine. »

Oliver se tourna vers le Secrétaire d'État :

« Et que dit la Libye ?

— Elle nie, évidemment. La Chine et l'Iran aussi.

— Et les autres États arabes ? demanda Oliver.

— D'après mes informations, monsieur le Président, répondit le directeur de la CIA, si une attaque sérieuse est lancée contre Israël, tous les autres États arabes vont sauter sur l'occasion. Ils vont s'unir pour rayer Israël de la carte. »

Tous posèrent sur Oliver un regard rempli d'expectative.

« Vos sources d'information en Libye sont-elles fiables ? demanda-t-il.

— Oui, monsieur le Président.

— Je veux des rapports suivis et précis. Tenez-moi informé. Si des signes d'agression se manifestent, nous n'aurons pas d'autre choix que de passer à l'action. »

La réunion fut suspendue.

La voix de la secrétaire d'Oliver résonna dans l'interphone. « Monsieur Tager voudrait vous voir, monsieur le Président.

— Faites-le entrer. »

« Comment s'est passée la réunion ? demanda Peter Tager.

— Oh, elle portait comme toujours sur la même sempiternelle question, répondit Oliver d'un ton amer. A savoir si je veux déclarer la guerre tout de suite ou plus tard.

— La rançon du pouvoir, dit Tager d'un air compatissant.

— En effet.

— Quelque chose d'intéressant est survenu.

— Asseyez-vous. »

Peter Tager prit un siège.

« Que savez-vous des Émirats arabes unis ?

— Pas grand-chose, répondit Oliver. Sinon que cinq ou six États arabes se sont regroupés il y a une vingtaine d'années et ont formé une coalition.

— Ils sont sept. Unis en 1971. Abu Dhabi, Fujaïrah, Dubaï, Sarjah, Umm al-Qaïwain, Ras al-Kaïmah et Ajman. Au début, ils n'étaient pas très puissants, mais ils ont été incroyablement bien gouvernés. Ils possèdent aujourd'hui l'un des niveaux de vie les plus élevés du monde. Leur produit intérieur brut était l'an dernier de plus de trente-neuf millions de dollars.

— Je suppose que vous ne me racontez pas tout ça pour rien, Peter ? demanda impatiemment Oliver.

— Non, monsieur. Le chef du conseil des Émirats arabes unis voudrait vous rencontrer.

— Parfait. Je vais demander au Secrétaire à la Défense de...

— Aujourd'hui. En privé. »

— Vous êtes sérieux ? Je ne peux vraiment pas...

— Oliver, le Majlis, leur Conseil, est l'un des organismes arabes les plus influents. Tous les autres peuples arabes le respectent. Une telle rencontre pourrait servir à débloquer la situation. Je sais que ce n'est pas très orthodoxe mais je pense que vous devez le recevoir.

— Le Secrétaire d'État va faire une crise si je...

— Je vais régler ça. »

Il se fit un long silence.

« Quel serait le lieu de cette rencontre ?

— Ils ont un yacht ancré dans la baie de Chesapeake, près d'Annapolis. Je peux facilement vous y conduire. »

Oliver resta un moment à contempler le plafond. Finalement, il se pencha et pressa le bouton de l'interphone. « Annulez mes rendez-vous de cet après-midi. »

Le yacht, un Feadship de soixante-dix mètres, était à quai. On y attendait le Président américain. Tous les membres de l'équipage étaient arabes.

« Bienvenue, monsieur le Président. » C'était Ali al-Fulani, le Secrétaire d'ambassade de l'un des Émirats arabes unis. « Veuillez monter à bord, je vous en prie. »

Oliver mit pied sur le pont, et Ali al-Fulani adressa un signal à l'un des hommes d'équipage. Quelques instants plus tard, le yacht larguait les amarres.

« Si nous descendions ? »

C'est ça. Là où l'on pourra me tuer ou me kidnapper. Voilà bien la chose la plus stupide que j'aie jamais faite, songea Oliver. Ils m'ont peut-être attiré ici afin de pouvoir attaquer Israël sans que je puisse donner l'ordre des représailles. Pourquoi

266

diable ai-je laissé Tager m'embarquer dans une histoire pareille?

« Monsieur le Président, Sa Majesté le roi Hamad d'Ajman. »

Les deux hommes se serrèrent la main.

« Majesté.

— Merci d'être venu, monsieur le Président. Désirez-vous du thé?

— Non, merci.

— Je crois que vous ne regretterez pas de vous être déplacé. » Le roi Hamad se mit à faire les cent pas. « Monsieur le Président, il a été impossible au cours des siècles passés de résoudre les problèmes qui nous séparent — philosophiques, linguistiques, religieux, culturels. C'est ce qui explique tant de guerres dans notre région du monde. Les juifs peuvent confisquer les terres palestiniennes, personne à Omaha ou au Kansas n'en est affecté. Leur vie reste inchangée. On peut faire sauter une synagogue à Jérusalem sans que les Italiens de Rome ou de Venise y accordent la moindre attention. »

Oliver se demanda où l'on voulait en venir. Était-ce l'annonce d'une guerre prochaine?

« Il n'y a qu'une région au monde qui souffre de toutes les guerres et des effusions de sang du Moyen-Orient. Et c'est le Moyen-Orient. »

Il vint s'asseoir devant Oliver. « Le temps est venu pour nous de mettre un terme à cette folie. »

Nous y voilà, pensa Oliver.

« Les chefs des États arabes et les Majlis m'ont autorisé à vous faire une proposition.

— Quelle sorte de proposition?

— Une proposition de paix. »

Oliver plissa les yeux. « De paix?

— Nous voulons faire la paix avec votre allié, Israël. Vos embargos contre l'Iran et les autres

États arabes nous ont coûté des milliards de dollars. Nous voulons mettre un terme à cette situation. Si les États-Unis veulent bien s'en porter garants, les pays arabes, y compris l'Iran, la Libye et la Syrie, sont d'accord pour s'asseoir à une table de négociations et signer un traité de paix permanent avec Israël. »

Oliver était interloqué. Lorsqu'il recouvra la voix, ce fut pour dire :

« Vous faites cela parce que...

— Je peux vous assurer que ce n'est pas par amour pour les Israéliens ou les Américains. Cette folie a tué trop des nôtres. Nous voulons qu'elle cesse. Nous voulons être libres de vendre de nouveau notre pétrole au monde. Nous sommes prêts à faire la guerre s'il le faut, mais nous préférerions la paix. »

Oliver inspira profondément.

« Je prendrais bien du thé. »

« Je regrette que vous n'ayez pas été là, dit Oliver à Peter Tager. Ils sont prêts à faire la guerre mais ne la veulent pas. Ils sont pragmatiques. Ils veulent vendre leur pétrole au monde, donc il leur faut la paix.

— C'est fantastique, dit Tager avec enthousiasme. Lorsque la chose va se savoir, vous ferez figure de héros.

— Et cette action, je vais pouvoir la mener à titre personnel, lui dit Oliver. Je ne suis pas obligé de passer par le Congrès. Je vais m'entretenir avec le Premier ministre israélien. Nous allons l'aider à négocier avec les pays arabes. » Il regarda Tager et ajouta d'un ton piteux :

« Pendant quelques minutes, j'ai cru qu'on allait me kidnapper.

— Cela ne risquait guère de se produire, l'assura Tager. Je vous faisais suivre par un bateau et un hélicoptère. »

« Le sénateur Davis demande à vous voir, monsieur le Président. Il n'a pas rendez-vous mais il dit que c'est urgent.

— Reculez mon prochain rendez-vous et faites-le entrer. »

La porte s'ouvrit et Todd Davis entra dans le Bureau ovale.

« Voilà une belle surprise, Todd. Tout va bien ? »

Le sénateur Davis prit un siège.

« Ça va, Oliver. J'ai pensé qu'il fallait que nous ayons une petite conversation. »

Oliver sourit.

« J'ai un programme drôlement chargé aujourd'hui, mais pour vous...

— Je n'en ai que pour quelques minutes. J'ai croisé Peter Tager. Il m'a parlé de votre rencontre avec les Arabes. »

Oliver eut un grand sourire.

« Merveilleux, non ? Il semble bien que nous allons enfin avoir la paix au Moyen-Orient. » Il abattit le poing sur son bureau. « Après toutes ces décennies ! Ma présidence restera dans les livres d'Histoire pour ça, Todd. »

Le sénateur Davis lui demanda tranquillement :

« Avez-vous bien réfléchi, Oliver ? »

Celui-ci s'assombrit.

« Quoi ? Que voulez-vous dire ?

— La paix est un mot simple mais qui a des tas de ramifications. La paix ne rapporte pas financièrement. Lorsqu'il y a une guerre, les belligérants achètent pour des milliards de dollars d'armes fabriquées ici, aux États-Unis. En temps de paix, ils n'ont pas besoin de ces armes. Tant que l'Iran ne peut pas vendre son pétrole, les prix grimpent et ce sont les États-Unis qui en profitent. »

Oliver l'écoutait, n'en croyant pas ses oreilles.

« Todd... c'est une occasion comme il ne s'en présente qu'une fois dans une vie !

— Ne soyez pas naïf, Oliver. Si nous avions vraiment voulu faire la paix entre Israël et les pays arabes, nous l'aurions faite depuis longtemps. Israël est un pays minuscule. N'importe lequel des six derniers Présidents qui se sont succédé à la Maison-Blanche aurait pu forcer les Israéliens à s'entendre avec les Arabes, mais ils ont préféré laisser les choses en l'état. N'interprétez pas mal mes paroles. Les juifs sont des gens bien. Je travaille avec certains d'entre eux au Sénat.

— Je n'arrive pas à croire que vous puissiez...

— Croyez ce que vous voulez, Oliver. La signature d'un traité de paix ne servirait pas les intérêts du pays. Je ne veux pas que vous alliez plus loin en ce sens.

— Je dois continuer.

— Ne me dites pas ce que vous devez et ne devez pas faire, Oliver. » Le sénateur Davis se pencha vers lui. « C'est moi qui vais vous le dire. N'oubliez pas qui vous a mis dans ce fauteuil.

— Todd, rétorqua calmement Oliver, vous ne me respectez peut-être pas, mais vous êtes tenu de respecter ma fonction. Peu importe qui m'a mis ici, je suis le Président. »

Le sénateur Davis se leva.

« Le Président ? Vous n'êtes qu'un foutu pantin ! Vous êtes mon jouet, Oliver ! Vous ne commandez pas, vous obéissez. »

Oliver le regarda durant un long moment.

« Combien de puits de pétrole possédez-vous, vous et vos amis, Todd ?

— Ça ne vous regarde pas. Si vous allez au bout de ce projet, vous êtes fichu. Vous m'entendez ? Je vous donne vingt-quatre heures pour revenir à la raison. »

Ce soir-là, à table, Jan dit : « Papa m'a demandé de te parler, Oliver. Il est très mécontent. »

En regardant la femme qui lui faisait face, il pensa : *Je vais devoir me battre avec toi aussi.*

« Il m'a tout raconté.

— Ah oui ?

— Oui. » Elle se pencha au-dessus de la table. « Et moi je pense que ce que tu fais est merveilleux. »

Il fallut à Oliver quelques secondes pour comprendre.

« Mais... ton père est contre.

— Je sais. Et il a tort. S'ils veulent faire la paix, tu dois les y aider. »

Oliver resta silencieux à écouter les paroles de Jan et à l'observer. Il repensa à la façon superbe dont elle s'était comportée dans son rôle de Première Dame des États-Unis. Elle s'était engagée dans d'importantes activités caritatives et s'était faite l'avocate d'une demi-douzaine de grandes causes. Elle était charmante, intelligente, attentive et... Ce fut comme s'il la voyait pour la première fois. *Pourquoi ai-je cherché ailleurs*, pensa-t-il, *alors que j'avais tout ici ?*

« La réunion va être longue ce soir ?

— Non, répondit-il lentement. Je vais l'annuler. Je ne sors pas. »

Ce soir-là, ils firent l'amour pour la première fois depuis des semaines, et ce fut merveilleux.

Au matin, il pensa : *Je vais demander à Peter de résilier la location de ma garçonnière.*

Le lendemain, il trouva le mot suivant sur son bureau :

Sachez que j'ai beaucoup d'admiration pour vous et que je ne ferais rien pour vous nuire. J'étais dans le garage du Monroe Arms le 15, et j'ai été très surprise de vous y voir. Le lendemain, lorsque j'ai appris par les journaux la mort de cette jeune fille, j'ai compris pourquoi vous étiez revenu essuyer vos empreintes digitales sur les boutons de l'ascenseur. Je suis sûr que les journaux seraient intéressés par mon histoire et me la paieraient cher. Mais, comme je l'ai dit, je suis un de vos admirateurs. Je ne voudrais surtout rien faire qui puisse vous nuire. Mais je ne dirais pas non à un petit coup de pouce financier et, au cas où vous seriez intéressé, cela resterait entre vous et moi. Je vous recontacterai dans quelques jours, le temps que vous y réfléchissiez.

Sincèrement,
Un ami

« Ça alors, dit Sime Lombardo de sa voix douce. C'est incroyable. Comment est-ce arrivé jusqu'ici ?

— Par la poste, dit Peter Tager. C'était adressé au Président. "Personnel".

— Il peut s'agir d'un cinglé qui essaie seulement de...

— Nous ne pouvons pas courir de risques, Sime. Je ne crois pas un seul instant que ce soit vrai, mais si quelque chose de ça filtrait à l'extérieur, le Président serait fichu. Nous devons le protéger.

— Mais comment ?

— Nous allons d'abord découvrir l'auteur de cette lettre anonyme. »

Peter Tager se trouvait dans les bureaux du FBI à l'angle de la 10e Rue et de Pennsylvania Avenue. En conversation avec l'agent spécial Clay Jacobs.

« Vous disiez que c'était urgent, Peter ?

— Oui. » Tager ouvrit une serviette dont il sortit une seule feuille de papier, qu'il fit glisser sur

272

le bureau. Clay Jacobs la prit et la lut à haute voix : « *Sachez que j'ai beaucoup d'admiration pour vous... Je vous recontacterai dans quelques jours, le temps que vous y réfléchissiez.* »

Tout le texte entre ces deux phrases avait été blanchi au correcteur.

Jacobs leva les yeux de la feuille.

« Qu'est-ce que c'est que ça ?

— Il y va de la sécurité de l'État. Le Président m'a demandé d'essayer de découvrir qui avait envoyé ce mot. Il aimerait que vous en vérifiiez les empreintes. »

Clay Jacobs examina de nouveau la feuille en fronçant les sourcils.

« C'est tout à fait inhabituel, Peter.

— Pourquoi ?

— Tout ça ne m'a pas l'air très catholique, c'est tout.

— Le Président voudrait seulement que vous lui donniez le nom de l'auteur de cette lettre anonyme.

— A condition qu'il y ait des empreintes... »

Peter Tager acquiesça. « Oui, bien entendu.

— Attendez ici. » Jacobs se leva et sortit du bureau.

Peter resta immobile à regarder par la fenêtre, tout en réfléchissant à la lettre et aux conséquences terribles qu'elle risquait d'entraîner.

Exactement sept minutes plus tard, Clay Jacobs revint dans le bureau.

« Vous avez de la chance », dit-il.

Le cœur de Peter Tager battit plus fort.

« Vous avez trouvé quelque chose ?

— Oui. » Jacobs lui tendit un morceau de papier. « L'homme que vous recherchez a été impliqué dans un accident de voiture il y a environ un an. Il s'appelle Carl Gorman. Il travaille comme réceptionniste au Monroe Arms. » Il

273

demeura silencieux quelques instants, un regard scrutateur posé sur Tager. « Y a-t-il autre chose que vous aimeriez me dire à ce sujet ?

— Non, dit Peter Tager avec la plus grande sincérité. Non, il n'y a rien. »

« Frank Lonergan est sur la trois, mademoiselle Stewart. Il dit que c'est urgent.

— Je vais le prendre. » Leslie décrocha le combiné et appuya sur un bouton. « Frank ?

— Êtes-vous seule ?

— Oui. »

Elle l'entendit prendre sa respiration. « OK. Allons-y. » Il parla sans interruption pendant les dix minutes qui suivirent.

Leslie Stewart entra précipitamment dans le bureau de Matt Baker. « Nous avons à parler, Matt. » Elle s'assit devant son bureau. « Que diriez-vous si je vous apprenais qu'Oliver Russell est impliqué dans le meurtre de Chloe Houston ?

— Je commencerais par dire que vous êtes parano et que vous passez les bornes.

— Frank Lonergan vient de téléphoner. Il s'est entretenu avec le gouverneur Houston, laquelle ne croit pas que Paul Yerby ait tué sa fille. Il a parlé aux parents du garçon. Ils ne le croient pas non plus.

— Le contraire eût été étonnant, dit Baker. Si c'est là tout ce que...

— Ce n'est que le commencement. Frank est allé à la morgue et a parlé au médecin légiste, Helen Chuan. Elle lui a dit que la ceinture du gosse était tellement serrée autour de sa gorge qu'il avait fallu la couper pour le dépendre. »

Baker écoutait plus attentivement à présent.

« Et...

— Frank est allé au commissariat pour prendre les effets personnels de Yerby. Sa ceinture y était. Intacte. »

274

Baker inspira profondément.

« Vous êtes en train de me raconter qu'il a été assassiné en prison et qu'on a essayé de maquiller la chose ?

— Je ne suis pas en train de vous raconter quoi que ce soit. Je me contente de vous rapporter les faits. Oliver Russell a déjà voulu une fois m'entraîner à prendre de l'ecstasy. Pendant sa campagne électorale au poste de gouverneur, une femme qui travaillait comme secrétaire juridique est morte après avoir consommé de l'ecstasy. A l'époque où il était Gouverneur, sa secrétaire a été retrouvée dans un jardin public, en plein coma occasionné par l'ecstasy. Lonergan a appris qu'Oliver avait téléphoné à l'hôpital pour suggérer que l'on débranche les appareils qui la maintenaient en vie. » Leslie se pencha en avant. « On a téléphoné à la Maison-Blanche depuis la Suite impériale le soir où Chloe Houston a été assassinée. Frank a vérifié le registre des appels téléphoniques de l'hôtel. La page du 15 manquait. La secrétaire chargée de planifier les rendez-vous a dit à Lonergan que le Président avait une réunion avec le général Whitman ce soir-là. Or il n'y avait pas de réunion. Frank s'est entretenu avec le gouverneur Houston. Elle dit que Chloe faisait une visite guidée de la Maison-Blanche et que c'est elle-même qui avait arrangé le rendez-vous de sa fille avec le Président. »

Il se fit un long silence.

« Où est Frank Lonergan à présent ? demanda Baker.

— Sur la piste de Carl Gorman, le réceptionniste de l'hôtel qui avait enregistré la réservation de la Suite impériale. »

« Je regrette, mais nous ne donnons pas de

renseignements personnels sur nos employés, dit Jeremy Robinson.

— Tout ce que je vous demande, c'est l'adresse de son domicile afin de pouvoir...

— Son adresse ne vous servirait à rien. Monsieur Gorman est en vacances. »

Lonergan soupira.

« Dommage. J'espérais qu'il éclairerait certains points obscurs.

— Des points obscurs ?

— Oui. Nous sommes en train de préparer un gros reportage sur la mort de la fille du gouverneur Houston à votre hôtel. Enfin, tant pis, je vais devoir essayer d'y voir clair sans l'aide de Gorman. » Il sortit un carnet et un stylo. « Depuis combien de temps cet hôtel existe-t-il ? Je voudrais tout savoir sur son histoire, sa clientèle, sa... »

Jeremy Robinson sourcilla.

« Attendez un peu ! Tout cela est sûrement superflu. Enfin... Elle aurait pu mourir n'importe où.

— Je sais, dit Lonergan sur un ton compatissant, mais c'est ici que c'est arrivé. Votre hôtel va devenir aussi célèbre que l'immeuble du Watergate.

— Monsieur... ?

— Lonergan.

— Monsieur Lonergan, je vous serais reconnaissant de... Enfin, ce genre de publicité est très mauvais. N'y aurait-il pas moyen de... »

Lonergan resta pensif.

« Bien, si je pouvais parler à monsieur Gorman, je pourrais sans doute envisager les choses autrement.

— Je vous en saurais vraiment gré. Je vais aller vous chercher son adresse. »

Frank Lonergan commençait à éprouver une

certaine nervosité. A mesure que les choses se précisaient, il lui apparaissait clairement que l'on avait affaire à une complicité de meurtre, et que l'on tentait de l'étouffer au plus haut niveau. Avant d'aller voir le réceptionniste de l'hôtel, il décida de passer chez lui.

Rita, sa femme, était à la cuisine en train de préparer le dîner. C'était une petite rousse aux yeux verts lumineux et à la peau claire. A l'entrée de son mari, elle se retourna, toute surprise.

« Frank, qu'est-ce que tu fais ici en plein milieu de la journée?

— Comme ça, l'envie de passer te dire un petit bonjour. »

Elle scruta son visage.

« Non. Il y a autre chose. Qu'est-ce que c'est?

Il hésita.

« Depuis combien de temps n'as-tu pas vu ta mère?

— La semaine dernière... Mais...

— Pourquoi n'irais-tu pas de nouveau la voir, chérie?

— Quelque chose ne va pas? »

Il eut un grand sourire, et se dirigea vers la tablette de la cheminée. « Tu ferais bien de commencer à l'épousseter. Nous allons y mettre deux prix de journalisme : ici le prix Pulitzer, et là le prix Peabody.

— Qu'est-ce que tu racontes?

— Je suis sur une affaire qui va avoir l'effet d'une bombe et faire sauter des gens très haut placés. C'est le reportage le plus passionnant que j'aie jamais fait.

— Pourquoi veux-tu que j'aille voir ma mère? »

Il haussa les épaules.

« Tout simplement parce que ça risque de devenir un peu dangereux. Certaines gens ne veulent pas que ce reportage paraisse. Je me sentirais plus à l'aise si tu t'éloignais quelques jours, le temps que l'affaire éclate au grand jour.

— Mais si tu dois courir des risques...

— Je ne cours aucun risque.

— Tu es sûr que rien ne peut t'arriver ?

— Absolument. Fais une valise et je t'appellerai ce soir.

— D'accord », consentit Rita à contrecœur.

Lonergan regarda sa montre.

« Je vais te conduire à la gare. »

Une heure plus tard, Lonergan vint se garer devant une maison en brique d'aspect modeste, dans le quartier de Wheaton. Il descendit de voiture, se dirigea vers la porte d'entrée et sonna. Personne ne répondit. Il sonna de nouveau et attendit. La porte s'ouvrit soudain en grand et une femme d'âge moyen, de forte corpulence, apparut sur le seuil. Elle le toisa d'un air méfiant.

« Oui ?

— Je travaille pour le fisc, dit Lonergan qui exhiba brièvement une pièce d'identité. Je voudrais voir Carl Gorman.

— Mon frère n'est pas ici.

— Savez-vous où il est ?

— Non. » Trop vite.

Lonergan approuva d'un signe de tête.

« C'est dommage. Eh bien, vous pouvez commencer à emballer ses affaires. Je vais demander au service d'envoyer les camions de déménagement. » Lonergan fit demi-tour et s'engagea dans l'allée en direction de sa voiture.

« Attendez une minute ! Quels camions de déménagement ? De quoi parlez-vous ? »

Il s'arrêta et se retourna.

« Votre frère ne vous a rien dit ?

— Dit quoi ? »

278

Lonergan rebroussa chemin et fit quelques pas en direction de la femme. « Il a des ennuis. »

Elle lui adressa un regard anxieux. « Quelle sorte d'ennuis ?

— Je n'ai pas le droit d'en discuter, désolé. » Il hocha la tête. « D'autant qu'il a l'air d'être sympathique.

— Il l'est, dit-elle avec ferveur. Carl est un être merveilleux. »

Lonergan acquiesça. « C'est le sentiment que j'ai eu lorsqu'on l'a interrogé dans le service. »

Affolée, elle demanda :

« Interrogé à quel sujet ?

— Pour fraude fiscale. C'est dommage. Je voulais lui parler d'une échappatoire qui lui aurait peut-être permis de s'en sortir mais... » Il haussa les épaules. « S'il est absent... » Il fit mine de s'en aller.

« Attendez ! Il... il est à la pêche. Je... je ne suis pas censée le dire. »

Lonergan haussa les épaules.

« A votre guise.

— Non... Là c'est différent. Il est au Sunshine Fishing Lodge sur le lac Richmond, en Virginie.

— Parfait. Je le joindrai là-bas.

— Ça serait merveilleux. Vous êtes sûr que tout s'arrangera pour lui ?

— Absolument. Je vais faire en sorte qu'on ne lui fasse pas de misères. »

Lonergan prit l'Interstate 95 vers le sud. Richmond se trouve à quelque cent quarante kilomètres de Washington. Lors de vacances passées là quelques années auparavant, Lonergan avait pêché dans ce lac et la chance lui avait souri.

Il espéra qu'elle en ferait autant cette fois.

Il tombait une pluie fine, mais Carl Gorman n'en avait cure. C'était par ce temps que le poisson mordait. Il pêchait la perche d'eau douce à l'aide de gros vairons fixés à des flotteurs largués très loin derrière le canot. Les vagues venaient lécher la petite embarcation au milieu du lac tandis que l'appât dérivait derrière, intact. Les poissons n'étaient pas pressés. Aucune importance. Lui non plus n'était pas pressé. Il n'avait jamais été aussi heureux. Il allait être plus riche que dans ses rêves les plus fous. Tout avait été une question de chance. Le tout est de se trouver au bon endroit au bon moment. Il était retourné au Monroe Arms pour y prendre un veston qu'il avait oublié et s'apprêtait à quitter le garage lorsque la porte de l'ascenseur s'était ouverte. En apercevant celui qui en sortait, il s'était immobilisé dans sa voiture, n'en croyant pas ses yeux. Il avait vu l'homme retourner à l'ascenseur, essuyer ses empreintes puis s'éloigner en voiture.

Ce n'est qu'en apprenant le meurtre par les journaux, le lendemain matin, qu'il avait fait le rapprochement. En un sens, il regrettait pour celui qu'il allait désormais faire chanter. *J'ai vraiment de l'admiration pour lui. L'ennui, lorsqu'on est aussi connu, c'est qu'on ne peut jamais se cacher. Où qu'on aille, ça se sait. Il me paiera pour avoir la paix. Il n'a pas le choix. Je vais commencer par cent mille dollars. Une fois qu'il aura payé cette somme, je continuerai à le faire cracher. Je m'achèterai un château en France ou un chalet en Suisse.*

Il sentit une secousse au bout de la ligne et la ramena vers lui d'un coup sec. Le poisson essayait de s'échapper. *Tu n'iras nulle part. Je te tiens.*

Il entendit au loin un gros hors-bord qui approchait. On ne devrait pas autoriser les bateaux à moteur sur le lac. Ils effraient les poissons. Le hors-bord se déportait vers lui.

« Ne vous approchez pas trop ! » cria-t-il.

Le hors-bord semblait venir droit sur lui.

« Dites donc! Faites attention! Regardez ce que vous faites! Pour l'amour du ciel... »

Le hors-bord percuta le canot qu'il coupa en deux, tandis que Gorman était aspiré par les flots.

Crétin d'ivrogne! Il avait du mal à respirer. Il réussit à garder la tête hors de l'eau. Le hors-bord avait viré et revenait maintenant droit sur lui.

La dernière chose que sentit Carl Gorman avant que le bateau ne lui fracasse le crâne fut la secousse du poisson au bout de sa ligne.

Lorsque Frank Lonergan arriva, des voitures de police, un camion de pompiers et une ambulance étaient déjà sur les lieux. L'ambulance commençait à s'éloigner.

Lonergan descendit de voiture et demanda à un badaud :

« C'est quoi toute cette agitation?

— Un pauvre type a été victime d'un accident sur le lac. Il ne reste plus grand-chose de lui. »

Et Lonergan comprit.

Il était minuit. Frank Lonergan, seul dans son appartement, était assis devant son ordinateur, occupé à rédiger l'article qui allait démolir le Président des États-Unis. Ce reportage allait lui valoir le prix Pulitzer, il n'en doutait pas une seconde. Il deviendrait plus célèbre encore que Woodward et Bernstein, les deux journalistes du *Washington Post* qui avaient révélé les dessous du Watergate. C'était le reportage du siècle.

Il fut interrompu par la sonnette.

Il se leva et alla à la porte d'entrée.

« Qui est là?

— Un colis de la part de Leslie Stewart. »

Elle a découvert du nouveau.

Il ouvrit la porte.

Il y eut un éclat métallique et une souffrance insupportable lui traversa la poitrine.

Puis plus rien.

20

On eût dit que le living de Frank Lonergan avait été frappé par un ouragan. Tous les tiroirs et les classeurs avaient été ouverts et leur contenu répandu sur le plancher.

Nick Reese suivit des yeux le corps de Lonergan que l'on emportait. Il se tourna vers l'inspecteur Steve Brown. « Des traces de l'arme du crime ?

— Non.

— Avez-vous parlé aux voisins ?

— Ouais. Cet immeuble est un zoo habité par des gens qui ressemblent à ces figurines, vous savez, ces singes sourds, muets et aveugles. *Nada*. Madame Lonergan sera bientôt ici. Elle a appris la chose par la radio. Il y a eu deux autres vols ici ces six derniers mois et...

— Je ne suis pas sûr qu'il s'agisse d'un vol cette fois.

— Que voulez-vous dire ?

— Lonergan est passé au commissariat l'autre jour pour jeter un œil sur les effets personnels de Paul Yerby. J'aimerais savoir à quel reportage il travaillait. On n'a pas trouvé de papiers dans les tiroirs ?

— Non.

— Pas de notes ?

— Rien.

— Alors soit il était très ordonné, soit quelqu'un a pris la peine de faire le ménage à fond. » Reese alla vers la table de travail de Lonergan. Un câble pendouillait de la table, relié à rien. Reese le prit en main. « Qu'est-ce que c'est ? »

L'inspecteur Brown s'approcha.

« Un cordon d'ordinateur. Il devait y en avoir un ici. Ce qui veut dire qu'il y a peut-être des disquettes de sauvegarde quelque part.

— Si on a pris l'ordinateur, Lonergan avait peut-être fait des copies de ses fichiers. On va voir ça. »

Ils trouvèrent la disquette de sauvegarde dans une serviette, en fouillant la voiture de Lonergan. Reese la tendit à Brown.

« Je veux que vous la portiez au commissariat. Il y a sans doute un code d'accès. Faites-la examiner par Chris Colby. C'est un spécialiste. »

La porte d'entrée de l'appartement s'ouvrit et Rita Lonergan entra. Elle était pâle et défaite. Elle s'immobilisa en voyant les deux hommes.

« Madame Lonergan ?

— Qui êtes... ?

— Inspecteur Nick Reese, brigade criminelle. Voici l'inspecteur Brown. »

Rita Lonergan regarda autour d'elle.

« Où est...

— Nous avons fait emporter le corps de votre mari, madame Lonergan. Je suis terriblement navré. Je sais que ce n'est pas le meilleur moment, mais j'aimerais vous poser quelques questions. »

Elle le regarda et ses yeux se remplirent soudain de frayeur. C'était bien la dernière réaction à laquelle Reese se fût attendu. De quoi avait-elle peur ?

« Votre mari travaillait à un reportage, n'est-ce pas ? »

Elle entendit mentalement la voix de Frank :
« *Je suis sur une affaire qui va avoir l'effet d'une bombe et faire sauter des gens très haut placés. C'est le reportage le plus passionnant que j'aie jamais fait.* »

« Madame Lonergan ?

— Je... je ne sais rien.

— Vous ne savez pas sur quelle affaire il travaillait ?

— Non. Frank ne discutait jamais de son travail avec moi. »

Elle mentait manifestement.

« Vous ignorez qui l'a tué ? »

Elle jeta un regard à la ronde sur les tiroirs et les classeurs éventrés. « C'est... ce doit être un cambrioleur. »

Les inspecteurs échangèrent un regard.

« Si ça ne vous ennuie pas, je... j'aimerais qu'on me laisse tranquille. Ç'a été un choc terrible.

— Bien sûr. Est-ce que nous pouvons faire quelque chose pour vous ?

— Non. Allez-vous-en... C'est tout.

— Nous reviendrons », promit Nick Reese.

A son retour au commissariat, l'inspecteur Reese téléphona à Matt Baker.

« J'enquête sur l'assassinat de Frank Lonergan, dit-il. Pouvez-vous me dire sur quoi il travaillait ?

— Oui. Il enquêtait sur la mort de Chloe Houston.

— Je vois. Avait-il rendu un article ?

— Non. Nous attendions son papier quand... »

Il s'interrompit.

« Parfait. Merci, monsieur Baker.

— Vous me tiendrez au courant si vous apprenez quelque chose ?

— Vous serez le premier prévenu », assura Reese.

284

Le lendemain matin, Dana Evans pénétra dans le bureau de Tom Hawkins.

« Je voudrais faire un reportage sur la mort de Frank. J'ai envie d'aller voir sa veuve.

— C'est une bonne idée. Je vais vous trouver une équipe de tournage. »

Ce même jour, en fin d'après-midi, le véhicule transportant Dana et son équipe de tournage vint s'arrêter devant le domicile de Frank Lonergan. Dana, suivie de son équipe, alla vers la porte de l'appartement des Lonergan et sonna. C'était le genre d'interview que Dana redoutait. Ce n'était déjà pas très bien de montrer à la télévision les victimes de crimes horribles, mais pénétrer dans l'intimité de familles plongées dans l'affliction lui paraissait pire encore.

La porte s'ouvrit et Rita Lonergan parut sur le seuil. « Qu'est-ce que vous... ?

— Navrée de vous déranger, madame Lonergan. Je suis Dana Evans de WTE. Nous aimerions connaître votre réaction à... »

Rita Lonergan demeura comme figée sur place puis hurla : « Bande d'assassins ! » Elle fit demi-tour et disparut en courant dans l'appartement.

Dana regarda le cameraman, déconcertée.

« Attendez ici. » Elle pénétra à l'intérieur et trouva Rita Lonergan dans la chambre. « Madame Lonergan...

— Sortez ! Vous avez tué mon mari ! »

Dana ne savait trop que penser. « De quoi parlez-vous ?

— Ce sont des gens de chez vous qui lui ont confié cette enquête, une enquête si dangereuse qu'il m'avait demandé de quitter la ville parce qu'il... il craignait pour ma vie. »

Dana lui adressa un regard consterné.

« Quoi... Quelle enquête ?

— Il a refusé de me le dire. » Rita Lonergan

luttait visiblement contre la crise de nerfs. « Il a dit que c'était trop... trop dangereux. Que c'était quelque chose d'énorme. Il a parlé des prix Pulitzer et... » Elle se mit à pleurer.

Dana s'approcha d'elle et l'entoura de ses bras. « Je suis vraiment navrée. A-t-il dit autre chose ?

— Non. Il a dit que je ne devais pas rester ici, et il m'a conduite à la gare. Ensuite, il devait aller voir un... un réceptionniste d'hôtel.

— Où ?

— Au Monroe Arms. »

« Je ne comprends pas ce que vous faites ici, mademoiselle Evans, protesta Jeremy Robinson. Lonergan m'avait promis que si je me montrais coopératif, on ne ferait pas de mauvaise publicité à l'hôtel.

— Monsieur Robinson, Frank Lonergan est mort. Je voudrais seulement quelques renseignements. »

Robinson hocha la tête.

« Je ne sais rien.

— Qu'avez-vous dit à Lonergan ? »

Il soupira. « Il m'a demandé l'adresse de Carl Gorman, le réceptionniste de l'hôtel. Je la lui ai donnée.

— Est-il allé le voir ?

— Je l'ignore.

— J'aimerais avoir cette adresse. »

Robinson la regarda un moment et soupira de nouveau. « Très bien. Il vit avec sa sœur. »

Quelques minutes plus tard, Dana était en possession de l'adresse. Robinson la regarda quitter l'hôtel puis décrocha le téléphone et composa le numéro de la Maison-Blanche.

Il se demanda pourquoi on s'intéressait tant à cette affaire là-bas.

Chris Colby, le spécialiste en informatique du commissariat, entra dans le bureau de l'inspecteur Reese, une disquette à la main. Il tremblait presque d'excitation.

« Qu'avez-vous obtenu ? » demanda l'inspecteur Reese.

Chris Colby eut un sourire étrange.

« De quoi vous laisser baba. Voici une sortie papier de la disquette. »

L'inspecteur Reese se mit à lire et une expression d'incrédulité profonde se peignit sur son visage.

« Nom de Dieu, dit-il. Il faut que je montre ça au capitaine Miller. »

Le capitaine Miller achevait la lecture de la sortie papier. Il leva les yeux vers l'inspecteur Reese.

« Je... je n'ai jamais rien vu de semblable.

— Parce qu'il n'y a jamais rien eu de semblable, dit Reese. Qu'allons-nous faire de cette disquette ?

— Je crois que je vais la remettre au procureur général des États-Unis », articula Miller.

La réunion se tenait dans le bureau du procureur général Barbara Gatlin. Outre celle-ci, étaient présents Scott Brandon, directeur du FBI, Dean Bergstrom, chef de la police de Washington, James Frish, directeur de la CIA, et Edgar Graves, premier juge de la Cour suprême.

« Je vous ai réunis, messieurs, parce que j'ai besoin de votre avis, dit Barbara Gatlin. Je ne sais quelle procédure adopter. Nous nous trouvons devant une situation sans précédent. Frank Lonergan était journaliste au *Washington Tribune*. Lorsqu'il a été tué, il enquêtait sur l'assassinat de Chloe Houston. Je vais vous lire la transcription d'une disquette que la police a trouvée dans la voiture de Lonergan. » Elle regarda le papier qu'elle tenait en main, prit le temps d'un silence, et commença à lire :

« "J'ai des raisons de croire que le Président des États-Unis a commis au moins un meurtre et a été mêlé à quatre autres..."

— Quoi ? s'écria Scott Brandon.

— Laissez-moi poursuivre. "J'ai obtenu les informations qui vont suivre par des sources diverses. Leslie Stewart, propriétaire et directrice de publication du *Washington Tribune,* est prête à jurer qu'Oliver Russell a déjà essayé de l'entraîner à prendre une drogue liquide du nom d'ecstasy, interdite par la loi.

« "A l'époque où Oliver Russell menait campagne pour le poste de gouverneur du Kansas, Lisa Burnette, une secrétaire juridique qui travaillait dans l'administration locale, avait menacé de le poursuivre pour harcèlement sexuel. Russell avait exprimé à une collègue de la jeune femme son souhait de s'entretenir avec cette dernière. Le lendemain, on trouvait le corps de Lisa Burnette dans la rivière Kentucky. Elle était morte d'une overdose d'ecstasy.

« "Miriam Friedland, la secrétaire d'Oliver Russell, à l'époque où il était gouverneur, a été trouvée inconsciente sur un banc dans un jardin public à une heure avancée de la nuit. Elle était dans un coma occasionné par de l'ecstasy liquide. La police attendait qu'elle revienne à elle afin de découvrir qui lui avait donné cette drogue. Oliver Russell a téléphoné un jour à l'hôpital pour suggérer que l'on débranche les appareils qui la maintenaient en vie. Miriam Friedland est décédée sans être jamais sortie du coma.

« "Chloe Houston est morte d'une overdose d'ecstasy liquide. J'ai appris que le soir de sa mort on avait téléphoné à la Maison-Blanche depuis la suite de l'hôtel. Lorsque j'ai consulté le registre des appels téléphoniques de l'hôtel pour vérifier la chose, la page correspondant au jour en question manquait.

« "On m'a dit que le Président était en réunion ce soir-là, mais j'ai découvert que le rendez-vous en question avait été annulé. Personne n'est au courant de ses faits et gestes cette nuit-là.

« "Paul Yerby avait été mis en garde à vue comme suspect dans l'affaire Chloe Houston. Le capitaine Otto Miller a dit à la Maison-Blanche où Yerby était détenu. Le lendemain matin, on le découvrait pendu dans sa cellule. Il était censé s'être pendu lui-même avec sa ceinture, mais lorsque j'ai examiné ses effets personnels au poste de police, sa ceinture y était, intacte, alors que l'on prétendait avoir dû la couper pour dépendre le garçon.

« "Par un ami du FBI, j'ai appris qu'une lettre de chantage avait été envoyée à la Maison-Blanche. Le président Russell avait demandé au FBI d'en identifier les empreintes. La plus grande partie de la lettre avait été blanchie au correcteur mais le FBI a été en mesure de la déchiffrer à l'aide d'un infrascope.

« "On a identifié les empreintes de la lettre comme appartenant à Carl Gorman, réceptionniste à l'hôtel Monroe Arms, sans doute la seule personne susceptible de connaître l'identité de celui qui avait réservé la suite où la jeune fille a été tuée. Il était parti à la pêche mais son nom avait été révélé à la Maison-Blanche. Lorsque je suis arrivé là-bas, Gorman venait d'être tué dans des circonstances qui avaient toutes les apparences d'un accident.

« "Ces assassinats ont trop de points communs pour qu'il s'agisse d'une pure coïncidence. Je vais poursuivre l'enquête mais, franchement, j'ai peur. Je l'aurai au moins consignée par écrit au cas où quelque chose m'arriverait. De plus amples informations suivront."

— Mon Dieu ! s'écria James Frish. C'est... c'est horrible. Je n'arrive pas à le croire.

— Lonergan, lui, le croyait, dit le procureur général Gatlin. Et il a sans doute été tué afin que les renseignements qu'il détenait ne soient pas divulgués.

— Que faisons-nous à présent ? demanda le juge Graves. On ne peut tout de même pas demander au Président des États-Unis s'il a tué six personnes, non ?

— Bonne question. On le démet de ses fonctions par *impeachment* ? On l'arrête ? On l'emprisonne ?

— Avant de faire quoi que ce soit, dit le procureur général Gatlin, je pense que nous devons présenter cette sortie papier au Président lui-même et lui donner l'occasion de s'exprimer. »

Un murmure d'approbation parcourut l'assemblée.

« Entre-temps, je vais faire rédiger un mandat d'arrêt à son encontre. Uniquement au cas où ce serait nécessaire. »

L'un des hommes présents se dit au même moment : *Il faut que j'informe Peter Tager.*

Peter Tager reposa le combiné et passa un long moment à réfléchir à ce qu'il venait d'entendre. Il se leva et s'engagea dans le couloir en direction du bureau de Deborah Kanner.

« Il faut que je voie le Président.

— Il est en réunion. Si vous pouvez...

— Il faut que je le voie tout de suite, Deborah. C'est urgent. »

Elle se laissa convaincre par l'expression de son visage.

« Un petit instant. » Elle décrocha le combiné et appuya sur un bouton. « Excusez-moi de vous interrompre, monsieur le Président. Monsieur Tager est ici, il dit qu'il doit vous parler. » Elle écouta quelques instants. « Merci. » Elle raccrocha et se tourna vers Tager. « Cinq minutes. »

Cinq minutes plus tard, Peter Tager se trouvait dans le Bureau ovale, seul avec le président Russell.

« Qu'y a-t-il de si important, Peter ? »

Tager inspira profondément.

« Le Procureur général et le FBI pensent que vous êtes impliqué dans six meurtres. »

Oliver sourit.

« C'est une plaisanterie...

— Vous trouvez ? Ils sont en route pour venir ici. Ils croient que vous avez tué Chloe Houston et... »

Oliver pâlit. « Quoi ?

— Je sais, c'est de la folie. D'après ce qu'on m'a dit, on ne détient que des preuves indirectes. Je suis sûr que vous pouvez expliquer où vous étiez le soir où la fille est morte. »

Oliver se taisait.

Peter Tager attendait.

« Oliver, vous le pouvez, n'est-ce pas ? »

Oliver avala sa salive.

« Non. Je ne peux pas.

— Il le faut ! »

Oliver dit d'un ton embarrassé :

« Peter, j'ai besoin d'être seul. »

Peter Tager alla voir le sénateur Davis au Capitole, l'édifice qui abrite le Sénat.

« Qu'y a-t-il de si urgent, Peter ?

— C'est... c'est au sujet du Président.

« — Oui?

— Le Procureur général et le FBI pensent qu'Oliver est un meurtrier. »

Le sénateur Davis regarda fixement Tager durant de longues secondes.

« Mais de quoi parlez-vous?

— Ils sont convaincus qu'Oliver a commis plusieurs meurtres. Je l'ai su par un ami du FBI. »

Il fit part au sénateur Davis des preuves retenues contre Oliver.

Lorsqu'il eut terminé, le Sénateur dit lentement :

« Ce foutu connard! Vous comprenez ce que ça signifie?

— Oui, monsieur. Ça signifie qu'Oliver...

— Qu'il aille se faire foutre! Il m'a fallu des années pour le mettre là où je voulais qu'il soit. Je me fous complètement de ce qu'il va devenir. C'est moi qui commande maintenant, Peter. J'ai le pouvoir. Je ne vais pas laisser la stupidité d'Oliver m'en priver! Je ne laisserai personne m'en priver!

— Je ne vois pas ce que vous pouvez...

— Vous avez dit que les preuves retenues contre lui étaient indirectes?

— En effet. Il paraît qu'ils n'ont pas de preuves solidement étayées. Mais il n'a pas d'alibi.

— Où est-il maintenant?

— Dans le Bureau ovale.

— J'ai une bonne nouvelle pour lui. »

Le sénateur Davis et Oliver se faisaient face dans le Bureau ovale.

« J'ai entendu des choses très troublantes, Oliver. C'est de la démence, évidemment. Je ne comprends pas comment on a pu penser que vous...

— Moi non plus, Todd. Je n'ai rien fait de mal.

— J'en suis sûr. Mais si jamais on apprend que

292

vous avez été ne serait-ce que suspecté de crimes aussi horribles que ceux-là... Enfin, vous voyez comment cela pourrait entacher vos fonctions, n'est-ce pas?

— Bien sûr, mais...

— Vous êtes un personnage trop important pour laisser une pareille chose vous arriver, Oliver. Dans votre situation, on est le maître du monde. Vous tenez trop à ce pouvoir pour y renoncer.

— Todd... je ne suis pas coupable de...

— Mais eux pensent que vous l'êtes. Il paraît que vous n'avez pas d'alibi pour le soir où Chloe Houston a été assassinée? »

Il se fit un bref silence. « Non. »

Le sénateur Davis sourit.

« Où avez-vous la tête, mon petit? Ce soir-là, vous étiez avec moi. Nous avons passé toute la soirée ensemble. »

Oliver le regarda, déconcerté.

« Quoi?

— Exactement. Je suis votre alibi. Personne n'osera mettre ma parole en doute. Personne. Je vais vous sauver, Oliver. »

Il s'ensuivit un long silence. Oliver dit finalement :

« Que voulez-vous en échange, Todd? »

Le sénateur Davis acquiesça d'un hochement de tête.

« Nous allons commencer par la conférence de paix sur le Moyen-Orient. Vous allez l'annuler. Après ça, nous parlerons. J'ai de grands projets pour vous. Nous n'allons pas laisser quoi que ce soit les gâcher.

— Je vais poursuivre, je vais m'employer à ce que la conférence de paix ait lieu. »

Le sénateur Davis eut un regard noir.

« Qu'est-ce que vous avez dit?

« — J'ai décidé de continuer en ce sens. Vous voyez, ce qui compte, ce n'est pas tant la durée du mandat présidentiel, Todd, que ce qu'en fait le Président dans le temps qui lui est imparti. »

Le visage du sénateur Davis devint cramoisi.

« Est-ce que vous savez ce que vous êtes en train de faire ?

— Oui. »

Le Sénateur se pencha au-dessus du bureau.

« Non, je ne pense pas que vous le sachiez. Ils sont en route pour venir ici vous accuser de meurtre, Oliver. Ces foutues négociations de paix, d'où allez-vous les mener ? Du fond d'un cachot ? Vous venez de foutre votre vie en l'air, espèce de crétin... »

Une voix se fit entendre dans l'interphone.

« Monsieur le Président, il y a des gens ici qui désireraient vous voir. Le procureur général Gatlin, monsieur Brandon du FBI, le juge Graves et...

— Faites-les entrer. »

Le sénateur Davis lâcha sans ménagement :

« Il faut croire que je suis meilleur juge en matière de chevaux qu'en hommes. Je me suis grossièrement trompé sur votre compte, Oliver. Mais vous, vous avez fait la plus grande bêtise de votre vie. J'aurai votre peau. »

La porte s'ouvrit et le procureur général Gatlin entra, suivie de Brandon, du juge Graves et de Bergstrom.

« Sénateur Davis... », dit le juge Graves.

Todd Davis fit un bref signe de tête et quitta la pièce à grandes enjambées. Barbara Gatlin ferma la porte derrière lui. Elle s'approcha du bureau.

« Monsieur le Président, ce qui nous amène est des plus embarrassant mais j'espère que vous comprendrez. Nous avons quelques questions à vous poser. »

Oliver leur fit face.

« On m'a informé de la raison de votre présence ici. Bien entendu, je ne suis pour rien dans aucun de ces décès.

— Je suis sûr que les personnes ici présentes sont soulagées de l'apprendre, monsieur le Président, dit Scott Brandon, et je vous assure qu'aucun d'entre nous ne croit que vous puissiez être impliqué. Mais une accusation a été portée et nous sommes tenus de suivre la procédure.

— Je comprends.

— Monsieur le Président, avez-vous déjà pris de l'ecstasy ?

— Non. »

On échangea des regards dans le groupe.

« Monsieur le Président, pourriez-vous nous dire où vous vous trouviez le 15 octobre, le soir de la mort de Chloe Houston...

— Je regrette. Je ne peux pas.

— Mais vous pouvez sûrement vous rappeler où vous étiez, ou ce que vous faisiez ce soir-là. »

Silence.

« Monsieur le Président ?

— Je... je suis incapable de réfléchir pour l'instant. J'aimerais que vous reveniez plus tard.

— Quand ça, plus tard ? demanda Bergstrom.

— A vingt heures. »

Oliver les regarda sortir. Il se leva et se rendit lentement dans le petit salon où Jan était en train de travailler à un bureau. Elle leva les yeux à l'entrée d'Oliver.

« Jan... j'ai un aveu à te faire. »

Le sénateur Davis était dans une rage noire. *Comment ai-je pu être aussi stupide ? J'ai misé sur un tocard. Oliver veut détruire tout ce pour quoi j'ai travaillé. Je vais lui apprendre ce qui arrive aux gens qui essaient de me doubler.* Il s'assit à son bureau et resta un long moment immobile, le temps de décider de la conduite à tenir. Il décrocha enfin un téléphone et composa un numéro.

« Mademoiselle Stewart, vous m'aviez dit de vous appeler lorsque j'aurais du nouveau pour vous.

— Oui, monsieur le Sénateur ?

— Permettez que je vous dise ce que je veux. Je veux pouvoir compter à partir de maintenant sur le soutien entier du *Tribune* sous forme d'articles favorables durant les campagnes électorales, d'éditoriaux flatteurs, tout le tralala.

— Et que me proposez-vous en échange ?

— La tête du Président des États-Unis. Le Procureur général vient de lancer un mandat d'arrêt à son encontre pour une série de meurtres. »

Il l'entendit distinctement haleter.

« Je vous écoute. »

Leslie Stewart parlait si vite que Matt Baker ne comprenait pas un mot de ce qu'elle disait.

« Pour l'amour du ciel, calmez-vous, dit-il. Que voulez-vous me dire ?

— Le Président ! Ils le tiennent, Matt ! Je viens de parler au sénateur Todd Davis. Le juge en chef de la Cour suprême, le chef de la police, le directeur du FBI et le procureur général des États-Unis sont en ce moment même dans le bureau du Président avec un mandat d'arrêt pour meurtre. Il y a une accumulation de preuves contre lui, Matt, et il n'a pas d'alibi. On tient le reportage du siècle !

— Vous ne pouvez pas publier ça. »

Elle le regarda, l'air étonné.

« Comment ça ?

— Leslie, c'est trop gros pour que l'on se contente de... Enfin, il faut vérifier et revérifier les faits.

— Et les revérifier encore jusqu'à ce que le *Washington Post* en fasse sa une ? Non, merci. Je

296

n'ai pas l'intention de laisser cette histoire me passer sous le nez.

— Vous ne pouvez pas accuser le Président des États-Unis de meurtre sans preuves. »

Leslie sourit.

« Je ne vais pas l'accuser de meurtre, Matt. Nous n'avons qu'à publier le fait qu'un mandat d'arrêt a été émis contre lui. C'est assez pour le démolir.

— Le sénateur Davis...

— ... se retourne contre son gendre. Il croit à la culpabilité du Président. Il me l'a dit.

— Ça ne suffit pas. Nous allons commencer par vérifier la chose et...

— Avec qui? Avec Katharine Graham, la propriétaire du *Washington Post*? Êtes-vous devenu fou? Nous allons sortir cette histoire tout de suite, sinon elle va nous échapper.

— Je ne peux pas vous laisser faire ça, pas sans vérifier que tout est...

— A qui croyez-vous donc parler? C'est *mon* journal et j'en ferai ce qui me plaît! »

Baker se leva.

« C'est de l'irresponsabilité. Je ne permettrai pas à mes journalistes de rédiger un tel article.

— Ils n'auront pas à le faire. Je vais l'écrire moi-même.

— Leslie, si vous faites ça, je m'en vais. Pour de bon.

— Non, vous ne partirez pas, Matt. Nous allons partager le prix Pulitzer, vous et moi. » Elle le regarda faire demi-tour et quitter la pièce. « Vous reviendrez. »

Elle appuya sur le bouton de l'interphone.

« Dites à Zoltaire de venir. »

Elle le regarda et dit : « Je voudrais connaître mon horoscope pour les prochaines vingt-quatre heures.

— Oui, mademoiselle Stewart. Avec plaisir. »

Zoltaire sortit de sa poche une petite éphéméride, la bible des astrologues, et l'ouvrit. Il étudia la position des astres et des planètes et écarquilla les yeux.

« Qu'est-ce qu'il y a ? »

Il leva les yeux.

« Je... On dirait que quelque chose de très important est en train de se produire. » Il désigna l'éphéméride. « Regardez. Mars va entrer dans votre neuvième maison en Pluton et y séjourner durant trois jours, ce qui va nous faire un carré en...

— Laissez tomber ! dit Leslie qui s'impatientait. Allez au plus court. »

Il tiqua. « Au plus court ? Ah oui. » Il consulta de nouveau son éphéméride. « Il est en train de se produire un bouleversement. Vous y êtes mêlée au premier chef. Vous allez devenir encore plus célèbre que vous ne l'êtes actuellement, mademoiselle Stewart. Votre nom va être mondialement connu. »

Leslie fut envahie par un sentiment d'euphorie intense. Son nom allait être connu du monde entier. Elle se vit à la cérémonie de remise d'un prix de journalisme, le présentateur disant : « Et maintenant, la lauréate du prix Pulitzer de cette année pour le plus important reportage de toute l'histoire du journalisme. Voici mademoiselle Leslie Stewart. » On se levait pour l'applaudir au milieu d'acclamations assourdissantes.

« Mademoiselle Stewart... »

Leslie s'arracha à sa rêverie.

« Ce sera tout ?

— Oui. Merci, Zoltaire. Ça suffit. »

Ce soir-là, à dix-neuf heures, Leslie était en train de relire une épreuve de l'article qu'elle avait écrit, titrant en manchette : LE PRÉSIDENT

298

RUSSELL SOUS MANDAT D'ARRÊT POUR MEURTRE. IL DOIT ÊTRE INTERROGÉ DANS LE CADRE DE L'ENQUÊTE SUR LA MORT DE SIX PERSONNES.

Après avoir parcouru l'article, elle se tourna vers Lyle Bannister, son rédacteur en chef.

« Mettez-le sous presse. Faites une édition spéciale. Je veux qu'il sorte dans une heure et que WTE puisse diffuser l'information en même temps. »

Lyle Bannister hésita.

« Vous ne croyez pas que Matt Baker devrait y jeter un œil avant de...

— Ce n'est pas son journal, c'est le mien. Mettez-le sous presse. Tout de suite.

— Oui, madame. » Il décrocha le téléphone de Leslie et composa un numéro. « C'est bon, on peut y aller. »

Ce soir-là, à dix-neuf heures trente, Barbara Gatlin et ses collègues s'apprêtaient à retourner à la Maison-Blanche. Barbara Gatlin dit d'une voix grave :

« J'espère de tout cœur qu'il ne sera pas nécessaire de s'en servir mais, pour parer à toute éventualité, j'emporte le mandat d'arrêt du Président. »

Trente minutes plus tard, la secrétaire d'Oliver annonça : « Le procureur général Gatlin et les autres sont ici.

— Faites entrer. »

Oliver, très pâle, les regarda prendre place dans le Bureau ovale. Jan, debout à ses côtés, le tenait fermement par la main.

« Êtes-vous prêt maintenant à répondre à nos questions, monsieur le Président ? »

Oliver acquiesça d'un signe de tête.

« Je suis prêt.

— Monsieur le Président, Chloe Houston avait-elle rendez-vous avec vous le 15 octobre?

— Oui.

— Et l'avez-vous vue?

— Non. J'ai dû annuler le rendez-vous. »

Le coup de fil était arrivé un peu avant quinze heures. « *Chéri, c'est moi. Je m'ennuie de toi. Je suis au chalet, dans le Maryland. Je suis assise près de la piscine, nue.*

— *On ne peut pas te laisser comme ça, il faut faire quelque chose.*

— *Quand peux-tu te libérer?*

— *Je serai là-bas dans une heure.* »

Oliver se tourna pour faire face au groupe.

« Si ce que je m'apprête à vous dire devait jamais sortir de ce bureau, cela causerait un tort irréparable à la Présidence et nuirait gravement à nos relations avec un autre pays. Je m'y résous avec la plus grande réticence mais vous ne me laissez pas le choix. »

Sous le regard du groupe éberlué, Oliver se dirigea vers une porte latérale conduisant à une pièce attenante et l'ouvrit. Sylva Picone s'avança dans la pièce.

« Voici Sylva Picone, l'épouse de l'ambassadeur d'Italie. Le 15, madame Picone et moi sommes restés ensemble dans son chalet du Maryland, de seize heures à deux heures du matin. Je ne sais absolument rien du meurtre de Chloe Houston ou des autres décès. »

Dana entra dans le bureau de Tom Hawkins.

« Tom, je tiens quelque chose d'intéressant. Avant d'être assassiné, Frank Lonergan s'était rendu chez Carl Gorman, un réceptionniste du Monroe Arms. Gorman a été tué dans un prétendu accident de bateau. Il vivait avec sa sœur. J'aimerais aller chez elle avec une équipe de tournage afin d'enregistrer un direct pour les infos de vingt-deux heures.

— Vous croyez qu'il ne s'agissait pas d'un simple accident ?

— Non. Cela fait trop de coïncidences. »

Hawkins demeura quelques instants pensif.

« D'accord. Je m'en occupe.

— Merci. Voici l'adresse. Je retrouverai l'équipe de tournage sur place. Je retourne chez moi pour me changer. »

En entrant chez elle, Dana eut le sentiment soudain que quelque chose clochait. Un sixième sens qu'elle avait développé à Sarajevo, l'intuition du danger. Quelqu'un était entré dans l'appartement. Elle en fit lentement le tour, vérifiant avec circonspection chaque placard. Tout paraissait normal. *Mon imagination me joue des tours,* se dit-elle sans y croire.

Lorsqu'elle arriva au domicile de la sœur de Carl Gorman, le véhicule utilisé pour les reportages en direct était déjà là, garé dans la rue. C'était un énorme fourgon muni d'une grande antenne de toit et équipé d'un matériel électronique sophistiqué. Andrew Wright, le preneur de son, et Vernon Mills, le cameraman, l'y attendaient.

« Où fait-on l'interview ? demanda Mills.

— A l'intérieur de la maison. Je vous ferai signe quand je serai prête.

— D'accord. »

Dana alla jusqu'à la porte d'entrée et frappa. Marianne Gorman ouvrit.

« Oui ?

— Je suis...

— Oh ! Je sais qui vous êtes. Je vous ai vue à la télé.

— En effet. Vous pouvez m'accorder quelques minutes ? »

Marianne Gorman hésita.

« Oui. Entrez. » Dana la suivit dans le living.

Marianne Gorman lui offrit un siège.

« C'est au sujet de mon frère, n'est-ce pas ? Il a été assassiné. Je le sais.

— Qui l'a tué ? »

Marianne Gorman détourna le regard.

« Je ne sais pas.

— Vous avez reçu la visite de Frank Lonergan ? »

Marianne Gorman eut un regard noir.

« Il m'a dupée. Je lui ai dit où il pourrait trouver mon frère et... » Ses yeux se mouillèrent de larmes. « Maintenant Carl est mort.

— Pourquoi Frank Lonergan voulait-il voir votre frère ?

— Il a dit qu'il travaillait pour le fisc. »

Dana ne réagit pas, se contentant de l'observer.

« Ça vous ennuierait si je vous interviewais brièvement pour la télévision ? Vous pouvez vous contenter de dire quelques mots sur l'assassinat de votre frère et sur ce que vous pensez de la criminalité à Washington. »

Marianne Gorman acquiesça.

« Oui, ça devrait aller.

— Merci. » Dana se rendit à la porte d'entrée, l'ouvrit et fit signe à Vernon Mills. Celui-ci prit

302

son équipement de cameraman et se dirigea vers la maison, suivi d'Andrew Wright.

« Je n'ai jamais fait ce genre de chose auparavant, dit Marianne Gorman.

— Il n'y a pas de quoi être nerveuse. Ça ne prendra que quelques minutes. »

Vernon Mills entra dans le living avec la caméra. « Où voulez-vous qu'on tourne ?

— Ici, dans le living. » Dana lui indiqua un coin de la pièce. « Vous pouvez poser la caméra là. »

Mills installa le matériel puis revint vers Dana. Il fixa un micro à la veste de chacune des deux femmes. « Vous pouvez le mettre en marche dès que vous serez prêtes. » Il posa les dispositifs de contrôle sur une table.

« Non ! s'écria Marianne Gorman. Attendez ! Je regrette. Je... je ne peux pas.

— Pourquoi ? demanda Dana.

— C'est dangereux. Est-ce que... Est-ce que je pourrais vous parler seule à seule ?

— Bien sûr. » Dana regarda Mills et Wright. « Laissez la caméra là où elle est. Je vous appellerai. »

Mills acquiesça.

« Nous serons dans le fourgon. »

Dana se tourna vers Marianne Gorman.

« En quoi est-ce dangereux pour vous de passer à la télévision ?

— Je ne veux pas qu'ils me voient, répondit-elle sur un ton réticent.

— Qui ça ? »

Marianne avala sa salive.

« Carl a fait quelque chose... Quelque chose qu'il n'aurait pas dû faire. On l'a tué pour ça. Et ceux qui l'ont assassiné vont vouloir m'éliminer. » Elle tremblait.

« Qu'est-ce qu'il a fait ?

303

« — Oh, mon Dieu, gémit-elle. Je l'avais supplié de ne pas le faire.

— Mais ne pas faire quoi ?

— Il... il a écrit une lettre de chantage. »

Dana eut un regard étonné.

« Une lettre de chantage ?

— Oui. Croyez-moi, Carl était un brave type. Mais il aimait... il avait des goûts de luxe et, avec son salaire, il ne pouvait pas se permettre le train de vie qu'il aurait voulu. Je n'ai pas pu l'en empêcher. Il est mort à cause de cette lettre. Je le sais. Ils l'ont trouvé et maintenant, ils savent où je suis. On va me tuer aussi. » Elle sanglotait. « Je... je ne sais pas quoi faire.

— Parlez-moi de la lettre. »

Marianne Gorman retrouva son souffle.

« Mon frère devait partir en vacances. Il avait oublié un veston qu'il voulait emporter et il est retourné à l'hôtel. Il a pris son veston, et regagnait sa voiture dans le garage de l'hôtel quand la porte de l'ascenseur privé qui conduisait à la Suite impériale s'est ouverte. Il m'a dit qu'il avait vu un homme en sortir. Il a été étonné de le voir là. Et encore plus surpris de voir l'homme en question revenir à l'ascenseur et essuyer ses empreintes digitales. Carl n'a pas compris ce qui se passait. Puis le... le lendemain, il a appris par les journaux la mort de cette pauvre fille et il a compris que c'était cet homme qui l'avait tuée. » Elle marqua un moment d'hésitation. « C'est alors qu'il a envoyé la lettre à la Maison-Blanche.

— A la Maison-Blanche ? répéta lentement Dana.

— Oui.

— A qui a-t-il envoyé cette lettre ?

— A l'homme qu'il avait vu dans le garage. Vous savez... Celui qui a un bandeau sur l'œil. Peter Tager. »

A travers les murs du bureau lui parvenait le bruit de la circulation dans Pennsylvania Avenue, à l'extérieur de la Maison-Blanche, et il prit de nouveau conscience de ce qui l'entourait. Il passa les événements en revue et se rassura à l'idée qu'il ne risquait rien. On allait arrêter Oliver Russell pour les meurtres que lui-même avait commis, et Melvin Wicks, le Vice-Président, deviendrait Président. Le Sénateur n'aurait aucun mal à tenir en main le vice-président Wicks. *Et il est impossible d'établir quelque lien que ce soit entre moi et ces décès*, pensa Tager.

Ce soir-là, il y avait un office religieux, et Peter Tager était impatient d'y assister. La communauté aimait l'entendre parler de la religion et... du pouvoir.

Peter Tager avait commencé à s'intéresser aux filles à l'âge de quatorze ans. Dieu l'avait doté d'une libido peu commune et il avait cru que la perte d'un œil allait réduire à néant ses chances auprès du beau sexe. Au lieu de cela, les filles avaient trouvé que ce bandeau ajoutait quelque chose d'énigmatique à son charme. Dieu avait en outre fait de lui un beau parleur auquel les filles ne résistaient pas, que ce fût sur le siège arrière des voitures, dans des granges ou au lit. Malheureusement, il en avait engrossé une qu'il avait dû épouser. Elle lui avait donné deux enfants. La famille eût pu être un poids onéreux, une contrainte. Mais la vie familiale s'était révélée une merveilleuse façade pour couvrir ses activités extraconjugales. Il avait sérieusement songé à devenir pasteur, mais il avait rencontré le sénateur Davis et sa vie avait changé. Il s'était découvert un champ d'action nouveau et plus vaste : la politique.

Au début, sa double vie s'était déroulée sans accrocs. Puis un ami lui avait donné une drogue appelée ecstasy, et il en avait fait prendre à Lisa Burnette, une de ses coreligionnaires de Frankfort.

Il avait eu un pépin et elle était morte. On avait trouvé son corps dans la rivière Kentucky.

Avait suivi un autre incident regrettable lorsque Miriam Friedland, la secrétaire d'Oliver Russell, avait fait un malaise et sombré dans le coma. *Ce n'est pas ma faute,* s'était-il dit. Miriam était manifestement toxicomane.

Il y avait eu ensuite, bien sûr, cette pauvre Chloe Houston. Il l'avait rencontrée par hasard dans un couloir de la Maison-Blanche alors qu'elle cherchait des toilettes.

Elle l'avait immédiatement reconnu et n'avait pas manqué d'être impressionnée. « Vous êtes Peter Tager ! Je vous vois tout le temps à la télé.

— Oh, vous me flattez ! Que puis-je faire pour vous ?

— Je cherche les toilettes des dames. » Elle était jeune et très jolie.

« Il n'y a pas de toilettes publiques à la Maison-Blanche, mademoiselle.

— Oh, zut. »

Il avait dit d'un ton complice : « Je peux peut-être vous aider. Accompagnez-moi. » Il l'avait conduite aux toilettes privées de l'étage supérieur, et l'avait attendue. Lorsqu'elle était sortie, il lui avait demandé : « C'est la première fois que vous venez à Washington ?

— Oui.

— Et si je vous faisais visiter la ville ? » Il sentait qu'elle était attirée par lui.

« Oui, bien sûr... Je ne voudrais pas...

— Quoi ? Une jolie fille comme vous ? Pas du tout. Je vous invite d'abord à dîner. »

Elle avait souri. « Super !

— Oui, ce sera "super", je peux vous l'assurer. Mais il ne faut en parler à personne. Ça reste entre nous.

— Je n'en parlerai pas. Promis.

— J'ai une réunion au sommet avec des représentants du gouvernement russe ce soir au Monroe Arms. » Elle avait été impressionnée, il l'avait vu tout de suite. « Si nous nous retrouvions là-bas à dix-neuf heures ? »

Elle l'avait d'abord regardé, puis avait acquiescé avec enthousiasme. « D'accord. »

Il lui avait expliqué comment entrer dans la suite. « Il n'y aura pas de problème. Vous n'aurez qu'à m'appeler pour me faire savoir que vous êtes là. »

Et c'est ce qu'elle avait fait.

Au début, Chloe Houston n'était pas très chaude. Lorsque Tager l'avait prise dans ses bras, elle lui avait dit : « Non. Je... je suis vierge. »

Il en avait été tout excité. « Je ne veux pas vous forcer, avait-il dit. Asseyons-nous et faisons la conversation.

— Vous êtes déçu ? »

Il lui avait serré la main. « Pas du tout, ma chère. »

Il avait pris une bouteille d'ecstasy et avait servi deux verres.

« Qu'est-ce que c'est ? avait-elle demandé.

— Ça donne de l'énergie. A la vôtre. » Il avait levé son verre à sa santé et l'avait regardée boire.

« C'est bon », avait-elle dit.

Ils avaient passé la demi-heure suivante à parler, Peter attendant que le breuvage produise son effet. Il s'était finalement approché d'elle et l'avait prise dans ses bras. Elle ne lui avait cette fois opposé aucune résistance.

— Déshabillez-vous, avait-il dit.

— Oui. »

Tager l'avait suivie des yeux lorsqu'elle s'était rendue dans la salle de bains et lui-même avait commencé à se dévêtir. Elle était revenue quelques minutes plus tard, nue, et la vue de ce jeune corps pubère l'avait émoustillé. Elle était superbe. Elle s'était glissée dans le lit près de lui et ils avaient fait l'amour. Elle était inexpérimentée, mais le fait qu'elle fût vierge avait donné à Tager le supplément d'excitation dont il avait besoin.

Au milieu d'une phrase, elle s'était assise dans le lit, étourdie tout à coup.

« Ça va, ma chérie ?

— Je... je me sens seulement un peu... » Elle était restée assise au bord du lit quelques instants. « Je reviens. »

Elle s'était levée. Et, sous les yeux de Tager, avait titubé, était tombée et s'était fracassé la tête contre l'angle acéré de la table.

« Chloe ! » Il avait sauté du lit, s'était précipité à ses côtés. « Chloé ! »

Son pouls ne battait plus. *Oh, Dieu*, avait-il pensé. *Comment avez-vous pu me faire une chose pareille ? Ce n'était pas ma faute. Elle a glissé.*

Il avait regardé autour de lui. *Personne ne doit savoir que j'ai occupé cette suite.* Il s'était rhabillé en hâte et avait entrepris de frotter tous les objets qu'il avait pu éventuellement toucher. Il avait emporté le sac à main de Chloe, jeté un dernier coup d'œil pour s'assurer qu'il ne laissait aucune trace de sa présence, et avait pris l'ascenseur conduisant au garage. C'est là qu'en tout dernier lieu il avait songé à effacer ses empreintes sur les boutons de l'ascenseur. Lorsque Paul Yerby avait représenté une menace pour lui, Tager avait fait appel à ses relations pour se débarrasser de lui. On ne pourrait assurément établir le moindre lien entre lui et la mort de Chloe.

308

Puis était arrivée la lettre anonyme. Carl Gorman, le réceptionniste de l'hôtel, l'avait vu. Tager avait chargé Sime de lui régler son compte, soi-disant pour protéger le Président.

Cela aurait dû résoudre le problème.

Mais Frank Lonergan avait commencé à poser des questions et il avait fallu lui aussi le faire taire.

Et voilà que surgissait une autre fouille-merde de journaliste dont il allait falloir s'occuper.

Ainsi, deux personnes représentaient encore pour lui une menace : Marianne Gorman et Dana Evans.

Et Sime était en route pour les éliminer.

23

Marianne Gorman répéta : « Vous savez, celui qui a un bandeau sur l'œil. »

Dana n'en revenait pas.

« Vous êtes sûre ?

— Mais enfin, il est difficile de ne pas reconnaître quelqu'un qui a une tête pareille.

— Permettez que j'utilise votre téléphone. » Dana se précipita vers l'appareil et composa le numéro de Matt Baker. La secrétaire de celui-ci répondit.

« Bureau de monsieur Baker.

— C'est Dana. Il faut que je lui parle. C'est urgent.

— Restez en ligne, je vous prie. »

Un instant plus tard, Baker prit la communication. « Dana... quelque chose ne va pas ? »

Elle avait du mal à respirer.

« Matt, je viens de découvrir qui était en compagnie de Chloe Houston lorsqu'elle est morte.

— Vous le savez. C'était...

— Peter Tager.

— Quoi ? lâcha Baker.

— Je suis avec la sœur de Carl Gorman, le réceptionniste de l'hôtel qui a été assassiné. Il a vu Tager essuyer ses empreintes dans l'ascenseur du garage de l'hôtel le soir où Chloe Houston a été assassinée. J'ai une équipe de tournage ici. Voulez-vous que nous fassions un reportage en direct ?

— Ne faites rien pour l'instant ! ordonna Baker. Je vais régler ça. Rappelez-moi dans dix minutes. »

Baker raccrocha et à toute vitesse se dirigea vers la White Tower. Leslie Stewart était dans son bureau.

« Leslie, vous ne pouvez pas publier... »

Elle se retourna et lui fit voir la maquette de la une : LE PRÉSIDENT RUSSELL SOUS MANDAT D'ARRÊT POUR MEURTRE.

« Regardez ça, Matt. » Sa voix débordait d'enthousiasme.

— Leslie... j'ai du nouveau pour vous. Il y a...

— Je sais tout ce que je voulais savoir. » Elle ajouta d'un air suffisant : « Je vous avais dit que vous reviendriez. Vous n'alliez quand même pas rater ça, non ? Vous n'alliez pas rater une histoire comme ça, hein, Matt ? Vous avez besoin de moi. Vous aurez toujours besoin de moi. »

Il resta là à la dévisager, se demandant : *Qu'est-ce qui a bien pu faire d'elle une garce pareille ? Il n'est pas trop tard pour la sauver.*
« Leslie...

— Ne rougissez pas de vous être trompé, dit-elle d'un ton conciliant. Que vouliez-vous me dire ? »

310

Baker la contempla longuement.

« Je voulais vous faire mes adieux, Leslie. »

Elle le suivit des yeux, pendant qu'il faisait demi-tour et quittait la pièce.

24

« Que va-t-il advenir de moi ? demanda Marianne Gorman.

— Ne vous en faites pas, lui dit Dana. Nous allons vous protéger. » Elle prit rapidement une décision. « Marianne, nous allons faire une interview en direct et je vais remettre l'enregistrement au FBI. Dès que nous aurons fini, je vous emmène loin d'ici. »

On entendit alors le bruit d'une voiture qui freinait dans un long crissement de pneus.

Marianne courut vers la fenêtre.

« Oh, mon Dieu ! »

Dana la rejoignit.

« Qu'est-ce qu'il y a ? »

Sime Lombardo descendait de voiture. Ayant jeté un coup d'œil sur la maison, il se dirigeait vers l'entrée.

« C'est le... l'autre homme qui a demandé Carl le jour où il a été tué. Je suis sûre qu'il n'est pas étranger à son assassinat. »

Dana décrocha le téléphone et composa vivement un numéro.

« Bureau de monsieur Hawkins.

— Nadine, il faut que je lui parle tout de suite.

— Il est absent. Il sera de retour vers...

— Passez-moi Nate Erickson. »

Celui-ci, un adjoint de Hawkins, prit la communication.

« Dana ?

— Nate... J'ai besoin d'aide. Vite. J'ai une nouvelle de dernière minute. Je voudrais que vous me passiez en direct, immédiatement.

— Je ne peux pas faire ça, protesta Erickson. Il faut l'autorisation de Tom.

— On n'a pas le temps ! » hurla Dana hors d'elle.

Elle voyait par la fenêtre Sime Lombardo marcher en direction de la porte d'entrée.

Vernon Mills, dans le fourgon de la télévision, regarda sa montre.

« Alors, cette interview, on la fait ou pas ? J'ai rendez-vous avec une fille, moi ! »

Dans la maison, Dana s'évertuait à répéter : « C'est une question de vie ou de mort, Nate ! Il me faut le direct ! » Elle raccrocha le téléphone avec fracas, se rua vers le téléviseur et enclencha Canal 6.

On y passait une de ces séries sirupeuses. Un homme âgé parlait à une jeune femme.

« Tu ne m'as jamais vraiment compris, n'est-ce pas, Kristen ?

— A vrai dire, je ne t'ai toujours que trop compris, George. C'est pour ça que je veux divorcer.

— Il y a quelqu'un d'autre dans ta vie ? »

Dana courut vers la chambre et alluma l'autre téléviseur qui s'y trouvait.

Sime Lombardo était maintenant à la porte d'entrée.

Il frappa.

« N'ouvrez pas ! » cria Dana à Marianne Gorman. Elle s'assura que le micro marchait. On frappait de plus en plus fort à la porte.

312

« Sortons d'ici, dit Marianne à voix basse. Par-derrière... »

Au même instant, on défonça la porte d'entrée et Sime Lombardo surgit dans la pièce. Il referma la porte derrière lui et regarda les deux femmes.

« Mesdames. Je constate que je vous tiens toutes les deux. »

Dana jeta un coup d'œil désespéré vers le téléviseur.

« S'il y a quelqu'un d'autre dans ma vie, c'est ta faute, George.

— C'est peut-être moi qui suis fautif, Kristen. »

Sime Lombardo sortit de sa poche un pistolet semi-automatique de calibre 22, dans le canon duquel il entreprit de visser un silencieux.

« Non ! s'écria Dana. Vous ne pouvez pas... »

Lombardo leva l'arme.

« Fermez-la. Dans la chambre, allez.

— Oh, mon Dieu ! bredouilla Marianne.

— Écoutez..., dit Dana. Nous pourrions...

— Je vous ai dit de la fermer ! Allez, magnez-vous ! »

Dana regarda le téléviseur.

« J'ai toujours cru que tout le monde avait droit à une seconde chance, Kristen. Je ne veux pas perdre ce que nous avons... Ce que nous pourrions de nouveau avoir. »

Les mêmes voix résonnaient depuis le téléviseur de la chambre.

« Je vous ai dit de vous magner, vous deux ! Allez, qu'on en finisse ! »

Les deux femmes affolées esquissaient un pas en direction de la chambre lorsque le voyant rouge de la caméra s'alluma dans le coin de la pièce. L'image de Kristen et de George disparut de l'écran et une voix de speakerine dit : « Nous interrompons cette émission pour retransmettre un reportage en direct depuis la région de Wheaton. »

Se substituant au feuilleton, le living des Gorman apparut sur l'écran. On voyait au premier plan Dana et Marianne Gorman et, à l'arrière-plan, Lombardo. Celui-ci s'arrêta net, hébété, en se voyant sur l'écran.

« Qu'est-ce... Mais qu'est-ce que c'est que ça ? »

Dans le fourgon, les techniciens virent la nouvelle image scintiller sur l'écran. « Ça alors, dit Vernon Mills. On est en direct ! »

Dana jeta un coup d'œil sur l'écran et murmura une prière silencieuse. Puis elle se tourna pour faire face à la caméra.

« Ici Dana Evans en direct depuis le domicile de Carl Gorman qui a été assassiné il y a quelques jours. Nous sommes en train d'interviewer un homme qui détient des renseignements sur cet assassinat. » Elle se retourna pour faire face à Lombardo. « Alors... peut-être aimeriez-vous nous raconter exactement ce qui s'est passé ? »

Lombardo, figé sur place, comme paralysé, suivait sur l'écran son visage en train de s'humecter les lèvres. « Hé là, dites donc ! »

Il entendit sa voix lui revenir depuis le téléviseur : « Hé là, dites donc ! » Puis, alors qu'il allait se jeter sur Dana, il vit son image bouger. « Qu'est-ce que... Mais qu'est-ce que vous êtes en train de fabriquer ? C'est quoi cette blague ?

— Ce n'est pas une blague. Nous sommes sur les ondes, en direct. Deux millions de personnes nous regardent. »

Lombardo enfouit vivement le pistolet dans sa poche.

Dana jeta un bref coup d'œil en direction de Marianne Gorman puis regarda Lombardo droit dans les yeux.

« C'est Peter Tager qui a commandité l'assassinat de Carl Gorman, n'est-ce pas ? »

Nick Reese se trouvait au commissariat central
lorsque l'un de ses adjoints déboula dans son
bureau.

« Vite ! Jetez un œil là-dessus ! Ils sont chez les
Gorman. »

Il alluma le téléviseur, mit sur Canal 6 et
l'image apparut.

« ... C'est Peter Tager qui vous a dit de tuer
Carl Gorman ?

— Je ne sais pas de quoi vous parlez. Éteignez
cette saleté de télé avant que je...

— Avant que vous ne fassiez quoi ? Nous tuer
toutes les deux devant deux millions de téléspectateurs ? »

« Bon Dieu ! cria Nick Reese. Sautez dans des
voitures de patrouille et filez là-bas ! Vite ! »

A la Maison-Blanche, Oliver et Jan regardaient
WTE dans la Chambre bleue. Ils n'en revenaient
pas.

« *Peter* ? dit lentement Oliver. Je ne peux pas le
croire ! »

La secrétaire de Peter Tager ouvrit la porte du
bureau à la volée.

« Monsieur Tager, je pense que vous feriez
bien d'allumer la télévision sur Canal 6. » Elle lui
jeta un regard nerveux et ressortit précipitamment de la pièce. Peter Tager la suivit des yeux,
intrigué. Il prit la télécommande, appuya sur un
bouton et le téléviseur s'alluma.

Dana était en train de dire : « ... et Peter Tager
est aussi responsable de la mort de Chloe Houston ?

— Je n'en sais rien. Vous allez devoir le lui
demander. »

Tager regarda le poste de télévision d'un air incrédule. *Ce n'est pas possible ! Dieu ne peut pas me faire ça !* Il bondit sur ses pieds et se précipita vers la porte. *Ils ne m'attraperont pas ! Je vais me cacher !* Puis il s'immobilisa. *Où ? Où me cacher ?* Il revint lentement à son bureau et s'effondra sur une chaise. Pour attendre.

Leslie Stewart, atterrée, regardait l'interview dans son bureau.

Peter Tager ? Non ! Non ! Non ! Elle décrocha le téléphone d'une main rageuse et appuya sur une touche. « Lyle, arrêtez l'impression de l'article ! Il ne faut pas qu'il sorte ! Vous m'entendez ? Il... »

Elle l'entendit qui répondait dans l'appareil : « Mademoiselle Stewart, le journal est dans les kiosques depuis une heure. Vous aviez dit... »

Elle raccrocha lentement. Regarda une fois encore la une du *Washington Tribune* : LE PRÉSIDENT RUSSELL SOUS MANDAT D'ARRÊT POUR MEURTRE. Et leva ensuite les yeux vers la une encadrée sur le mur : DEWEY DÉFAIT TRUMAN.

« *Vous allez devenir encore plus célèbre que vous ne l'êtes actuellement, mademoiselle Stewart. Votre nom va être mondialement connu.* »

Demain elle serait la risée du monde entier.

Chez les Gorman, Sime Lombardo jeta un dernier regard furibond sur l'écran du téléviseur et dit : « Moi, je sors d'ici. »

Il se rua vers la porte d'entrée et l'ouvrit. Au même moment, une demi-douzaine de voitures de patrouille freinèrent brutalement devant la maison.

25

Dana attendait l'arrivée du vol de Kemal en compagnie de Jeff Connors à l'aéroport international.

« Il a vécu l'enfer ! expliqua-t-elle nerveusement. Il... Il n'est pas comme les autres enfants. Enfin, ne sois pas étonné s'il ne manifeste aucune émotion. » Elle voulait désespérément que Jeff aime Kemal.

Jeff sentit son anxiété.

« Ne t'inquiète pas, chérie. Je suis sûr que c'est un garçon merveilleux.

— Voilà l'avion ! »

Ils levèrent les yeux et virent la petite tache grossir peu à peu dans le ciel jusqu'à devenir un 747 étincelant.

Dana serra fortement la main de Jeff. « Le voici. »

Les passagers quittaient l'avion. Dana les regardait anxieusement sortir un à un de l'appareil. « Où est... »

Puis ce fut lui. Il portait la tenue que Dana lui avait achetée à Sarajevo et avait le visage fraîchement lavé. Il descendit la rampe lentement et, en apercevant Dana, il s'immobilisa. Ils restèrent tous les deux sans bouger, à se dévisager. Puis ils coururent l'un vers l'autre, Dana l'étreignant et lui la serrant contre lui de son bras valide. Ils pleuraient tous les deux.

Lorsque Dana eut retrouvé la voix, elle dit : « Bienvenue en Amérique, Kemal. »

Incapable de parler, il acquiesça d'un signe de tête.

« Kemal, je veux que tu fasses la connaissance de mon ami. Je te présente Jeff Connors. »

Jeff se pencha vers le garçon.

« Bonjour, Kemal. J'ai beaucoup entendu parler de toi. »

Kemal s'agrippait de toutes ses forces à Dana.

« Tu vas venir vivre avec moi », dit-elle.

Il approuva. Il refusait de la lâcher.

Elle regarda sa montre. « Il faut s'en aller. Je dois couvrir la retransmission d'un discours depuis la Maison-Blanche. »

Il faisait un temps superbe. Le ciel limpide était d'un bleu intense et une petite brise rafraîchissante soufflait depuis le Potomac.

Ils se trouvaient dans la Roseraie de la Maison-Blanche en compagnie d'une trentaine de journalistes de la presse écrite et parlée. La caméra de Dana était braquée sur le Président, debout sur un podium, Jan à son côté.

Le président Oliver Russell était en train de dire : « ... J'ai une annonce importante à vous faire. En ce moment même les dirigeants des Émirats arabes unis, de Libye, d'Iran et de Syrie sont réunis pour discuter d'une paix durable avec Israël. On m'a fait savoir ce matin que la rencontre se déroulait parfaitement, et que le traité serait signé d'ici un jour ou deux. Il est de la plus haute importance que le Congrès des États-Unis nous apporte un soutien sans faille dans la poursuite de cet objectif essentiel. » Oliver se tourna vers l'homme qui se trouvait près de lui. « Je passe la parole au sénateur Todd Davis. »

Celui-ci, vêtu de son éternelle tenue, costume blanc et chapeau de paille blanc à large bord, s'avança vers le micro en tournant vers l'auditoire un visage rayonnant.

« Voici à n'en pas douter un moment historique dans l'histoire de notre grand pays. Comme vous le savez, je m'efforce depuis des années d'obtenir qu'Israël et les pays arabes signent un accord de paix. Cela a été une tâche longue et difficile mais je suis heureux de pouvoir dire aujourd'hui qu'avec l'aide et sous la gouverne de notre merveilleux Président nos efforts ont été finalement récompensés. » Il se tourna vers Oliver. « Nous devrions tous féliciter notre grand Président pour la part exceptionnelle qu'il a prise dans l'effort commun que... »

Dana pensa : *Une guerre qui touche à sa fin. Peut-être est-ce le début de quelque chose. Peut-être aurons-nous un jour un monde où les adultes apprendront à régler leurs problèmes dans l'amour et non plus dans la haine, un monde où les enfants pourront grandir sans entendre le bruit obscène des bombes et des armes automatiques, sans craindre de se voir amputer par des inconnus sans visage.* Elle se tourna pour regarder Kemal, tout excité, qui était en train de murmurer quelque chose à l'oreille de Jeff. Dana sourit. Jeff l'avait demandée en mariage. Kemal allait avoir un père. Ils allaient former une famille. *Comment la chance a-t-elle pu me sourire à ce point ?* se demanda-t-elle. Les discours tiraient à leur fin.

Le cameraman orienta sa caméra vers Dana pour faire un gros plan d'elle. Elle fixa l'objectif.

« Ici Dana Evans pour WTE en direct de Washington. »

Du même auteur :

Composition réalisée par EURONUMÉRIQUE

ACHEVÉ D'IMPRIMER EN EUROPE (ALLEMAGNE)
PAR ELSNERDRUCK À BERLIN
Dépôt légal Édit. : 7539-01/2001
Librairie Générale Française - 43, quai de Grenelle - 75015 Paris
ISBN : 2-253-17166-2   31/7166/7